Tatematsuri 奉
illust. mmu
無能と言われ続けた魔導師、
世界最強なのに
幽閉されていたので自覚なし

CONTENTS

Presented by TATEMATSURI

Munou to iwaretsuzuketa Madoshi jitsuha
Sekai saikyo nanoni
Yuhei sarete itanode Jikaku nashi

「ああ、そうだよ。偽物。
本物の〝天領廓大〟を見た気分はどうだ？」
虹の柱から獰猛な笑みを湛えて、
アルスが緩やかな足取りで歩いてくる。
一歩進めば草花は散り。
二歩となれば地面が陥没。
三歩踏み込めば大地に亀裂が奔った。
その魔力は肌を灼くほど絶大、

アルス
アース帝国の辺境伯の嫡子。
耳が良くなるだけの
無能ギフト【聴覚】を得てしまい、
この事実を隠蔽したい辺境伯の
思惑で長年幽閉されていた。
そのため一般常識に疎い。
エルザ
元々はユリアの侍女。カレンが
王国から魔法都市へ出立する際、
サポート役として同行した。
祖先から受け継いだ
血統ギフト【氷】の所有者。
カレン
ユリアの妹。第二王女だが、現在は
魔法都市で〝ヴィルートギルド〟を
運営するギルドマスター。
王家に受け継がれる
血統ギフト【炎】の所有者。
その存在は空間さえも歪める。

無能と言われ続けた魔導師、実は世界最強なのに幽閉されていたので自覚なし

奉

OVERLAP

イラスト／mmu

プロローグ

悠久の彼方《かなた》より続く空は、雲一つなく青く澄んでいた。
蒼穹《そうきゅう》に寄り添う太陽が見下ろす大地、そこでは夥《おびただ》しい数の兵士が整列している。
物々しい空気を放ちながら、整然と並ぶ兵士たちの頭上には奇妙な黒点が一つあった。
雲ではない。鳥でもなければ魔物でもない。それは人の形をしていた。
黒衣を纏《まと》った少年――アルスが平然と空に浮いていたのだ。
「そろそろ、始めるとするか？」
アルスが語りかけたのは、背後にいる不気味な拘束具をつけた性別不詳の人物。
その目元は白革で覆われて素顔は見えず、拘束具の上からは鎖が巻き付けられている。
強風が吹く度に鎖が激しく軋《きし》るも、地上の人々は当然のことながら聞こえていない。
黒衣の少年は自身の顎を撫《な》でると、大胆不敵な笑みを浮かべる。
緊張もなければ、恐れなど微塵《みじん》もない。
ただただ自然体。あるがままに唯我独尊、剛毅《ごうき》な覇気を迸《ほとばし》らせていた。
捕食者の如《ごと》く獲物に気配を悟らせず、唇を舌で湿らせた少年は喜悦に歪《ゆが》む。
「どうかオレの知らない魔法で対抗してほしいもんだ」

これから何が行われるのか、天空が不安を表すように風を吹かせて泣き叫ぶ。

常人には耐え難い強風だが、少年は微動だにせず揺るぎない存在感を放ち続ける。

「さあ、戦争を始めよう」

両腕を広げた少年は黒衣を羽ばたかせる。

怪物の如き哄笑《こうしょう》を響かせながら、膨大な魔力を身体《からだ》の内から爆発させた。

「斯《か》くして心臓は握り潰された 溢《あふ》れた血が天上を喰《く》らい 零《こぼ》れた血が大地を啜《すす》る」

詠唱が紡がれる度に、少年の背後にいた人物の拘束具が外れていく。

一つ、二つ、三つと鎖が弾《はじ》け飛んで、最後に顔を覆っていた白革の目隠しが砕け散る。

美しい女性の素顔が露《あら》わになるが、生気を感じない不気味な気配を漂わせていた。

「光は途絶え 闇は蔓延《はびこ》り 星は堕《お》ち 女神は嗤《わら》い 三千世界は叫喚に沈む」

詠唱を終えた少年が指を鳴らせば、女性が眼《め》を見開き限界まで口を大きく開いた。

「叫べ狂えや――〝死響《シャクラ》〟」

神さえも殺す狂想詩《レクイエム》が、

――世界を蹂躙《じゅうりん》する。

第一章　脱走

Munou to iwaretsuzuketa Madoshi jitsuha
Sekai saikyo nanoni
Yuhei sarete itanode Jikaku nashi

朝露が葉から落ちる時刻。

太陽を背にした鷹《たか》が、大樹の枝から風に乗って天空へ飛び立った。

蒼穹に舞う鷹の鋭き眼下、そこにはメーゲンブルク辺境伯の屋敷が大地に座している。

アース帝国——世界最大の国家に属する辺境伯が住むに相応《ふさわ》しい豪華絢爛《けんらん》の屋敷だが、視線を横にずらせば風情を乱す、あまりにも不釣り合いな塔が建っていた。

苔《こけ》むした壁に入口は一つ、窓は最上階に行くまで存在しない。

窓には鉄格子が嵌《は》められており、人が通り抜けられるほどの大きさもない。

唯一存在する部屋は大人が三人入れば窮屈に感じるほどの広さしかなかった。

心許《こころもと》ない明かりが差し込む狭い部屋で、壁に繋《つな》がれた鎖が音を立てる。

闇が蔓延る部屋の隅に、両手両足を鎖で拘束された少年——アルスが蹲《うずくま》っていた。

「そろそろか……」

自身の鼓膜を震わせた〝音〟に反応してアルスは顔をあげた。

外へ繋がる唯一の重厚な木製扉が開かれる。

錆《さ》び付いた金具を軋らせながら入ってきたのは中年の男性。

彼はプルトーネの街を治める領主オーフス・ツー・メーゲンブルク辺境伯。アルスの父親でもあった。

「食事だ」

オーフスが短く言って、カビが生えたパンを一つ投げてきた。

丸みを帯びたパンは、汚れた石畳の床を転がり続けて、アルスの足下に辿《たど》り着く。

「たったこれだけか……」

「贅沢《ぜいたく》を言える身分だと思っているのか、お前はもう穀潰《ごくつぶ》しよりも劣るクズだぞ」

「なら……もう〝魔法開発〟をしないのか？」

「十六年だ。長い間どれだけ期待しても、どれだけ努力しても、お前のギフト【聴覚】は何も反応を示さなかった。他人よりも耳が少しばかり優れているだけの無能ギフトだ。よって、これ以上は〝魔法開発〟をしても無駄だと判断した」

ギフトとは――この世界の外側、別次元に存在する神々から与えられる恩恵だ。

一人に一つのギフトしか与えられず、複数のギフトを持つ者は存在しない。

ギフトは貴重なものから役に立たないものまであって四種類に区分されている。

世界に一つだけしか存在しない稀代《きたい》ギフト。先祖代々から受け継がれる血統ギフト。

有象無象の標準ギフトに、何の役にも立たない無能ギフト。

その中でも魔法を扱えるギフトを持つ者は重用される傾向にあり、その一方で役に立たないギフトを持つ者は、どこに行ってもゴミのような扱いを受ける。

そして、アルスが与えられた【聴覚】もまた、無能ギフトの一つに分類されていた。

「次期後継者も血統ギフトを受け継いだお前の弟に決まった」

アルスの実母は既に亡くなっている。なお、オーフスが告げた弟とは継母の子だ。

「なら、オレはどうなる？」

「死なない程度に飯は与えてやる。時期が来たら解放してやろう。それがお前の母であったフィリアの遺言だ。約束は守る……それまではここで大人しくしていろ」

「いや、そういうことなら丁度良い、今日でお別れだ」

アルスは両腕を広げると、自身を拘束していた鎖を引き千切った。

砕け散った鎖の破片が床を跳ねて甲高い音を響かせる。

「…………は？」

あまりにも唐突な出来事に、オーフスは思わず間抜けな声をだしてしまう。

そんな彼を尻目に、アルスは壁に向かって右手を突き出していた。

「――〝衝撃《ウエグブラセン》〟」

アルスの手に緑の幾何学模様が現れて、一瞬にして壁が跡形もなく吹き飛んだ。

彼が口にしたのは〝魔法名〟であり、右手に現れたのは紛れもない魔法陣。

だからこそ、オーフスは驚愕《きょうがく》した。

「ば、馬鹿な…………今のは魔法か？」

瓦礫《がれき》が地上に落ちて激しい音が轟《とどろ》き、土埃《つちぼこり》が上空へと吸い上げられていく。

「そうだ。父上が――魔法を扱えないと断定した【聴覚】の〝魔法〟だよ」

十六年間〝魔法開発〟という名の拷問を受け続けた末の成果。

オーフスは無駄だったと結論づけたが、実は全てが無意味だったわけじゃない。

アルスは【聴覚】の範囲拡大に成功していた。

オーフスに言わせれば毛が生えた程度なのかもしれない。

けれど、アルスにとっては救いに等しかった。

【聴覚】が使える魔法はないか、世界中の〝音〟を拾って探し続けた。

意味がわからずとも、使えなくても全ての〝魔法〟を聴き続けてきたのだ。

「けど、この魔法は初めて使ったせいか、思った以上に威力が――いや、父上が塔にかけた〝結界〟が弱っていたんだろうな」

オーフスは態度だけ見れば堂々としているが、その中身は小心者である。

無能ギフトを持って生まれた息子の存在を隠すために、不衛生な環境の塔に幽閉したばかりでなく、他の貴族に弱みを握られないために、過剰とも言えるほど徹底的に対策を施した。その一つがギフト【結界】で外部との接触を遮断したことだ。

それによって強力な封印を施された塔は、何人たりとも出入りのできない牢獄《ろうごく》と化していた――はずだったのだが……。

「ありえん……昨日〝結界〟を張り直させたばかりだぞ」

「なら、どこかに綻びができてたのかもな」

現実も直視できないほど、耄碌《もうろく》した父親から学ぶことは一つも残っていない。

幽閉生活に耐え続けたのは、生きていくために外の情報を掻《か》き集めていたからだ。

そんな生活を繰り返していた中で、アルスは生まれて初めての目的を得ていた。

「外には〝魔王〟たちよりも強い〝魔法の神髄《ミール》〟と呼ばれる奴《やつ》がいるそうだ」

〝魔法の神髄《ミール》〟――その魔導師は世界の頂点に君臨している。

あらゆる国家から機密魔法を盗み、あらゆる魔導師から秘匿魔法を盗み出した。

故に〝魔法の神髄《ミール》〟。世界の頂点。その力は〝魔王〟すら凌駕《りょうが》すると言われている。

「オレは〝魔法の神髄《ミール》〟を見つけ出す」

この腐った世界に耐えながら、外で生きていくために万全の準備を整えた。

彼《か》の者に出会うためだけに出来る限りの情報を必死に掻き集めたのだ。

「オレの知らない魔法を知りたいんだ」

楽しげに言ってから、アルスは勢いよく外へ身を投げ出した。

「待て！」

オーフスは慌てて、アルスが飛び出した巨大な穴に近づく。

「……は？　馬鹿な、どこへ行った？」

下界を見下ろしたが、そこには誰もいなかった。

「〝魔法の神髄《ミーミル》〟を見つけるだと……？」

空虚な疑問は土煙と共に空へ消えていった。

＊

――アース帝国メーゲンブルク領ハイメン森林。

広大な森林の中を足場の悪さを物ともせず駆け抜ける生物がいる。

木の幹を踏み締め跳躍すれば、大樹の枝を蹴りつけて遥《はる》かな先で着地した。

まるで俊敏な魔物のような動きだが、その正体は清楚《せいそ》な少女である。

白銀の髪を後方になびかせながら彼女は走り続けていた。

「……これさえ外せたら問題はなかったのですが」

自身の腕に嵌められた拘束具に視線を落とした少女は眉をひそめる。

魔力を封じる魔導具――これがなければとっくにハイメン森林を抜けていた。

「でも、国境さえ越えてしまえば――あっ!?」

軽やかに駆けていた少女の体勢が突如として崩れる。

先ほどの動きが嘘《うそ》のように減速すると、少女は派手に地面に転んでしまう。

「くっ……一体なにが？」

転んだ衝撃に顔を顰《しか》めながら、原因を確認すれば両足首に蔦《つた》が巻き付いていた。

まるで生き物のように蠢《うごめ》くそれは明らかに自然なものではない。

ならば、答えは一つだけに絞られる。

「これは……魔法によるもの――追いつかれたということですか」

白銀の少女が呟《つぶや》いた時、重装備を着込んだ兵士たちが草を踏み締めて近づいてくる。

鎧《よろい》の胸には剣と盾が描かれた紋章――アース帝国の魔導騎士を示す証《あかし》であった。

世界最大の版図を持つ軍事国家アース帝国。

魔導師もまた多く、中でも天才ばかりで構成される魔導騎士団は精鋭と名高い。

近隣諸国も恐れる騎士団所属の魔導騎士が五人。

取り囲まれた白銀の少女にとって絶望的な状況だった。

「これはこれはユリア王女殿下、こんなところで会うとは奇遇、お散歩ですかな？」

皮肉めいた笑みを浮かべながら正面の男が言った。

ユリア王女と呼ばれた白銀の少女もまた微笑《ほほえ》み返したが、その瞳には決して友好的と言えるような色は宿していない。

「ええ、新鮮な空気が吸いたくなったもので、ずっと閉じ込められていましたからね」

「では、もう十分でしょう。あなたが無駄に抵抗するせいで、どれだけの魔導師が使い物にならなくなったか……」

嘆くように魔導騎士は言うと、紳士的な仕草で片手をユリアに差し出した。

「申し訳ありませんが、捕虜の生活にお戻りください。あなたを帝都まで丁重に送り届けよ。と皇帝陛下からの勅令なのですから、これ以上好き勝手な振る舞いをなされますと、我々としても厳しい制限をかけなければいけません」

「……この状況が丁重ですか、傷が一つでもあれば皇帝陛下に疑われるのでは？」

「傷など魔法を使えばどうとでもなりますからね。ですから、我々があなたを辱めることも可能だということを知っておいてください」

下卑た笑みを浮かべる魔導騎士に、ユリアは嘆息しながら器用に立ち上がった。

「気持ち悪いですね。男性の皆さんは全員がそのような思考をされているのですか？」

「我々は任務に忠実なので情欲は二の次ですが、別働隊はどうかわかりません。ですから、あなたの名誉のためにも、ここで大人しく捕まっていただきたい」

「わかりました……抵抗せずに捕まりましょう。自分で歩けますので、足についた蔦を消していただけませんか？」

素直に了承したユリアに驚きつつも、魔導騎士の男は嬉《うれ》しそうに口角を吊《つ》り上げた。

「これはこれは、ご理解していただけてなによりです——おい、魔法を解除しろ」

魔導騎士の男が部下に命令すればユリアの足に巻き付いていた蔦が消えていく。

すると男は爽やかな笑みを浮かべてユリアに手を差し伸べた。

「さて、申し遅れましたが、私は分隊を預かるレックともぶッ!?」

ユリアの振り上げた足がレックと名乗った魔導騎士の顎を粉砕する。

顎が空を向いた瞬間、レックの口から白い歯が血と共に何本も宙へ打ち上げられた。

呆気《あっけ》にとられる魔導騎士たちだったが、すぐさま気を取り直すとユリアを拘束する。

そんな彼女を睨《にら》みつけたレックは、口元を押さえながら怒気を滾《たぎ》らせた。

「クソアマがぁぁぁぁ！　お、おれの、おれの歯がっ！」

「あら、傷など魔法を使えばどうとでもなるのでしょう？」

「クソが……よくもやってくれたな。おい、おまえらこいつを押さえつけろ」

レックは腰に差していた剣を引き抜く。

「四肢を斬り落として連れていくぞ。なに、帝都についたら魔法で治療すればいい」

「し、しかし、アルベルト殿と合流した時にどう言い訳するのです？」

命令に従ってユリアを大木に押しつけた部下の一人が言った。

「あの方は帝都までは追いつかないはずだ。知り合いの貴族と飲む約束をしていたそうだからな。先にそちらに寄ると言っていた」

レックは地面に血を吐き捨てる。

「だから、死なない程度であれば問題ない。帝都まで嬲《なぶ》りながら連れていってやる」

血走った目に理性の光など欠片《かけら》もなく、ユリアの右腕を注視した彼は剣を振り上げた。

「ッ!?」

耐えるようにユリアは目を閉じて歯を食いしばる。

だが、いつまで経《た》っても痛みが襲ってくることはなかった。

そんな彼女の鼓膜を震わせたのは何かが折れる音と、地面が打ち鳴らされた音だ。

ユリアが目を開けると、レックの剣が根元から折れて、刀身が地面に刺さっていた。

「は？　なんだ、急に……どうして折れた？」

軽くなった剣の柄《つか》を混乱した様子で眺めるレックだったが、ユリアはその背後に誰かが立っているのに気づいた。

「よう、なんか邪魔をしたようで悪いけど、聞きたいことがあるんだ」

あまりにも場違いな声に、驚いた魔導騎士たちはユリアの拘束を解いて距離をとる。

そして、突然現れた少年に全員の視線が集中した。

「……どこから現れた？　何者だ？」

「アルスだ。ちなみにそこの茂みに獣道があって、抜けたらここに出た」

少年が指で茂みを示せば、レックが苛立《いらだ》ちを隠そうともせず舌打ちした。

「なら、引き返せ。俺たちが誰だかわかっているのか？」

「アース帝国の魔導騎士さま。女性一人を取り囲む騎士道精神に溢《あふ》れた馬鹿だろ？」

「ガキがふざけやがって、今なら殺さないでやる。とっとと失《う》せろ」

「人間に使うのは初めてだが――〝衝撃《ウエグブラセン》〟」

「ぁッ!?」

　レックの首が後方に反れたかと思えば、身体《からだ》が吹き飛び後ろにあった大木に衝突した。

　重力に引きずられて座り込んだレックは、潰れた顔を項垂《うなだ》れさせて沈黙する。

「あれ……………死んでないよな？」

　アルスは困ったように後頭部を掻いて、気を失ったレックの様子を窺《うかが》う。

「てっきり弾《はじ》き返されるかと思ったんだ。それにしてもここまで効くとは……オレが使える魔法の中でも一番弱いと思うのを選んだんだけどな」

　アース帝国の魔導騎士団は天才ばかりで構成されている。それがアルスが【聴覚】で盗み聞いた話だ。そんな噂《うわさ》の魔導騎士の戦闘を何度か盗聴したこともあり、とても強かった印象がある。だから〝衝撃《ウエグブラセン》〟――威嚇程度の魔法なら簡単に防げるはず……なのだが、現実と記憶が一致しないのでアルスは困惑した。

『さ、さっきの詠唱破棄だったよな……？』

『落ち着け、おそらくあいつの発言から下級魔法だろう。それにまだ数はこちらが上だ。慎重にいけば負けはしない』

『魔法陣の色は緑だった。魔法の効果から【風】か【嵐】か——とにかく、緑系統なのは間違いない。赤系統を持つ者を中心に対処するぞ』

分析を済ませると戦闘態勢になったアース帝国の魔導騎士たち、そんな彼らを見たアルスもまた身構える。

だが、相手は警戒しているのか、陣形を組んでからは様子を窺っているだけだ。

ならば、先手必勝である。

幽閉されていた頃に聞き覚えた魔法の中から、集団戦に特化したものを引き出す。

「——〝影駭響震《シュレッケン》〟」

橙色《だいだいいろ》の線が大地に浮かび上がり、幾何学模様を描くと見事な魔法陣が完成する。

『馬鹿が、カウンターを仕掛ける。【火】のギフトを持つ者は前に——』

魔導騎士の言葉は途中で途切れ、アルスの魔法陣を見て目を剝《む》いた。

『なっ、橙だと？　緑系統の魔導師じゃないのか⁉』

『馬鹿な。ありえん。神々から与えられるギフトは一つだぞ』

『ありえなくても、現実に目の前にいるんだ。備えろ魔法が来るぞ！』

口々に叫ぶアース帝国の魔導騎士だったが、橙色の魔法陣が消え去っても何も起こることはなかった。

『はっ……なんだ？　驚かせやがって、詠唱破棄を失敗しやがっ——ぶぷッ⁉』

『えっ、おい、なにがァ!?』

一人が血を吹きだして倒れたのを皮切りに、次々と魔導騎士が地面に倒れていく。

その様を眺めながら、アルスは困ったように頬を指で掻《か》いた。

「この魔法は驚きや恐れを助長させて判断力を鈍らせる。その間に、地面に揺れを生じさせ相手の鼓膜から脳を攻撃するんだ。対処方法は防御魔法で簡単にできるから、てっきり防がれると思った——って聞こえてなさそうだな」

これといった手応えもなく、気づけばアース帝国の魔導騎士は全滅していた。

確かに〝外〟で生きていくために万全の準備を整えてきたつもりだが、いくらなんでもこれほど相手が不甲斐《ふがい》ないと、自分の実力がいまいち把握できず不安になってくる。

「仕方ない。まだ〝外〟にでたばかりだしな。いきなり強敵に出会っても危険か」

自己完結したアルスは先ほどから固唾をのんで見ていたユリアへ振り向く。

「さて、それを壊しておこうか」

「あ、いえ、あの……この拘束具はA級魔導師が——」

「たぶん問題ない。この拘束具の壊し方なら聞いたことがある」

「〝死音《デスフリユスタン》〟」

少女の制止も聞かずにアルスは拘束具に手を触れた。

「えっ……?」

地面に落ちた壊れた拘束具を見て、目を丸くしたユリアは唇を震わせた。

「……【風】、【呪】、【土】？　複数のギフトを持っている魔導師なんて聞いたことが……

それにA級魔導師が作った拘束具を壊すなんて、それこそ、まお──」

ユリアが一人で何やら呟《つぶや》き始めたが、アルスは彼女の肩を叩《たた》いて思考を遮った。

「なんか考えているところ悪いが──まずはここから離れようか」

まだアース帝国の魔導騎士が周囲に潜んでいるかもしれない。

悠長に話していて襲撃されたら目も当てられない。この場所から離れるべきだろう。

歩き始めたアルスを、ユリアが慌てて追いかけてくる。

「あ、あの、助けて頂きありがとうございます」

ユリアの声音には若干の戸惑いが含まれているが、十分に感謝は込められていた。

「でも、なぜ助けてくれたんですか？　相手はアース帝国の魔導騎士です。ここまでしては許してもらえないでしょう。あなたのご友人、ご家族にもご迷惑をかけてしまいます」

ユリアは自身が助かった安堵《あんど》より、アルスの身に今後起きるであろう未来を思って罪悪感をもっているようだ。自分よりも他人の心配ができる心優しい少女なのだろう。

「その点については心配はいらない」

「……それは一体どういうことなのでしょう？」

「気にする必要はない──って言っても納得しなそうだな」

小首を傾《かし》げた姿は可愛《かわい》らしいが、その紫銀の瞳は真剣で力強くアルスを見つめていた。

隠す理由もない。押し問答するのも面倒なので、アルスは彼女に説明することにした。

「別に珍しくもない話だぞ。ある名家に無能ギフトを持った者が生まれた。母が嘆願したおかげで殺されはしなかったがその存在は隠し通された」

しかし、守ってくれていた母親は病弱でアルスが六歳の頃に亡くなった。

それからアルスの父親は〝魔法開発〟に傾倒していった。

〝魔法開発〟は外部から身体に刺激を与えてギフトを変化させる術だ。

しかし、それは現在では禁忌とされている。

理由は何の効果も得られないばかりか、感情の消失、人格の破壊、廃人を作り出すだけの外法《げほう》だったからだ。

けれど、アルスの父親は自身の地位を守るために禁忌に手を出した。

アルスにとって地獄のような日々が繰り返されたが、やがて父親が再婚して血統ギフトを持った優秀な弟が生まれると〝魔法開発〟も鳴りを潜めた。

「腐った日々だったが、手に入れられた物があったのも確かだ。おかげで人生の目的もできたし、今は自由を得られた。それだけで満足だよ」

「ですが……それでも〝魔法開発〟は決して許されるものではありません」

だからといって、彼女が怒ったところでどうこうできるような問題でもない。

ユリアは行き場のない怒りを表情に湛《たた》えて、悔しげに唇を引き結んで目を伏せた。

「オレのために怒ってくれて嬉《うれ》しいよ。でも、気にしなくてもいいさ」

自身の状況を説明したのは、別に同情して欲しいわけでもなく、憐《あわ》れんでほしいわけでもなかった。だが、自分のために悲しんでくれる彼女には感謝したい。

「それより自己紹介がまだだったな。オレの名前はアルスだ」

「あっ、私は……」

視線を泳がせて、しばし躊躇《ためら》った後にユリアは口を開いた。

「ユリア……。ユリア・ド・ヴィルートです」

ヴィルートと聞いて脳の片隅から引き出される記憶があった。

先日、アース帝国に滅ぼされた国の一つがそんな名前だったはずだ。

ヴィルート王家の名を使っているということは王族で間違いないだろう。

「……王女様、でいいのか？　それがどうしてこんな状況に？」

「滅んでしまったので王女と言えるかどうかわかりませんが……」

両眉を下げたユリアは、困り果てた様子で訥々《とつとつ》と語り始めた。

「アース帝国の攻撃で王都が陥落した後、家臣たちと共に脱出して、とある場所に亡命しようとしたのですが……運悪くアース帝国に見つかり捕らえられてしまいました」

そして、拘束されたユリアは帝都に護送されることになり、その道中で野営を築いて休憩することになった。しかし、ユリアの美貌に目が眩《くら》んだ数人のアース帝国の兵士が、彼女の幕舎に忍び込んで襲い掛かってきたのである。

「必死に抵抗して、なんとか逃げ出すことに成功したのですが……」

「追いつかれて、あのような状況になったと？」

「仰《おっしゃ》る通りです」

「なら、あいつら以外にもアース帝国の魔導騎士が他にもいるってことか」

「私の捜索に別働隊がいくつか駆り出されていたはずです。もしかしたら先ほどの魔導騎士たちと合流しているかもしれません」

「急いで離れたほうがよさそうだな」

「はい、でも、アルス様はどこに向かうつもりだったのですか？」

「オレは元々、魔法都市に行くつもりだったんだ」

魔法都市——巨大な街を治める魔法協会は大国の一つに数えられている。

世界の中心地とまで言われ、魔法の叡智《えいち》とギフトが集う場所。

他国の干渉を許さず、独自の文化を築き、世界の叡智を独占している。

そんな魔法協会は二十四人の理事によって運営されているが、広大な領地を統治しているのは十二人の魔王——魔導十二師王と呼ばれる者たちだ。

「魔法都市にですか……？」

「ああ、そこに会いたい人物がいるかもしれないんだ」

「ご、ご迷惑でなければ同行させて貰《もら》えませんか!?」

急に身を乗り出してきたユリアが、息がかかるほどの距離まで詰め寄ってきた。

そんな突拍子のない行動にアルスは気圧《けお》されて後退《あとずさ》ってしまう。

「おぅ……魔法都市にか？」

「あっ、ごめんなさい」

自分の行動を思い返して恥ずかしくなったのか、頬を赤くしたユリアが離れる。

「……その、実は私もそこに行くつもりでした」

確かに自分も同じ状況に置かれたら、ユリアと同じ結論に辿《たど》り着いたかもしれない。

現にアルスは脱走した身である。そんな素性も知れない男を迎え入れてくれるのは、魔法都市ぐらいなものだ。けれども、アルスとユリアでは立場と状況が違う。

「さすがに友好国とかあるんだろ？　そこへ逃げるわけにはいかないのか？」

「私が亡命すればアース帝国に必ず目をつけられます。なので誰もが歓迎してくれるわけではありません」

「最初は良くても後々のことを考えれば、王女様の存在が煩わしくなるってところか」

「そうです……こんな私でも受け入れてくれる国は魔法都市ぐらいしかありません」

ユリアは滅ぼされた国の王女で、そんな厄介者を受け入れてくれる国など数少ない。

中小国家だとアース帝国の圧力に屈して身柄を引き渡すことも考えられるだろう。

「それで魔法都市か、確かに話を聞く限り大丈夫だと思うが」

魔法都市を治める魔法協会は永世中立国だ。

どこの国にも肩入れしないが、魔法都市が外敵から脅威に晒《さら》されれば容赦はしない。

そして、どんな魔導師でも学ぶ意思があるのであれば受け入れる。

魔法を愛し、ギフトを守り、才能を伸ばす。それが魔法協会の方針だからだ。

「はい、魔法都市に入ってしまえば、アース帝国も手が出しにくくなります」

「なら、一緒に行くか」

こうなってしまえば一蓮托生《いちれんたくしょう》なのだろう。

彼女を見捨てたところで、アース帝国に喧嘩《けんか》を売った事実は変わらないのだ。

「いいんですか？」

「旅は道連れって聞いたことがあるからな。一人よりも二人のほうが楽しそうだ」

「あ、ありがとうございます！」

大輪の華のようにユリアの顔が綻び、釣られて自然とアルスも笑みを浮かべる。

勘違いでなければだが打ち解けてきているような気がした。

「とにかく、魔法都市に行くとするか。入ってしまえば当面の安全は確保できる」

「はい、私の知り合いもいるのでご案内も可能だと思います」

それは僥倖《ぎょうこう》、魔法協会という存在は知っていても、どうやって入るのか知らなかったのだ。もしかしたら彼女を連れて行けば色々と便宜を図ってもらえるかもしれない。

「それじゃ行こうか、魔法都市まで大体一日ぐらいの距離だと思う」

辺境伯領の国境、その向こう側が魔法協会——〝魔王〟たちが支配する領域だ。

二人で並んで歩き始めれば、無言に耐えられなかったのかユリアが尋ねてきた。

「先ほどいくつか魔法を使っていましたが、どういった〝ギフト〟なのですか？」

その質問にアルスは唸《うな》った。なぜなら、自身のギフトを公言したくないからだ。

珍しいからとか、隠しておいたほうが戦闘に有利だとかそういう理由でもない。

単純にダサいから——無能と言われ続けたギフトだから恥ずかしいだけだった。

「どうしました？　おかしなことを聞いてしまいましたか？」

「いや、そんなことはない……そんなことはないんだけどな」

けれども、ユリアは馬鹿にはしない気がする。

彼女の透き通った紫銀の瞳を見たら、そんな根拠のない奇妙な信用が生まれてしまう。

それでも些《いささ》かの葛藤があったせいか、憮然《ぶぜん》とした表情でアルスは呟いた。

「【聴覚】だ」

「ギフト【聴覚】ですか……えと、気を悪くしないでほしいのですが、初めて聞くもので……なんと言えばいいのか」

ユリアが困ったように曖昧な笑みを浮かべる。そんな反応を示すのも無理はない。

アルスが生まれた時、聖法教会から派遣された〝巫女《みこ》〟の診断によれば、【聴覚】というギフトはこれまで一度も存在しなかったと父親に伝えたらしい。

ある意味、世界で唯一無二の稀代《きたい》ギフト——されど役に立たず、魔法すら使えない。

よって〝耳が良いだけ〟の無能ギフトであると結論づけたそうだ。

「確かに十年前までは〝耳が良いだけ〟のギフトだったんだ。でも、〝魔法開発〟のおかげか、それとも幽閉中は常に外の音を【聴覚】で拾っていたから刺激を受けたのか、今は一応【音】に関わる魔法なら使えるということがわかってる」

詳細を省いたが、【聴覚】に変化が訪れた時を、はっきりとアルスは覚えている。

貪欲に〝知識〟だけを求め続けた日々の中で——、

——アルスの【聴覚】は天上に到達していた。


別次元に存在する神々の領域——そこで新たな〝叡智〟を手に入れたのだ。

あのときからギフト【聴覚】は一段先に進んだような感覚がある。

「なるほど……それだと魔法系統もわかりませんね」

魔法は、白、黒、赤、青、黄、緑、橙《だいだい》、といった七系統に分類されている。

自分のギフトが織りなす魔法がどの系統に分類されているのか、その判別方法は様々だが、最も確実視されているのは魔法陣の色だ。

「そうだな。緑以外も使えるから魔法系統はよくわからないな」

「ああ、確かに橙も使ってましたね。でも、それだとやっぱり……」

と、何かを言いかけたユリアだったが首を横に振った。

「どうした？」

「いえ……何か思い出しかけたのですが、気のせいだったかもしれません」

「そうか。でも、どんなに珍しくても耳が良いだけじゃこの世界では意味がないよ」

「そうでしょうか？　とても羨ましいギフトです」

ユリアが微笑《ほほえ》み、アルスは呆《あき》れたように頬を掻《か》く。

「馬鹿にされるだけだぞ。今でこそ魔法は使えるが、耳が良いだけの無能ギフトじゃこの世界で生きていけない。できるのは盗み聞き——犯罪紛《まが》いに使うことくらいなもんだ。とてもじゃないが、オススメはできないな」

「他の人はそう思うかもしれません……ですが、それで私を救ってくださったのは事実なんです。私はとても誇らしいギフトだと思います」

近くでその力を見せつけられ、尚且《なおか》つ【聴覚】によって救いだされたのだ。

ユリアに【聴覚】を馬鹿にした様子はなかった。

しかし、打算もなく素直に褒められるのは初めての経験だったので照れくさい。

「まあ、オレのことはこれぐらいにして、王女様のギフトはなんだ？」

「私は魔法系統が白の【光】です」

「それはまた……なんて言えばいいのか」

「ふふっ、そんなに驚かれて、私なんかじゃ似合いませんか？」

悪戯《いたずら》めいた笑みを浮かべたユリアが腰を屈《かが》め、アルスの顔を下から覗《のぞ》き込んでくる。

「いや、そういうわけじゃない。王女様にピッタリなギフトだよ」

「そう言っていただけると嬉しいです」

とても王女様らしく、銀髪紫銀の瞳と相俟《あいま》って彼女に相応《ふさわ》しいギフトだ。

しかし、アルスが驚いた理由はそこではない。

ユリアが所持するギフト【光】は世界に一つだけしか存在せず、稀代ギフトと呼ばれているのを思い出したからだ。

「とても興味がそそられるが……どんな魔法があるのかは今度見せてもらうよ」

「今でもかまいませんよ？」

「こんなところで使ったら見つけてくれって言ってるようなもんだぞ」

追っ手に見つかるリスクを避けるため、街道には出ず森の奥に進んでいるところだ。

盗賊や魔物に出会う危険性はあるが、【聴覚】で音を捉えられるため、アルスには逃げ切る自信があった。

「その時はまたアルス様が守ってくださるのでしょう？」

「調子に乗るな。オレはあんな面倒は二度とごめんだぞ」

「そんなことを言っても、きっとアルス様は私を助けにきてくださいます」

なぜそこまで自分を信用できるのか、一体なにが琴線に触れたのかわからない。

隣で楽しそうに微笑むユリアに、アルスは呆れたように嘆息する。

「次はオレが捕まるかもしれないぞ？」

「その時は私が必ず救い出します」

「なら、その時は囚《とら》われたお姫様のように大人しく待っておくよ」

「大船に乗ったつもりで待っていてください」

ユリアと会話を楽しみながら、魔物に出会うこともなく順調に森の中を進んでいく。

しかし、アルスは唐突に歩みを止めた。

「ここを真《ま》っ直《す》ぐ行けば森を抜けられる」

「その先は国境ですか？」

「ああ、この辺りで一度休むことにしよう」

日も暮れてきた。

まずは食事を済ませて、深夜に越境するのが得策だろう。

朝よりも見つかる可能性は低いだろうし、【聴覚】があれば暗闇の中でも見張りがいない場所を探るのは容易《たやす》い。

脱走ついでに色々と拝借してきた——食料などを麻袋から取り出していると、それまで隣で眺めていただけだったユリアが顔を近づけてくる。

「わ、私がやります！」

「別に気にしなくてもいいぞ。旅は持ちつ持たれつらしいからな」

「ここまでアルス様に頼りっきりなのです。何から何まで世話になるわけにはいきません。せめて料理ぐらいは私がやります」

「料理が得意なのか？」

国が滅びたといえ最近まで現役の王女様だ。

偏見かもしれないが料理などする機会はないように思う。

不思議そうな顔でアルスが見つめれば、両手を握り締めた彼女はやる気に満ちていた。

「お菓子作りは得意です。ですからお任せ下さい」

「そ、そうか？　なら、任せるよ。オレよりは上手《うま》くできそうだしな」

よくわからない根拠だったが彼女に任せることにした。

料理をしたことのないアルスと、お菓子を作ったことがある王女様。

どちらの料理が食べたいかと言われたら後者だったからだ。

「火は任せてくれ。一応は知識として知っている」

そう言ってアルスは麻袋から道具を取り出すと、集めた薪の上で何度も鳴らした。

しかし、一向に火がつく気配はない。

悪戦苦闘するアルスを見て、ユリアが作業していた手を止めた。

「あ、あの少し疑問があるのですが……」

「なんだ？」

「それフォークとナイフなので、火はつかないと思います」

「………そうなのか？」

「えっと、こっちが火打ち石ですね」

ユリアが麻袋を漁《あさ》って変わった形をした石と、刃がついた木製の道具を取り出した。

アルスはユリアの手元を一瞥《いちべつ》してから銀食器に視線を落とす。

「そうか、これが……ナイフとフォークだったのか」

「幽閉されていた時に使わなかったのですか？」

「手で食べられる物だけだな。脱走を恐れていたのかナイフやフォークはなかった」

知識としては知っていても、実物を見るのは初めてだ。今後もこんなことが多々起こるだろう。その度に自分の世間知らずな面と向き合わされるはずだ。

「……覚えていかないとな。だからと言って、どうすればいいのかわからないが」

こうした一般的な常識はどうしても困る部分がでてきそうだ。

そんなアルスの反応を見て、ユリアは優しく微笑んで火打ち石を手渡してくる。

「でしたら、一緒に火をつけてみませんか？」

アルスの背後に回ったユリアは、

「失礼します。苦しかったら言って下さいね」

アルスの背中に豊満な胸を押し当て、肩には顎を乗せてくる。

甘い香りがアルスの鼻腔《びこう》を刺激する最中、彼の手にユリアが優しく手を重ねてきた。

「火口を乗せたら指で押さえます。あとは手の力は抜いておいてくださいね」

アルスの手を誘導しながら、ユリアは火打ち金を軽やかに打ち鳴らした。

それだけで火花が幾筋も弾《はじ》け飛び着火する。

あとは素早くユリアが火種を大きくして見事な手際で火を起こした。

「わからないことがあれば、なんでも聞いてください。私が手取り足取り教えます」

「ありがとう。それにしても火を起こすの慣れているんだな」

「こういうことが得意な侍女がいまして、彼女に教えていただきました」

「なるほど、そこに至るまで厳しい特訓があったんだろうな」

「そんなに言うほど苦労したつもりはありませんよ。アルス様のように優しい方でしたから、とても丁寧に教えていただきましたし」

「オレと一緒にしたらその人に失礼だぞ」

頭上を見上げたアルスは、木々の枝によって煙が散らされているのを確認する。

この程度であれば追っ手に見つかる心配もないだろう。

改めて視線をユリアに向ければ、手持ちの短刀で迷いなく野菜を切っていた。

火に関してもそうだが彼女に任せて正解だったようだ。

「そういえば、アルス様が私の拘束具を壊した時は本当に驚きました」

「なんでだ？」

「【罠《わな》】魔法が仕掛けられていたのに、アルス様が平然と触ったものですから……」

「あれは壊し方を知っていたのもあるが、魔法を重ね掛けしすぎて奇妙な箇所がいくつもあったからな。もしかして王女様自身で何度か壊そうとしたんじゃないか？」

「確かに何度か破壊しようと試みましたが……」

「なら、簡単に拘束具が壊れた理由はそれだな。そのせいで【罠】魔法も発動しなかったのかもしれない」

「そうだとしても、心臓に悪いので次があれば事前に言っていただけると助かります」

「善処するよ。それ以前にもう捕まらないでくれると助かるけどな」

「ふふっ、そうですね。善処いたします――と、料理ができましたよ」

会話をしている間にも料理は完成したようだ。

さぞかし美味《うま》そうなのだろうと思ったが、期待は見事に裏切られる。

「ど、どうでしょう！」

熟練の料理人のような手さばきだったというのに、目の前にだされた料理は見事に不味《まず》そうな仕上がりだ。ユリアも自分でわかっているのか頰が引き攣《つ》っていた。

「料理……はできないのか？」

「えと、い、いつも侍女がやってくれていたので……それを見てたので出来るかなと」

「うん、その心意気はすごいと思う」

「お、お菓子なら……いえ、すいません」

「……これはこれで美味《おい》しいかもしれないしな。見た目が斬新なだけかもしれない」

ユリアは王女様なのだから、庶民の食材など目にしたことがなかった可能性がある。

王族が料理をするに相応しい食材を持っていなかった父親が悪いのだ。

そもそもユリアは火の件にしても、世間知らずなアルスを笑わずにいてくれた。

だから、責めることなどしない。

悪いのは父親だ。きっと、そうだ。父親のせいだ。アルスはそう思うことにした。

(しかし、あれがこうなるのか、食材の墓場だな。いや、死霊の儀式か)

黒く濁っていて何のスープかわからない。鶏肉《とりにく》も表面は焦げているのに中まで火が通っていない。焼いていないはずのパンはなぜか一緒に焦げている。

どうやったらこうなるのか、自分も料理をしたことはないが、少なくともこれ以上には上手くできそうだ。

「ご、ごめんなさい」

両膝に頭を埋《うず》めて真っ赤な顔を隠す彼女に苦笑しつつ、アルスは躊躇《ためら》うことなく食事を始める。焦げた部分を削《そ》ぎ落とし、焼けていない部分は火で炙《あぶ》れば食べられなくもない。スープも一口飲んでみるが別に不味くはなかった。

「……うん。悪くないな」

見た目だけで食欲が減退する料理の数々ではある。

しかし、幽閉されていた頃は、カビが生えたパン、冷めたスープが定番で、冬になればパンは凍りつき、スープは泥水のようになっていた。そんなのと比べたら天と地ほどの差がある。むしろ温かいというだけで涙が出るほど嬉《うれ》しかった。

自由を得た最初の食事がこれかという不満がないわけではないが。

「美味いぞ、冷める前に食べよう」

アルスの言葉にユリアの肩がピクリと反応して、膝に埋めていた顔を若干持ち上げる。

「本当ですか？」

上目遣いで確認してくる彼女に頷《うなず》いて見せる。

「ああ、オレは美味しいと思ってる」

「あ、ありがとうございます」

嬉しそうに破顔するユリアの穏やかな顔が焚《た》き火《び》に照らされる。

木々の隙間から差し込む月光を浴びて、彼女の銀髪が仄《ほの》かに光を帯びて輝いていた。

そんな彼女を見ていたアルスは、スープを飲みながらユリアに質問する。

「さっき言ってた魔法都市の知り合いってヴィルート王国の関係者なのか？」

「正確に言えば私の妹ですね。魔法都市でギルドを作っているんです」

魔法協会には百を超えるギルドが存在しているらしい。

数だけを聞けば相当数の魔導師がいるように思えるが、二百人の魔導師が所属するギルドもあれば、一人だけであったりとその落差は大きい。

それでも他国に比べれば魔導師の数は比べ物にもならないほどだが。

「なるほど……向こうに着いたら妹のギルドに入るのか？」

「はい、お世話になろうと思っています。アルス様はどうするんですか？」

「ギルドに加入しないといけないって決まりはないみたいだからな。当分は一人で気楽にやろうと思っている」

「それも面白そうですね。ですが、やることがなくなったら妹のギルドに来てください。きっと歓迎してくれます」

「考えておくよ」

アルスは素直に頷くと、ユリア特製の黒スープを一口飲んだ。

苦みが癖になりそうな味で、甘ったるい匂いと共に、煮込まれた野菜がなぜかツンと鼻奥を刺激する。なんとも多様な変化を見せる食事で飽きることはなかった。

「それで妹も稀代《きたい》ギフトだったりするのか？」

「いえ、カレンは……私の妹の名前なんですが、カレンは【炎】ですね」

「血統ギフト――【火】の上位互換ギフトなのか……姉妹揃《そろ》って優秀なんだな」

姉は稀代ギフト、妹は血統ギフト持ちとは驚くべきことだ。

けれども、彼女たちが王族という点を鑑みると珍しいものではないのかもしれない。

ギフトは親から子へ引き継がれやすい。

だから、王族や大貴族といった上流階級の者たちは、父母どちらのギフトが発現してもいいように優秀なギフトを選別して掛け合わせている。

そうして先祖代々受け継がれてきたギフトは、長年掛け合わされてきた影響から標準ギフトの上位互換に変化を遂げ、非常に強力なことから血統ギフトと呼ばれている。

そんな中で、稀《まれ》にユリアのように世界で一つだけのギフトを持って生まれる者もいるが、そういったギフトは稀代ギフトと呼ばれていて、神に祝福されし者と崇《あが》めている国もあるそうだ。

だから、アース帝国は攻め滅ぼした国の王女という理由だけじゃなく、稀代ギフト【光】

を手に入れるためにユリアを執拗《しつよう》に追い続けているのだろう。

「カレンに会えるのが楽しみです。しばらく手紙のやりとりだけでしたから……」

「明日には会えるさ。姉妹の再会は邪魔しないでおくよ」

「そんな邪魔だなんて……アルス様のことをカレンに紹介するのが楽しみです」

「そうか？　なら、オレも王女様の妹に会えるのを楽しみにしておくよ」

領いたアルスは空になった鍋を見てから、再びユリアに視線を送る。

「さてと、腹ごしらえも済んだ。そろそろ出発しよう。寝るのは国境を越えてからだ」

「わかりました。まだここはアース帝国領ですから油断してはいけませんね」

安全圏ではないことを思いだしたのか、ユリアが表情を引き締めて両手に拳を作る。

そんな彼女に苦笑を向けたアルスが、火の始末をすれば驚くほど周りが何も見えなくなった。夜目の利く獣人ならば問題ないだろうが、人間である二人にとって方角などわかるはずもない。

「手を繋《つな》いで進もう」

「えっ……えっ!?」

ユリアが暗闇の中で激しく動揺しているのがわかった。

心臓の音も早鐘を打つように激しく鼓動している。

「何か問題でもあるのか……？」

アルスは【聴覚】のおかげで方向感覚を失わないでいられるが、ユリアはそうではないはず。だから誘導するためにも手を繋ぐしかないのだが、やはり王女様だけあって他人に肌を触れさせるのは忌避感があるのだろうか。

「なら、袖でも摑《つか》んでおくか？」

「い、いえ！　問題など、問題などありませんともっ！」

数瞬の躊躇いの後、ユリアが勢いよく手を摑んでくる。

若干汗ばんでいるのは照れているせいか、彼女の体温は通常よりも高い気がした。

「じゃあ、行こうか」

「はい、お願いします」

【聴覚】を頼りに森を抜ければ、国境沿いにいくつか松明《たいまつ》が浮いている。

けれど予想よりも少ない。

魔法協会が他国に戦争を仕掛けることは稀で、国境は魔法で監視しているだけで兵士を配備していない。そういった理由から国境を警備しているのはアース帝国側だけだ。

アース帝国からは追っ手を差し向けられているだろうが、この短期間で国境全体を監視できるほどの大軍は送り込めていないのだろう。

これなら難なく国境を越えられる。順調にいけば朝までに魔法都市へ辿《たど》り着けそうだ。

「辛《つら》くないか？」

幽閉されている間も鍛えられる部分は鍛えていたアルスはまだ耐えられるが、

「こう見えても訓練などは欠かしたことありませんから大丈夫ですよ」

王女様はどうだろうかと思ったが気にする必要はないようだ。

心臓の音、呼吸、脈拍、全てが正常、無理している感じでもなかった。

それでも強行軍である必要もない。

予想よりも兵士が少なかったおかげで、簡単に国境を越えることができた。

いくらアース帝国といえども、魔法協会の領域となれば追っ手も慎重になるはずだ。

「国境は越えたから今日はこの辺りで休もう」

「わかりましたが……私に気を遣わなくても大丈夫ですよ？」

「いや、夜は魔物が多く――」

【聴覚】が捉えたのは微《かす》かな足音、人間ではありえないほどの忍び寄り。

黒に塗り潰された世界で、紅《あか》い眼光がいくつも浮かび上がった。

その体毛は熱を持っていて薄《うつす》らと赤黒く光っている。

気配は五体、どれも殺意に溢《あふ》れた視線をくれていた。

「この辺りはヘルハウンドの縄張りだったか」

気性が激しく縄張り意識が強い魔物。

夜行性で昼間は地面に穴を掘って眠りにつく習性を持っている。

人間に懐くことはなく、自身の縄張りに入った者には容赦なく牙を剝《む》く。

地面に大きな爪痕や糞《ふん》を残して自分たちの縄張りを示すため、旅人や行商人などはヘルハウンドの痕跡を見つけるとその場から引き返すそうだ。

「どうしますか？」

「戦わずに済むならそのほうがいいが……」

周りを囲んで距離を詰めてくるヘルハウンドを見たらそれは叶《かな》わない願望だろう。

「戦うしかないようだ。覚悟はいいか？」

「わかりました。いつでも大丈夫です」

ユリアが頷く気配を感じると同時に、隣で剣を引き抜く音が聞こえた。

ヘルハウンドの一匹が犬のような唸《うな》り声《ごえ》をあげて飛びかかってくる。

目立つ魔法は使わないように、そう言いかけたアルスの言葉は喉で止まった。

「疾《シ》ッ！」

小さな、ほんの小さな息を吐く音が聞こえたと思えば、ヘルハウンドの首がアルスの足下まで転がってくる。闇に浮かび上がる紅い双眸《そうぼう》が徐々に薄まって消えていった。

「まずは一体――次」

ぼそりと小声で呟《つぶや》かれた声音には、背筋がゾッとするほどの殺意が含まれていた。

「疾《シ》ッ！」

漆黒の世界にあって一筋の閃光《せんこう》が迸《ほとばし》る。

魔法ではない。ただただ己《おの》が技量、その道を極めた者のみが出せる技。

二体目のヘルハウンド、その首が宙に高く浮かび上がった。

「……すごいな」

アルスは苦笑する。これが王女の剣技。訓練しているとは嘘《うそ》ではなかった。

それ以上に努力をしてきたのだと思わせる技量があった。

心が沸き立つ、強者が隣にいることで、アルスは胸が熱くなるのを感じる。

「これだよ。こういうのが見たくてオレは、あの狭い世界から飛び出したんだ」

アルスが腰を落とせば、すぐさま頭上を二匹のヘルハウンドが飛び交う。

「あんなものを見せられたんだ。オレも頑張らないとな」

空に浮かんだ赤黒い光が一つに重なった瞬間、アルスは指を鳴らした。

すると、アルスの足下で緑の線が縦横無尽に奔《はし》って魔法陣が描かれる。

「〝東衝撃西《エアシユタオネ》〟」

アルスの頭上で破裂音が空気を震わせた。

肉が弾《はじ》けるような耳障りな音と共に、飛び散った血が大地に降り注ぐ。

これで二匹のヘルハウンドを仕留めたが、アルスの攻撃はまだ終わらない。

刹那――一陣の風が吹いた。

穏やかで優しい風が吹き抜け、それが去ったあとに残ったのは死だ。

五四目――最後まで残っていたヘルハウンドが身体《からだ》を震わせて弾け飛んだのである。

「多重魔法を……詠唱破棄？」

ユリアの呆《ほう》けた声が闇夜に吸い込まれる。

多重魔法は二つの魔法を組み合わせることで大幅に威力を上昇させ、同時に行使できるという利点がある。ただし、魔力の繊細な調節が必要とされ、暴発する危険性が高いため多重魔法を扱える者はこの世界でもごく僅かだ。

その上、詠唱破棄となれば限られた者だけになるだろう。

「〝衝撃《ウエグブラセン》〟と〝声東撃西《プレリユード》〟を別々に使ってもよかったんだが、こっちのほうが隙も少なくて確実に殺せるからな」

「……アルス様はすごいですね。あなたを見てると私の常識がどんどん壊れていきます」

ユリアは熱に浮かされたように驚き冷めやらぬ様子だった。

「さすがに大袈裟《おおげさ》だと思うけどな」

アルスが【聴覚】で盗聴して参考にしていた魔導師たちは、全員が魔法の詠唱破棄ができていたし、中には多重魔法を簡単に使っていた魔導師もいたぐらいだ。

「それより、オレはそっちのほうが凄《すご》いと思うぞ」

「いえ、私なんてアルス様に比べたら……」

「そんなことはないさ。あの剣技だけでオレ程度じゃ相手にならないよ。それに魔力を温存するために、攻撃手段がいくつもあるのは羨ましい限りだ」

と、アルスは言いながらヘルハウンドの死体に近づいた。

「丁度良い風よけも用意できた。こいつらを使ってしばらく休もう」

春とはいえ夜は極寒である。しかし、火を起こすことはできない。

ここは平原で火なんて目立つ物を使えばすぐに見つかってしまうからだ。

なので、倒したヘルハウンドの死体を集めて風よけに使う。

「快適とは言えないが、一休みするぐらいなら上出来だろう」

「ですが、ヘルハウンドの血の匂いに誘われて、他の魔物が近づいてきませんか？」

「その心配はない。ヘルハウンドは縄張りにマーキングすることで警告するからな。この辺りにはヘルハウンド以上の魔物はいないから近づいてくることもないよ」

言い終えてから説明不足だと思ったアルスは言葉を付け足す。

「アース帝国からの追っ手がいたとしても、この辺りがヘルハウンドの生息地域だと知ってると思うから近づいてくることはない。今のオレたちにとって一番安全な場所だ」

「そういうことでしたら……」

ユリアが納得したようなので、アルスは地面に座ってヘルハウンドの死体に背中を押し当てる。直に冷たくなるだろうが、ヘルハウンドは体内で火を生成する強い熱を持った生物なので若干の暖がとれる。死体を積み重ねたことで、寒風もあまり気にならなくなった。それでも気温が低いのはどうしようもなく、体温は奪われる一方だ。

アルスは麻袋から毛布を取り出してユリアに手渡す。

「これを使ってくれ、少しは寒さもマシになると思う」

「ありがとうございます。ですが、アルス様の毛布はあるのですか？」

「オレは別に寒くないから大丈夫だ。王女様が使ってくれ」

その説明にユリアは納得できなかったのか、毛布を羽織ったまま近づいてくるとアルスの隣に腰を下ろして毛布の半分を分けてきた。

「二人で寄り合って毛布に包《くる》まれば暖かいはずです」

「……別に気にしなくてもいいんだが」

「いえ、風邪をひいたら大変ですもの」

「そうか？　なら、お言葉に甘えることにするよ」

ユリアの心臓の鼓動が若干速いような気はするが聞かなかったことにする。

「そういえば王女様は魔法都市に着いたらどうするんだ？」

「いずれ国を再興するための力をつけようと思っていますが、まだ時機ではありません。運良く再興できたとしても、今度は国土を維持できる力がありませんから……」

戦争によって国民が疲弊している。

再び帝国と戦うような気力もなく、現段階での再興は現実的ではない。

「アース帝国から守れなかったばかりか、国民に多大な負担を強いてしまったのですから、私が声をあげたところで国民は王族の味方にはなりません」

国民が望まないのであれば再興できなくても構わないと言っている気がした。

だが、聡明《そうめい》な彼女が望めば国民は諸手《もろて》を挙げて歓迎しそうではある。

そうしないのは、再び戦火で国民を危険に晒《さら》すことに躊躇《ためら》いを覚えているのだろう。

「アルス様は、どうして魔法都市に？」

「魔法都市は世界中のギフトが集まるからな」

無能ギフトと言われた【聴覚】の力を試すのに丁度いい場所だ。

なにより──、

「〝魔法の神髄《ミーミル》〟がいるかもしれない」

「〝魔法の神髄《ミーミル》〟ですか……噂《うわさ》を聞いた程度ですが、とても強い方だそうですね。魔王を凌駕《りょうが》するとか、魔導師の頂点に君臨していて、最も〝魔帝〟に近い人物だとか」

〝魔帝〟──後にも先にもそう呼ばれたのは唯一人。

魔法協会の創設者にして頂点だった人物。

魔王たちを統べる者、神々への叛逆者《はんぎゃくしゃ》と呼ばれた男。

千年前に実在した人物だが、神々との戦いで戦死したと伝えられている。

それ以来〝魔帝〟の座は空位となっていた。

「その〝魔帝〟に近い〝魔法の神髄《ミーミル》〟を探し出して、そいつが持っている魔法の知識をオレは手に入れたいんだ」

「もしかして復讐《ふくしゅう》のためにですか？」

「復讐なんかじゃ心が躍らないな」

夜空を見つめながらアルスは星々に手を伸ばす。

「そんなつまらない理由でオレの貴重な時間を――もう奪わせやしないさ」

星の輝く夜空のように世界は広い、一生をかけても回れるかどうかもわからない。

しかし、自由を得た今の自分にとって行けない場所は存在しない。

「オレが生まれた意味――オレの存在を世界中に知らしめたいんだ」

一時は反逆することで父親から辺境伯の座を奪うことを考えた時期もあったが、ギフトが【聴覚】というだけで味方になる者はいない。

なにより無能が引き起こした紛争に巻き込まれた領民がアルスを歓迎しないだろう。

また父親から辺境伯の座を運良く奪えたとしても、アース帝国に認められるかどうかすらわからないのだ。

先行きのわからない計画で、貴重な時間をこれ以上無駄に消費するつもりはなかった。

そんな面倒事に自由を縛られるぐらいなら、無能と判断した父親を見返すほうが痛快だろう。

「だから、まずは〝魔法の神髄《ミーミル》〟を探し出す。そして、戦って勝つことが目標だ」

「なら、私の力が役に立つかわかりませんが、彼を探すのをお手伝いさせてください」

「王女様は——」

「ユリアで構いません」

「……いいのか？」

王女だから身分差には厳しいと思えたがそうではないようだ。

「ずっと言いたかったのですが、その程度で怒るほど狭量な人間ではないつもりです」

少し頬を赤く染めて彼女は照れくさそうに言った。

「一緒に旅をして食事もしました。こうして肩を寄せて座っています。もう、お友達です。あと敬称もいりません。アルス様が嫌でなければですが、名前で呼んでください」

「……そういうことなら、オレのこともアルスで構わない」

友達と言われて悪い気はしなかった。

自分には親しい相手など、亡くなった母親以外は存在しなかったからだ。

初めての友人、むず痒《がゆ》いものがある。

アルスは左耳につけられたピアスを触りながら心を落ち着かせた。

「わかりました。それで先ほど、アルスは何を言いかけたのですか？」

「ユリアは自分の国のことだけ考えればいいって言いたかっただけだよ」

「アルスには助けていただきましたから、嫌だと言われてもお手伝いしますね」

そう言ったユリアは、アルスの腕を引き寄せると胸を押し当て身体を密着させる。

「なんだ寒いのか？　それとも眠くなってきたのか？」

「あ、いえ……そういうわけでは、申し訳ありません」

「なんで謝るんだ？　逃亡生活で眠れてないんだろ。今は気にせず寝てくれていいぞ」

「本当に……ごめんなさい」

確かにアース帝国に囚《とら》われてからユリアが一睡もしていないのは事実だ。

四六時中向けられる下卑た視線、罵声は日常茶飯事で気の休まる日がなかった。

アース帝国の魔導師たちによる護送は反吐《へど》がでるほどの地獄だった。

手を出すべからずと皇帝の勅令があったにもかかわらず、彼女の容姿は死を引き換えにしても、一部の兵士が暴走して襲うほどの艶美な魅力をもっていた。

逃走している最中も、幾人もの追っ手が我慢できずに、ユリアに欲望を吐き出そうとした。その度に蹴散らしては逃げることを繰り返し、精神は相当疲弊していたと言えよう。

だからこそ、アルスも同じではないかと疑心暗鬼に陥ったユリアは、この旅の道中で色々と試したのだ。

他の男たちと同様に下心はあるのか、それを確かめたくて、火を起こす時、毛布を分け合う時、先ほどの行動もそうだ。様々な場面で無防備な姿を晒した。

その結果はユリアが罪悪感を抱いただけ、アルスはただただ純粋な好意から手を差し伸べてくれていた。

「ねえ、アルス、私はあなたのような優しい男性には出会ったことがありませんでした」

ユリアが王女を務めていた頃は、王都の〝外〟にでたことがなかった。

だから初めて〝外〟にでてから、男というものがどれほど愚かでおぞましいものか理解できたし、この世界に希望はないのだと諦めもした。

けれども、最後の最後でユリアは初めて〝良心〟というものに出会ってしまった。

絶望の中に現れたアルスという〝光〟、出会うことはないと思っていた〝希望〟。

「だから、今日のことは生涯忘れることはないでしょう」

「大袈裟だ。そこまで気にしなくてもいいよ」

「そういうわけにはいきません。だから、ここで私は誓っておきます」

自身が今抱いている想《おも》いを形にしなければならない。

「国が滅びた今は恩を返そうにもこの身一つしかありません。ですから、アルスが困難に見舞われた時は命を失おうとも手を差し伸べ、世界中の者があなたを責めようとも私は最後まで味方であり続けましょう」

「いや……そこまで」

突然そんな誓いはしなくても——と、アルスは思ったが茶化すような空気でもない。

ユリアは本気で言っているのだと、彼女の態度や声音から察することができた。

「なら、オレも最後までユリアの味方だと、ここで誓っておくよ」

「本当ですか？」

「ああ、オレは約束は破らない主義だ。迷惑ならやめておくけどな」

「そ、そんなことはありません。嬉《うれ》しいです……本当に嬉しいです！」

相当嬉しかったのかユリアの目尻には涙が浮かんでいた。

しかし、そんな彼女の弾むような声を最後に会話も終わり、ふと静かになったことで隣を見れば、アルスの肩を枕にしてユリアが寝息を立て始めていた。

無理もない。アース帝国に一度は捕まり、そこから逃避行を繰り返していたのだ。

アルスの知らない苦労もあったことだろう。

疲れていないはずがない。だから、自然と寝入ってしまうのも理解できた。

アルスはユリアの吐息を耳元でくすぐったく感じながら、起こさないように気をつけて頭上を振り仰ぐ。

地上ではこの夜空に瞬く星の数ほどの人々が生活している。

ならば、自分やユリアと似たような境遇の者は大勢いることだろう。

ユリアには気恥ずかしくて、目的の建前しか言わなかったが、本音は別にある。

無能と言われた自身の存在が、同じ境遇を持つ者たちの逆境を跳ね返す一助となり、迷うことのない人生を歩めるように。

「〝魔法の神髄《ミーミル》〟を退け、オレが〝魔帝〟になり全ての者たちの希望となる」

＊

――アース帝国メーゲンブルク領プルトーネ。

オーフス・ツー・メーゲンブルク辺境伯の居住地は、夜も更けているのに些《いささ》か人の出入りが激しくなっている。誰もが鎧《よろい》を着用しており、物々しい雰囲気の中で得物を手に中庭に整列を始めていた。

屋敷の中でも重装備を着込んだ兵士が巡回しており、主人の部屋の前では屈強な兵士が見張りをして廊下に睨《にら》みをきかせている。

その室内には二人の人物がいた。

眉間に皺《しわ》を寄せることで神経質そうな顔がより一層気難しくなっている。

屋敷の主オーフス・ツー・メーゲンブルク辺境伯だ。

彼の向かいのソファには金髪銀眼で美しい容貌を持った男性がいた。

ヴェルグ・フォン・アーケンフィルト。

聖法教会の聖法十大天――聖天と謳《うた》われる聖騎士の一人である。

「このような辺境にエルフの方が来られるとはな」

エルフは大陸の南西にある広大な森林地帯に巨大な国家を築いている。

神々に愛されている種族であることから優秀なギフトを持つ者が多い。

故に人間のみならず他種族を見下しており、自分たちの国家圏からでてくることは珍しい存在となっている。

その強大な力は馬鹿にできない。権力、影響力、軍事力、全てにおいて魔法協会に匹敵すると言われ、アース帝国も彼らの後ろ盾があってこそ版図を広げることができ、世界最大の国家となることができたからだ。

魔法協会の魔王――魔導十二師王に匹敵するは聖法教会の聖法十大天。

世界最高峰の魔導師たち――その一人が目の前にいる。

「夜分遅くに申し訳ない。気になる情報を得たのでね。寄らせていただきました」

「気になる情報？」

「帝国が護送していたヴィルート王国のユリア王女についてです」

「聖法十大天が動かなければいけないほどの事態とは思えないが……？」

「通常であればそうですね。私は別件で動いていたのですが……見逃せない情報を手に入れまして、ユリア王女は【光】を所持しているようなのです」

「それはまた……なるほど、聖法教会は白系統のギフトを集めていましたな」

オーフスはとぼけた。実はユリア王女がギフト【光】を所持していたのは知っている。

けれども、目の前の人物に言質《げんち》をとられるわけにはいかない。

アース帝国と聖法教会は同盟こそ結んでいるが、最近は両国の関係は冷え切っていた。

それ以前に、アース帝国貴族として誇りあるオーフスは、国家が不利になる証言は避けなければならないのだ。

「白系統のギフトを持つ者は、いかなる種族であろうと聖法教会に入る資格を得る――いや、入らなければならない。白系統は最も神聖なるギフトですからね」

「それが稀代《きたい》ギフトともなれば、よりいっそうですか」

「隠すことでもないので言いますが、アース帝国は聖法教会に許可を得ることなくヴィルート王国を攻め滅ぼし、意図的にユリア王女の存在を隠していたんですよ」

「聖法教会の庇護《ひご》下ともなればヴィルート王国に手をだせませんからな」

ヴィルート王国の王女を守るために聖法教会が出張ってきたら、さすがのアース帝国も振り上げた拳のやり所を見失う。

内心面白くなかろうがあえなく元に戻すしかなかった。両国の関係は冷え切っているとはいえ、聖法教会を敵に回すのはあまりにも危険すぎるのだ。

「挙げ句、稀代ギフト【光】を手中に収めんとした。我々としてはそれは面白くない」

「だから、このような辺境にまで来られたのですか」

「この眼《め》で事実確認をしてこいと上からの命令なのですよ」

「聖天ともあろう者が使いっ走りですか……それで私に何用なのですかな？」

「お願いしたいことがありまして、現在アース帝国はアルベルト殿を指揮官に王女一行の捜索をしているようですが、オーフス殿にも全面的に協力していただきたいのです」

「見てわからないか？　十分に協力している。そもそもこれはアース帝国の問題であって、聖法教会に口出しされる筋合いはない」

拒絶を示しても相手に折れる様子はなく、ヴェルグは笑みを湛《たた》えたまま頷《うなず》いた。

「そうですね。ですが、私も引き下がるわけにはいかない。だから、はっきり申し上げましょう。ユリア王女の身柄を確保したら聖法教会に引き渡してくれませんか？」

「では、こちらもはっきりと申し上げておこう。私はアース帝国貴族、聖法教会の下についているわけではない。立場を弁《わきま》えたほうがよろしい」

「そういえば、ご嫡男はお元気ですか？」

唐突に話題を変えてきたヴェルグに、オーフスの片眉が反応する。

「……今は自室で魔法の訓練をしているはずですが、一度お会いになられたはずだ」

「いえいえ、そちらではない。私が聞いた話では先日脱走した者――名をアルス、ギフトは【聴覚】でしたか。非常に珍しいギフトの持ち主だったそうですね」

「誰からそれを？」

「私は聖法教会所属ですよ。少し調べるだけで情報は手に入る。それにあなたの息子が生まれた日、派遣された〝巫女《みこ》〟がどこの所属か知らないわけではないでしょう？」

「エルフともあろう者が守秘義務を無視するか」

「無能は殺すか、隠すか、アース帝国の暗部は存じてます。ですから、聖法教会から外部に洩《も》れることはない。そこは安心していただきたい。現に今こうしてあなただけに問いかけているでしょう」

「……アルスは息子ではない。もはやメーゲンブルク家に関係のない存在だ」

「なるほど、オーフス殿ご自身がそう納得されていても他の方はどうでしょうね」

「何が言いたい？」

「アース帝国は聖法教会を欺いてまで、ユリア王女を帝都へ護送しようとしたのです。なのに、メーゲンブルク辺境伯のご嫡男が逃走の手助けをした。この事実を皇帝陛下が知った時、知らぬ存ぜぬが通用するとでも？」

「あいつは生まれて以来我が家とは無関係。今となっては脱走した犯罪者でもある。それなのにメーゲンブルク家に責任をなすりつけられてはたまらん」

「では、なぜ捜索に協力していながら小勢なのです。それではユリア王女の脱走に、メーゲンブルク家が関わっている可能性が高いと判断せざるを得ない。関係ないと言い張るならそれでよろしい。しかし、聖法教会はアース帝国の同盟国として、皇帝陛下に真実を話さなければならない」

用意された白ワインを飲み、口を湿らせたヴェルグはオーフスに鋭い視線を投げた。

「仮令《たとえ》、メーゲンブルク家が潰れようともだ」

明らかに脅迫だ。しかし、ユリア王女を聖法教会に引き渡しても、メーゲンブルク家の心証が帝国内で悪くなるだけだろう。

引き渡すか、恥を晒《さら》すか、どちらを選んでも明るい未来は待っていない。

そんなオーフスの心を読んだかのように、深い笑みをヴェルグは浮かべた。

「ユリア王女を引き渡していただければ、聖法教会から皇帝陛下に説明させていただきます。もちろんメーゲンブルク家は悪いようにはならないでしょう」

つくづく癇《かん》に障る奴《やつ》だとオーフスは思った。

メーゲンブルク家の秘密を知る彼を亡き者に——そんな考えが頭を過《よぎ》らなかったわけではない。しかし、聖法十大天に勝てるほどの実力者はメーゲンブルク領には存在しないのである。否、彼に勝てるのは同じ聖天か魔王ぐらいなものだろう。

「……よろしい。捜索には全面的に協力しよう」

「物わかりが良くて助かる。実はアルスくんについても気になることがありましてね」

「ただ耳が良いだけの無能ギフトだぞ。聖法教会が気にするほどのものではない」

「そういうわけにもいかない理由がありましてね。オーフス殿は、各国のお偉方を騒がせている人物がいるのはご存じですか？」

ヴェルグが肩を竦《すく》めて言葉を続ける。

「誰もいないのに〝探知〟魔法が反応する。けれども、どれだけ探しても見つからない。数え切れない〝罠《わな》〟魔法を仕掛けても掻《か》い潜《くぐ》り嘲笑《あざわら》うように消えてしまう。聞き耳を立てているのは間違いないが、その気配は感じるのに見つけ出すことができない」

「……それがアルスだと？　ありえない。あいつは一度も〝外〟に出したことがない」

「しかし、ユリア王女に逃げられたアース帝国の魔導騎士――レック殿の報告によれば、アルスと名乗った人物は魔法を使ったそうです。なにより彼は〝耳が良い〟ときた。偶然にしてはうまくできすぎていると思いませんか？」

「…………かもしれんな」

「それで先ほどの続きなんですがね。その人物は世界各国の機密情報――秘匿魔法の知識をいとも容易《たやす》く盗聴したと言われています。もちろん、アース帝国の研究施設や聖法教会も例外ではない」

ヴェルグはソファに深く腰を沈めると参ったように両手をあげた。

「しかも、どれだけの知識を奪われたのか、どこまで被害が及んでいるのかすら把握できていない。だからいつ情報が他国に売り渡されるのか、もしくは利用されてしまうのか、世界各国は戦々恐々としているのです」

「馬鹿馬鹿しい。他国に魔法知識が流出していないのなら神経質になる必要はない」

「実は私が動いていた別件とはこのことでして、犯人の可能性が高かったアルスくんが脱走していたとは……本当に残念ですよ」

嘆息したヴェルグは再び口を開く。

「とにかく、聖法教会はその人物が集めた魔法知識を手に入れたがっているんです」

「雲を摑《つか》むような話だ。実在するかどうか疑わしい人物を探すほど無駄なことはない」

「かもしれません──が、無視することもできないのです」

エルフはこれまでの作り物めいた笑みを取り払う。

「世界各国の首脳部が謎の人物をなんと呼んでいるかご存じですか？」

ヴェルグは背筋が寒くなるほどの冷たい視線をオーフスに向けた。

──〝魔法の神髄《ミーミル》〟です。

＊

朝日が昇り始めた頃、ユリアが起きて早々に頭を下げてきた。

「寝てしまって申し訳ありませんでした。見張りとかしなくてはいけなかったのに」

乱れた横髪を撫《な》でながら、内心の照れを隠すような仕草で何度も頭を下げてくる。

さすが王女様だけあって、寝起きであろうと動作一つ一つが様になる。

「よっぽど疲れていたんだろ。気にする必要はないよ。オレも仮眠はとれたからな」

「そういうわけには……本当にすいませんでした」

ユリアは身を縮こまらせて申し訳なさそうにしている。

アルスは気にするなとばかりに彼女の肩を叩《たた》いて苦笑を向けた。

「それより出発しよう。もう目の前みたいだ」

朝日が昇ってから気づいたが、魔法都市はすでに目に見える範囲まで近づいていた。

アルスが指し示した先を見て、ユリアが驚いたように目を見開く。

「あれが……」

「見るのは初めてなのか？」

「はい、私は国を出ることを許されなかったので、そういう意味ではどこに行っても初めての経験ではあるのですが……」

彼女が持つのは貴重な稀代ギフト【光】だ。

ヴィルート王国は彼女の身を守るために王宮で大事に育てていたのだろう。

「バベルの塔……あれがそうなんですね」

「ああ、行くのが楽しみだな」

巨大な塔が天空を貫いて建っている。

魔法都市の象徴――選ばれた者だけが住めるバベルの塔だ。

今も建設途中であるバベルの塔は、神々に至る塔とも呼ばれている。

魔導師の悲願は地上を去った神々との接触、ギフトの真理に辿《たど》り着くことだ。

天上に届かんばかりに塔を伸ばし続けるのは憧憬ゆえである。

「行こう」

「はい」

魔帝への一歩、祖国の再興、様々な想《おも》いを胸にしながら二人は進む。

しかし、魔法都市に辿り着いたのは日が暮れる直前だった。

思っていた以上に距離があったようで、すでに魔法都市の門は閉められている。

「どうやって入るんだろうな……」

「見張りの人がいると思いますから、お願いすればいれてもらえるのでは――」

二人で相談しているとユリアの言葉が途中で途切れる。

その視線を追いかければ、魔法都市の街門に一人の女性が立っているのに気づいた。

ユリアが一歩前に足を踏み出した時、勢いよく駆け出したのは正体不明の女性だ。

彼女は走り寄ってくると勢いよくユリアに抱きついた。

「お姉様……無事で良かったっ！」

「カレン、心配をかけました。あなたも元気そうでよかったです」

ユリアはカレンと呼んだ少女の背中に手を回して抱きしめた。

二人の会話から察するに、カレンは旅の道中でユリアから聞かされていた妹だろう。

去りゆく夕陽《ゆうひ》を浴びた紅髪《べにがみ》が真っ赤に燃えるように煌《きら》めいている。気の強そうな目元は意思の強さの証明であり、その確かな信念が宿った紅瞳《べにひとみ》はアルスに向けられていた。

「お姉様……誰なの、この人？」

「アルスだ。よろしく頼む」

簡潔に自己紹介を終えれば、カレンから明らかな戸惑いが伝わってくる。

「えと……その格好はヴィルート王国の兵士――」

彼女は頭の天辺《てっぺん》から足の爪先までアルスを品定めするかのように眺めてくる。

やがて何か納得したように一つ頷いた。

「うん、絶対に違うわね」

カレンの紅瞳に胡散臭《うさんくさ》い輩《やから》を見るような最大級の警戒心が宿った。

いつから門の前で待っていたのかわからないが、姉を見つけた途端に抱きつくような少女なのだから、毎日ここに足を運んでいたのは確かだろう。

そういった行動から家族――少なくとも姉への情が深いことがよくわかる。

そんな愛《いと》しいユリアの背後に、みすぼらしい格好をした不審者がいたら警戒するのもわかるが……だからと言って視線だけで人を殺せるような眼《め》は向けないでほしい。

「カレン、無礼はなりませんよ。アルスはアース帝国に追われていた私を助けてくださった方です」

姉に窘《たしな》められたカレンは何度か瞬《まばた》きすると、

「そうだったの……ごめんなさい。お姉様を助けていただいて感謝するわ」

アルスに向けて素直に謝罪をしてから、カレンは背筋を伸ばした。

「改めて自己紹介するわ。あたしはヴィルート王国の元第二王女のカレン。訳あって王族じゃなくなったけど、魔法協会に所属している〝ヴィルートギルド〟の魔導師よ」

横髪を払った彼女の仕草は乱雑よりも品位が勝り、堂々たる振る舞いは王女の風格というものを備えている。そんな磨き抜かれた気品と魅力で王族なのは一目で知れた。

ユリアが静とするならカレンは動。対照的な姉妹という印象も見受けられた。

「言いにくいならいいんだが、今は王族じゃない理由を聞いてもいいのか？」

「別にいいわよ。隠すことでもないから、特に面白い理由でもないけど知りたい？」

「興味がないと言えば嘘《うそ》になるな」

「正直でよろしい。なら教えてあげましょう」

偉そうな態度だが不思議と似合っているので嫌な気分にはならなかった。

「ヴィルート王国が昔からアース帝国と仲が悪かったのは知ってるかしら？」

両国は隣同士ということもあって、長年に亘《わた》り小競り合いが絶えなかった。

それでも戦力差は歴然としており、このままでは国が滅ぼされると思った彼女たちの父親——ヴィルート国王は魔法協会の魔法知識を手に入れて国力増強を画策した。

「聖法教会は駄目だったのか？　あそこは白系統のギフトを集めているだろう。ユリアの【光】なら受け入れて、ヴィルート王国を庇護《ひご》下に置いたかもしれない」

「その案もありました。私は行くつもりだったのですが、稀代《きたい》ギフトを他国に渡すことをお父様が許さなかったのです」

と、ユリアが答えた後にカレンが肩を竦めた。

「そりゃ聖法教会なんて行ったら一生会えなくなるもの。それと王家に【光】の所持者が生まれたのも初めてでね。身の安全も考えてお父様は公表もしてなかったのよ」

しかし、ユリアの存在が露見したことで、アース帝国は稀代ギフト【光】を手に入れるためにヴィルート王国を攻め滅ぼした。

「お姉様が【光】だと知っていたのは、信頼していた重臣でも数人だけだったみたいだけど……本当にどこから情報が漏洩《ろうえい》したのか」

嘆息したカレンだったが、話が脱線しているのに気づいたのか軌道修正する。

「えーと、それでさっきの話に戻すけど、そういった理由でお姉様を国からだすわけにはいかないから、あたしに白羽の矢が立って魔法協会に送り込まれたってわけ」

「ほう……王女を選ぶとは、なかなか大胆な王様だったんだな」

思わずユリアは駄目なのに——と言いかけたが、アルスは途中で当たり障りのない言葉を選んだ。

血統ギフト【炎】でも、稀代ギフト【光】と違い世界で一つだけということはない。

だからカレンが——と変に深読みしたが、アルスの考えていることがわかったのか、彼女は首を横に振って苦笑した。

「変に勘違いしないでね。別に強制されたわけじゃないのよ？　そもそも魔法協会に所属したいって、お父様に直談判《じかだんぱん》したのはあたしだから」

「あの時のカレンはお父様を困らせてばかりいましたね」

ユリアはその時のことを思い出したのか小さく笑った。

「駄目って言うんだもの。でも、あたしの交渉術によって、ついにお父様が折れて許可が出たのよね」

一国の王に認めさせるほどの交渉術。アルスは知りたいところだったが、話がまた脱線しても困るので今度改めて聞くことにする。

「だが、魔法協会は国家の介入を許さないって聞いたことがあるぞ。他国の王女なんて所属できるのか？」

「魔法協会――二十四理事《ケリュケイオン》は偏屈な集まりなだけあって、変なところが頑固で面倒な連中なのよ。本音はどうでもいいくせに、昔からある決まりだからって感じかしらね」

カレンは呆《あき》れたようにため息をついた。

「だから体裁だけ整えればどうにでもなったわ」

「ああ……それで王位継承権の放棄か」

「そういうこと。王位継承権の放棄を宣言して、そのまま魔法都市に飛び込んでやったわ。さあ、これからだって時だったんだけど――」

言葉を途切れさせたカレンは姉に抱きついた。

久しぶりに再会して気分が高揚しているのもあるのだろうが、何もできなかった自分自身の不甲斐《ふがい》なさと国が滅んだ悲しみが混ざりあっている。

そんな気持ちが強くでたことで相当な力が込められているのだろう。

若干であるがユリアが苦しそうな表情をしていた。

「お姉様、ごめんなさい。あたしの力が足りないばかりに間に合わなかった」

ユリアは優しく微笑《ほほえ》んでカレンの背中を撫でた。

「そんなことはありませんよ。あなたは十分に支えてくださいました」

穏やかな春風が二人を包み込んで、名残惜しそうに去って行く。

しばらくして、すんっと鼻を一度鳴らした後、カレンはユリアから離れた。

すでにその顔は笑みで彩られている。

「それじゃ、理由も話したことだし、街に入りましょうか」

カレンに案内されて正門の横にある小さな扉に辿り着く。

しかし、彼女が振り返ってきたことで、扉を抜けることはできなかった。

「そうだ。二人とも魔法都市は初めてでしょ。なら、洗礼をやっておかないとね」

「洗礼？」

「そっ、洗礼よ。本当は正門が開いている時にできたら良かったんだけどね」

威厳に溢《あふ》れる意匠が施された巨大な門の前でカレンが両腕を広げる。

神妙な顔つきで、放たれる気配は苛烈、豹変《ひょうへん》した雰囲気は荘厳であった。

奇妙な圧迫感、頭を垂れたくなるほどの威圧感はバベルの塔が背後にあるせいか。

「名も無き魔導師よ。世界の知識を曝《さら》け出し、叡智《えいち》を積み上げよ。さすれば神々は手を差し伸べるだろう」

それはもう魔導師らしい――、

「神々に至る場所《ヴァルハラ》へようこそ」

魔法の深淵《しんえん》を覗《のぞ》き込むような微笑だった。

第二章　魔法都市

「さすが、魔法都市だな。プルトーネの街とは比べものにならない」

たった一歩、門を越えた先を見ただけで圧倒される光景が目に飛び込んでくる。

街路は人で埋め尽くされて、露店が所狭しと並んで店主たちが声を張り上げていた。

「すごいですね。人の数も——多種多様な人種が沢山います」

魔法都市——魔法協会の首都で世界中のギフトが集う場所。

世界の中心地。

プルトーネの街で塔以外の建造物は三階建て以上が存在しなかった。

しかし、魔法都市は五階建て以上のものが沢山連なっている。

その象徴であるバベルの塔は八十階以上——今も建築途中と言われているのだから驚きだが——それと比べたら見劣りするが、初めて訪れた魔法都市には興味が尽きない。

「世界最大の都市なんて言われてるぐらいだもの。あたしも初めて来たときは驚いたものよ。エルフやダークエルフとかもここじゃ普通にいるしね」

驚く二人を見て昔のことを思い出したのか、カレンも懐かしそうに眼を細める。

それからふと何かを思い出したのか隣を歩くユリアの肩を叩《たた》いた。

「そうそう、お姉様、お姉様。お父様も旧臣たちと共に他国へ亡命できたそうよ」

「そうですか……それは良かったです」

ユリアの顔に若干の翳《かげ》が過《よぎ》る。喜びは小さく憂いを帯びていた。

だが、すぐさま何事もなかったように笑顔で表情を取り繕う。

「それよりもカレンの話が聞きたいです。位階上げは順調なのですか?」

「先日、第四位階〝座位《オファニム》〟になれたわ。魔王への挑戦権を得られる第二位階まであと二つよ」

「すごいじゃないですか! さすが、カレンです!」

魔法協会には位階と呼ばれる一から十二までの階級が存在している。

第二位階〝熾位《セラフィム》〟に到達すれば、第一位階〝絶位《ルシフェル》〟を支配する魔王たちへの挑戦権を得られる。

魔王になるのに身分は必要ない。魔法協会に貢献して、ただ実力を示せばいい。

魔王の中でも最強と謳《うた》われる魔王シュラハトは平民出身である。

平民のほとんどは無能ギフトを所持して生まれるため、今の世界では非常に珍しい出自の魔王だ。

「確か今の魔王たちは歴代でも最強と言われているんじゃないのか?」

「そうよ。だから挑戦しがいがあるのよね」

挑戦者に敗北すれば魔王ではなくなる。だから今の魔王たちは無敗ということだ。

そんな十二人の魔王が支配しているから、魔法協会は絶大な影響力を保持している。

（魔王は心配いらないだろうが……聞いた限りじゃ、何人かの二十四理事《ケリュケイオン》は他国と手を結んでいるはずだ）

二十四理事《ケリュケイオン》は全員が第二位階〝熾位《セラフィム》〟だ。

魔王になれない者たち、魔王の座から引きずり下ろされた者たちで構成されている。

力ある所に人は集い、群れる習性がある。

中途半端な地位で燻《くすぶ》っていればより顕著で、その心には黒い感情を抱えているものだ。

「ついたわよ」

カレンの声でアルスは思考から抜け出す。

考えている間に目的の場所に辿《たど》り着いたようだ。

「ここがうちのギルドの本拠地よ」

「うちですか……？」

ユリアが小首を傾《かし》げる。初めて聞いたと言わんばかりの仕草だ。

「あれ、お姉様に言ってなかったっけ」

「最後に手紙でやりとりした時にはお金を貯《た》めてるとだけしか……」

「そっかー。知らなかったか……なら、あとで言って驚かせたほうが良かったかな」

残念そうに天を仰ぐカレンに、目尻を和らげたユリアが口元を綻ばせた。

「ふふっ、残念でしたね。それで無事に買えたみたいですね」

「うん、皆で協力してギルドの本拠地を買ったわよ！」

「それは良かったです。おめでとうございます」

「しかも、ただの拠点じゃない。あたしのギルドは酒場を経営してるのよ」

「はあ……酒場ですか、えっ、カレンが酒場を？　お酒飲めましたっけ？」

「もうっ、お姉様ったら箱入り娘なんだから……飲めなくても酒場を経営することぐらいできるわよ」

「そうなんですか……。てっきりお客様にお注《つ》ぎしたり、一緒に飲みながら世間話をしないといけないのかと」

「お姉様、それは違う店よ。うちでは料理や酒類を提供するぐらい。まあ、たまに勘違いした馬鹿も来るけど、丁重にお願いして出て行ってもらってるわ」

丁重というのが本当かどうかはわからない。その発言の時だけアルスが殺気を感じたほどなので、彼女なりの手段を以て迷惑な客は退店してもらっているのだろう。

「でも、意外ですね。カレンがそういった店を経営するなんて……」

「ギルドの運営にはお金がかかるのよ。だから、酒場を経営することにしたの」

魔法協会に所属したからといって、金銭が支給されるわけではない。

ギルドの維持にしても、生活費にしても自分たちで稼がなければならないのだ。

「そうなのですか？　なら、私も頑張って手伝わないといけませんね」

「うんうん、その心意気や良し！　いずれ手伝ってもらうつもりよ。でも、お姉様にはまず魔法都市に慣れてもらわないとね」

仲の良い姉妹の会話を聞きながら、アルスは改めて店舗を眺める。

〈灯火の姉妹《ヴィルート・シュヴェスター》〉という看板が掲げられた酒場。

ギルドの名からしてある程度予想していたが、ヴィルート王国の関与を隠すつもりは一切ないようである。

「〈灯火の姉妹《ヴィルート・シュヴェスター》〉ですか。いい店名だと思います」

「でしょ。あたしとお姉様の店よ！」

ギルドの本拠地じゃないのかと言いたくなったがアルスはグッと呑《の》み込んだ。

「さあ、二人とも突っ立ってないで、入って入って！」

慣れた様子でカレンが扉を開けたので後をついていけば、今日は定休日なのか数人の店員がいるだけで、客の姿は見当たらず酒場の雰囲気はない。

アルスが店内の奥に視線を向ければ、暗がりから現れた一人の女性が店内の照明を受けてその姿を露《あら》わにした。

他の店員と同じく長いスカートに可愛《かわい》らしいフリルがついた侍女のような格好をしてい

る。青髪青眼のせいか、どこか冷めた雰囲気を纏《まと》った美しい女性だ。

陶器人形のような白い肌をしており、その容姿と相俟《あいま》って宗教画に描かれる女神のようでもある。しかし、白い肌に浮いた静脈が人間であることの証明であり、仕草一つ一つが生ある物なのだと教えてくれるが、それでも現実と空想の狭間《はざま》を漂い続けているような、そんな不思議な印象を漂わせる女性であった。

「カレン様、おかえりなさいませ」

と、淡々とした口調で告げた後に、ユリアに向かって深々と頭を下げた。

「ユリア殿下ご無事でなによりでした」

「エルザ、お久しぶりです！」

「はい、二年と三ヶ月ぶりです……それでそちらの方は？」

「アルスだ。ユリアと縁あって一緒に魔法都市まで来た。よろしく頼む」

ユリアを呼び捨てたことに、エルザの形の良い眉が反応を示す。

たったそれだけの変化で感情の機微が読み取れることはなかった。

「…………なるほど。わたしはエルザです」

何に納得したのかわからないが、お互いの自己紹介は短いながらも終わった。

アルスとエルザ、互いに視線を逸《そ》らさず見つめ合う。

けれども、そこに甘い空気はない。

変な空気が流れ始めたのを断ち切ったのはユリアだった。

「エルザ、アルスは私を助けてくださったのです」

聞いてもいないのにユリアが嬉《うれ》しそうに報告すれば、何を言うでもなく耳を傾けたエルザは静かに何度も頷《うなず》く。二人を見ていると主従というよりも、長年の友人と久しぶりに再会したような雰囲気を感じた。

「エルザは元々お姉様に仕えていたのよ」

いつの間にか隣へ来ていたカレンが教えてくれる。

「そうなのか、それであんなに近い距離感というか、仲が良さそうなんだな」

「エルザはお姉様に心酔してるからね。でも、あたしが魔法都市に行くのを知ったお姉様が、心配してエルザを付けてくれたの。今じゃギルドの運営には欠かせない存在よ」

「……確かに普通の侍女じゃないみたいだな」

動作一つ一つに無駄がない。今もユリアと会話をしているが隙は全くなかった。

今この瞬間に襲撃を受けたとしても、すぐに対処が可能な洗煉《せんれん》された佇《たたず》まいである。

「炊事洗濯、ギルドの運営から酒場の経営まで全てが完璧よ」

お前はなにしてるんだと言いたくなったがアルスはグッと堪《こら》えた。

「そうか……店員も数名、いや、用心棒か？」

素人目でも観察すれば、エルザほどではないが店員も鍛えられているのがわかる。

アルスが相手をした魔導騎士程度なら簡単に勝てそうな感じが見受けられた。

「ただの店員でもなければ、用心棒でもないわよ。シューラーって言うの」

「シューラー？」

「ギルドマスターはレーラー、メンバーはシューラーと呼ばれているのよ」

「店をギルドで切り盛りしてるってわけか」

「一部を除けばだけど、魔法都市じゃほとんどのギルドがそうよ。だから家族みたいなものかしら、魔王は逆に領地を与えられるから、王様のような暮らしぶりみたい」

カレンと会話をしている間に、ユリアたちの会話が終わったようでエルザと共に近づいてきた。

「ユリア殿下を救い出していただきありがとうございます」

と、丁寧な物腰で頭を下げてきたエルザは顔をあげる。

「お礼と言ってはなんですが、お食事を用意しますので食べていただければ幸いです」

「それはぜひお願いしたいところだな。楽しみにしているよ」

根拠はないが、エルザなら美味《うま》い食事が作れるとアルスは確信した。

「では、しばしお待ちを」

小さく会釈したエルザが奥の暗がりに消えていく。

「こちらをどうぞ」

と、椅子を差し出してきたのはシューラーの女性だ。

「ああ、ありがとう」

「では、ごゆっくり」

彼女は小さく頭を下げると箒《ほうき》を手に、二階へ繋《つな》がる階段へ向かっていった。

その背を見送ったアルスが用意された椅子に座れば、

「あっ、待ってください！　エルザ、私も手伝います！」

「お姉様が手伝うなら、あたしも久しぶりに腕を振るおうかしら」

ユリアとカレンがエルザを追いかけて奥に消えていった。

しかし、すぐに二人とも頭を項垂《うなだ》れさせて戻ってくる。

「お客さまの相手をしろと怒られました」

「余計な仕事が増えるって言われたわ。失礼すぎると思わない？」

「ふふっ、カレンは相変わらずなんですね」

「あたしだって成長してるわよ。野菜を洗うことぐらいはできるようになったもの」

姉妹だけあって料理の腕は似たようなものなのだろう。

二人を追い出したエルザには感謝である。

そんな訳で食事を待つ間、待っているだけなのも暇というわけで、自然と会話になるわけだがカレンから質問が飛んでくるようになった。

「そういえばアルスのギフトってなんなの？」

「【聴覚】です」

なぜかユリアが間髪を容れず自慢げに胸を張って言った。

そんな彼女に苦笑を向けてアルスは言葉を付け足す。

「単に耳が良いだけのギフトだよ」

「【聴覚】？　単に耳がいいだけ……？」

耳が良く聞こえるだけのギフトと聞けば、カレンが困惑するのも無理はない。

「た、確かに変わったギフトはたまにあるけど、それにしても【聴覚】って……常人よりも耳が良く聞こえる……それって魔法を使えるものなの？」

「ギフトは様々な種類がありますし、稀代《きたい》や血統ギフトもあったりするので研究は遅々として進んでいないと聞いたことがあります」

「確かにお姉様の【光】のような稀代ギフトとかは研究が進んでないみたいだけど」

「だから【聴覚】が魔法を扱えたとしても不思議ではないと思います。現に魔法を使っているのを見た私が言うのだから間違いありません」

「まあ……そうだけど……でも【聴覚】か、変なギフトがあるものねぇ」

カレンは感慨深そうに何度も頷くと改めて視線をアルスに向けてくる。

「耳が常人よりも聞こえるとなると苦労もしたでしょ？」

「それほど苦労したつもりはないが……」

確かに幼い頃は【聴覚】が様々な音を届けるから辟易《へきえき》したものだ。けれども、幽閉されていたことが周辺の音環境を狭めた為《ため》、煩わしい程度に感じるだけで済んだ可能性はある。その辺りはあの父親に感謝すべきなのかもしれない。

「劣悪な環境だと思ったが、今振り返れば一番適していた環境だったのかもしれない」

と、言ってからカレンの質問とは見当違いなことを口にしているのに気づいた。

けれども、彼女は気にした様子もなくその紅瞳に柔らかな光を湛《たた》えていた。

「ふぅん……よくわかんないけど、あんまり気にしちゃダメよ」

「そうですよ。今はエルザの料理が完成するのを楽しみに待ちましょう」

ユリアが手を叩《たた》いて締めたことで、しんみりとした空気が霧散する。

「その通りね。エルザの料理は美味《おい》しいわよ。楽しみにしてなさい」

今のやりとりでもわかることだが、姉妹揃《そろ》って心優しく、他人を思いやる気持ちを持っている。静と動、対照的な二人だと思ったが、やはり姉妹だけあってよく似ていた。

「お待たせしました」

と、言って両手に大皿を手にしたエルザが現れる。

机に並べられていく料理はどれも美味そうだ。

一口サイズに切り揃えられた牛肉を焼いて串に刺したもの、スープは黄金色で具はよく煮込まれた野菜、小麦粉で揚げた鶏肉《とりにく》、具材が薄い皮に包まれたもの、他にも見たことがない料理がいくつもあった。

「酒場のメニューで申し訳ありませんが味は悪くないはずです」

「いや、どれも美味しそうで食べるのが楽しみだ」

幽閉されていた頃に出された食事や、ユリアが作った物と比べれば雲泥の差だ。

「食べてもいいのか？」

「ええ、どうぞ」

エルザの許可を貰《もら》って、アルスは嬉々《きき》として肉類へ手を伸ばす。串に刺さった牛肉を口に運べば、途端に肉汁が溢《あふ》れてくる。火の通り方が絶妙で歯応えも十分、食欲を刺激してくるが、ただし少々薄味だった。

これは逃避行を繰り返して、魔法都市に辿《たど》り着いたアルスやユリアの身体《からだ》を気遣ってのことだろう。濃い味のほうがアルスは好みだが、感謝もせず些細《ささい》なことを指摘してエルザの好意を無下にするのは褒められたものではない。

だから、ご飯を一粒も残さず食べるのが礼儀だと思うのである。

「ユリア、口の端にご飯粒ついてるぞ」

「えっ、どこです？」

「ここだよ」

左右どちらなのか迷ってるユリアを見かねて、彼女のご飯粒をとるとアルスは自分の口に放り込んだ。

「ふぇっ——え、ええ!?」

「うわぁ……すごいわね。だいたーん、ひゅーひゅー!」

顔を真っ赤にするユリアと、楽しげにはやし立てるカレン。

「ん? 自分で食べたかったのか?」

「い、いえ、そういうわけではないのですが!」

「ユリア様。落ち着いてください。アルスさんも気にせず食事を続けてください。あとカレン様は今すぐ黙って食事だけしてなさい」

「ねえ、エルザ……なんかあたしにだけきつくない?」

「気のせいです」

「そう? ならいいんだけどさ……」

釈然としない表情を浮かべながらも、カレンは食事を再開する。

アルスはそんな三人の輪には加わらず、ひたすら食事だけに集中していた。

がっつくアルスの姿を見て落ち着いたのか、ユリアが微笑《ほほえ》ましそうに目尻を和らげる。

「昔からエルザの料理は美味しかったので、どれも満足してもらえると思います」

「だから、うちの酒場は人気があるのよ。美味くて安いし美人揃《ぞろ》いってね」

カレンの言葉通りどの料理も味は想像以上、予想を遥《はる》かに上回る美味さだった。

しばらくは皆が黙々と食べ進めていたが、集中力も切れてきた頃にカレンが口を開く。

「明日、うちのギルドは〝失われた大地〟に行くけど……お姉様たちはどうする？」

「私は行ってみたいですが、アルスはどうしますか？」

「オレも興味があるな。迷惑でなければ同行させてほしい」

大陸北部——俗に言う〝失われた大地〟は千年前まで人間が住んでいた土地で、魔帝が統治していた場所だ。

彼が神々に殺されたことで秩序を失い、後継者争いによって大小の戦争が立て続けに起きたとされている。やがて死体から流れ出る怨念や執念が呪いを大地に根付かせ、神々と魔帝の戦場跡から吹き溜《だ》まりとなった魔力が、強力な魔物を生み出すようになってから人間が住める土地ではなくなった。

そんな凄惨な時代のことを人々は暗黒期と呼んでいる。

〝失われた大地〟には魔法協会の総本山——第一期バベルの塔があったが、神々と魔帝の戦争に巻き込まれて破壊されてしまい、多くの魔導具と魔法知識が失われた。

現在では大陸北部に乗り込み失われた魔法書などの知識を回収すること、それが魔法協会に所属する魔導師たちの仕事となっている。

「でも、〝失われた大地〟まで結構な距離があったよな。歩いていくのか？」

「さすがに歩いては無理だから、バベルの塔に設置されてる転移門を使って行くわよ」

疑問に答えてくれたのはカレンだ。

「バベルの塔の転移門は〝失われた大地〟――その入口にある亜人国家連合の一つ、竜が統べる国シュライアと繋がっているの。足りない物資は向こうで調達するから荷物も少なくていいし、もし忘れ物をしても簡単に帰ってこられるんだけど……」

最後に言葉を濁したカレンは、フォークの先端で鶏肉をつつきながら嘆息する。

「〝失われた大地〟って特定の国しか入れないってわけじゃないから、周辺国も貴重な魔導具や資源を手に入れるために軍を送り込んでるのが厄介なのよね」

「当然、その間で戦闘も起きたりするわけだな」

「そうよ。アース帝国に限らず、〝失われた大地〟の一部を占拠して領有権を主張する国もあったりするしね。他ギルドとも争いが起きるし、盗賊が廃墟《はいきょ》を根城にしていたりもする。だから〝失われた大地〟じゃ魔法知識の奪い合いは日常茶飯事よ」

「なかなか過酷な場所なんですね……」

目を丸くしながら聞いていたユリアが緊張しているのか喉を鳴らした。

「だから国家との友好関係、ギルド同士の連携が重要になってくるの。他の連中に舐《な》められないように、うちも提携を結んでるギルドがいくつかあるのよ。うちに手を出せば厄介なことになるって思わせるためにね」

「他ギルドはいいとしても、周辺国だとアース帝国に気をつけないといけませんね」

狙われていることを思い出したのか、ユリアが深刻そうな顔で俯《うつむ》いた。

「気をつけるにこしたことはないけど、彼らが領有権を主張してる場所に近づかなければ会うこともないと思うわ。だって、大陸北部――〝失われた大地〟って大陸南部より広いから、そうそう出くわすことないもの」

ユリアを安心させるようにカレンは微笑んだ。

「まずは行ってみなければわかりません。その時に問題が起きれば対処すれば良いのです。ユリア様も心配なさる必要はありません。このエルザがついております」

と、これまで静かに食事をしていたエルザが会話に割り込んだ。

感情を表に出さないエルザの言葉と無愛想な態度を見れば、知らない者からすれば冷たくも感じる。

けれども、長年の付き合いのある彼女たちにとっては、そうではないようで。

「お姉様～、エルザはあたしを守ってくれないみたい。しくしく、あたしはどうなってもいいのね」

カレンは悲しげな表情を作ると、隣に座るユリアの肩に顔を埋《うず》めた。

その口元がニヤニヤと怪しい笑みなのは、アルスがいる角度からしか見えない。

だから純粋なユリアは騙《だま》されたようで、カレンの頭を撫《な》でながら戸惑った様子でエルザに視線を向けていた。

「もちろん、カレン様もお守りしますが——嘘泣《うそな》きを覚える前にお皿の一枚でも割らずに洗えるようになってほしいものです」

「うぐっ」

バレていた上に手厳しい言葉が返ってきたことで、カレンは藪蛇《やぶへび》だとばかりに苦々しい顔で胸元を押さえた。

「さて、お遊びはここまで、時間も時間です。そろそろお休みになられては？」

エルザにそう言われて時計を確認すれば、すでに時刻は深夜を回っていた。

「そうね。今日はここまでにしましょう。竜の街に行けば否《いや》が応《おう》でも理解するもの。見たことがない世界にきっと目を輝かせるわ」

カレンが声を弾ませて言った。

姉と冒険ができることを楽しみにしているのか、言葉の節々から喜びが伝わってくる。

「なら、明日を楽しみにして今日は休みましょうか」

ユリアも微笑んでから頷《うなず》くと席を立ち上がった。

「竜の国か……目にするのは初めてだから楽しみだよ」

幽閉されていた時に【聴覚】でその情報は得ていた。

最古の竜が治める国があり、人々はその支配下で繁栄を謳歌《おうか》している。

自由になったからには一度、足を運んでみたいと思っていた場所の一つであった。

「わたしは片付けをしてから休みますので、カレン様はアルスさんを客室に案内してもらえますか？」

「あら、手伝うわよ。四人でやればすぐじゃない」

「いえ、これ以上お皿を失う事態は避けたいので、もっと成長してからお願いします。それにユリア様とアルスさんは今日は色々とあったのですから、明日のためにも早めに休んだほうがよろしいかと」

有無を言わせぬ拒絶に、カレンは可憐《かれん》な口を尖《とが》らせて不満を露《あら》わにする。

けれども、反論したところで口では敵《かな》わないと思ったのか肩を落とした。

「エルザがそこまで言うなら……あとは任せるわ」

「はい、任されました」

決着がついたことで振り返ってきたカレンが、ユリアとアルスの間を抜けて階段に向かって歩いて行く。

「二階の客室に案内するわ。一応聞くけどお姉様はアルスと別の部屋でいいのよね？」

「あ、当たり前です！　あっ、いえ、別にアルスのことが嫌なわけではなくて！」

「お、おう？」

何を慌てているのか、意味がわからないアルスが首を傾《かし》げれば、ユリアが墓穴を掘ったとばかりにどんどん涙目になっていく。

「ヴィルート王国には、格言がありまして、男女七歳にして席を同じうせず！　だからですね。そういうことで部屋は別々のほうがいいと、別に一緒でもいいんですけど！」

「あら～、焦ったお姉様も可愛《かわい》いわね」

「も、もう、カレンが変なことを言うからですよ！」

「はいはい、お姉様どーどー、落ち着いて、アルスも気にしないであげてね」

「ああ、よくわからないが……気にしないでおくよ」

「それじゃ改めて案内するけど、二階は客室と一般シューラーたちの居住区になってるわ。三階はエルザを含めた幹部シューラーの部屋がある。それとお風呂があるんだけど——これは後で説明するわ。そのほうが楽しそうだもの」

二階に繋《つな》がる階段を昇りながらカレンは説明してくれる。

途中の奇妙な言い回しが気になったが、風呂があるのは興味深い。幽閉されていた頃は水の入った桶《おけ》とタオルを渡されて定期的に身体を拭く毎日だったのだ。

「楽しみにしておくよ。それより、ユリアと違ってオレはギルドに加入するつもりはないけど世話になってもいいのか？」

「お姉様の恩人だもの。好きなだけいてくれて構わないわ」

「そこまで甘えるつもりもないけどな。長いこと世話になると後が怖い」

「あら、気にすることないわよ。ちゃんと恩を返してくれたら文句はないもの」

二階の廊下を歩いていたカレンが客室の前についたのか振り返ってくる。

その表情からはからかっているのか、本気なのかはわからないが、遠慮する必要はないと言いたげな笑顔だ。

「ここがあなたの部屋ね。毎日掃除しているから綺麗《きれい》よ。好きに使ってくれていいわ」

案内された客室は広くはないが、幽閉されていた場所と比べたら雲泥の差であった。

まずカビ臭くない。空気も埃《ほこり》っぽくなく、毎日掃除されているのも嘘ではなさそうだ。

ネズミが走り回ることもなければ、雨漏りの心配もなさそうで、不気味な害虫もでることはないだろう。

家具は多くない。机が一つに椅子が一脚、寝台があって羽毛布団が敷かれている。

最低限の設備、けれども、客人を迎え入れるためにしっかりと整えられた部屋だ。

「何か足りないとか、欲しい物があったらエルザに言ってね」

「いや、十分だよ。気遣ってくれてありがとう」

「気にしなくてもいいわ。それじゃあ、お姉様はお風呂にいきましょう」

カレンはユリアに鼻を近づけてすんすん鳴らすと、腕を掴《つか》んで彼女を引きずるようにして連れて行く。

「ずっと気になってたけど、なんか濡《ぬ》れた犬みたいな匂いするわよ。動物と一緒に捕まってたの？　ちょっとだけ――ううん、結構、匂うもの。それでも微《かす》かにいい匂いと思えるのが、さすがお姉様っていうか……本当に羨ましいわ」

魔法都市に来る道中で討伐したヘルハウンドの匂いだろう。

風よけと暖をとるために死体を利用したのだから、血と獣臭が全身に染みついているのも当然だった。

「カレン！　アルスの前で言わなくてもっ。ちょっと引っ張らないでください」

「アルス、他人事《ひとごと》みたいな顔してるけどあなたも匂うわよ。あとで呼びに来るから寝ずに待ってなさい」

一瞬だけ振り返ったカレンに、触らぬ神に祟《たた》りなしとアルスは無言で頷く。

仲良く一階に降りていく二人をアルスは見送り、自身の腕をあげて鼻を近づけると顔を顰《しか》める。それから与えられた部屋に入ったアルスは、室内を見回してから最後に寝台へ視線をやった。

「うん……風呂に入ってからでいいな」

真っ白なシーツに、羽毛が詰まった布団。

ふかふかして気持ちよさそうで、飛び込めば至福の時を味わえるだろう。

けれど、風呂も入っていない身体《からだ》で飛び込めば汚してしまう。それはこの場所を提供してくれたカレンたちに失礼なようにも思えて、アルスは椅子に座ることにした。

「色々あったが……あの狭い世界にいた頃に比べれば充実した時間を過ごせているな」

予想とは大きく違った結果だったが、無事に魔法都市に辿《たど》り着くことができた。

明日は竜の国に行き、夢にまで見た大陸北部へ赴く。

「あとは〝魔法の神髄《ミーミル》〟の情報が欲しいところだが……」

魔法都市について、右も左もわからない状況だ。簡単に情報が集められるはずもない。

「焦っても仕方がない。しばらくは冒険を楽しむことにするか」

まだ何も始まっていない。

失われた大地、竜の街、他にも様々な場所が存在する。

それを取り巻く周辺国家もまた、自分が知らないことばかりなのだ。

「アルス～、まだ起きてるかしら？」

明るい言葉と共に部屋の扉が遠慮なく数度叩《たた》かれる。

扉を開ければ、髪の毛を湿らせたカレンが廊下に立っていた。

「ああ、カレンか、どうかしたか？」

「もう忘れたの？　さっき別れた時に言ったでしょ。あとで呼びに来るってね」

「ああ！　風呂か、楽しみにしていたんだ」

「入ったことないの？」

「幽閉されていた頃は、タオルを水で湿らせて身体を拭いてたからな。風呂については聞いたことがある程度の知識しかない」

「そう……なら、のぼせる可能性もあるから、あまり長湯せずに気をつけてね」

一瞬、憂いを帯びた翳《かげ》が紅瞳を過《よぎ》るも、カレンは片手で持てる大きさの桶を差し出してくる。中を覗《のぞ》けばタオルと一緒に奇妙な瓶がいくつか入っていた。

「これは何だ？」

「洗浄剤よ。紫の瓶は頭を洗うもので、白い瓶はその後に使って。身体を洗うときは青の瓶で、お風呂からあがったらこの赤い瓶に入っている液体——香料を身体に塗ると良い香りがするわ」

「へぇ～……これが洗浄剤なのか」

幽閉されていた自分が使うことはなかったが、そういった物があることは話に聞いていた。どんな香りがするのか気になって、カレンの髪に鼻を近づけて嗅いでみる。

「ちょ、大胆すぎない？　お姉様に聞いてたけど、距離感が近い！」

「うん？」

「はあ～……なるほどね。世間知らずっていうか、なんていうか、お姉様があんな反応するわけだわ」

頰を赤く染めながらも優しく微笑《ほほえ》んだカレンは、

「まっ、許してあげましょう。それでこの匂いは気に入ったかしら？」

横髪を一房掬《すく》い上げて嗅ぎやすいようにしてくれた。

「そうだな。なんだか安心する匂いのような気がする」

「それは良かったわ。髪の毛が乾いたらもっと香りが引き立つわよ」

洗浄剤が出来たのは百年ほど前のこと、原材料を発見して洗浄剤を開発したのは魔法協会の東に位置するソレイユ女王国だ。

製造方法は秘匿されており、洗浄剤を含めた化粧品類はソレイユ女王国が市場を独占している。他の国も追随しようとしているが、ソレイユ女王国ほど品質の良い洗浄剤は作れていないようだ。アルスが【聴覚】で得た情報によると、多少の魔力と変わった素材が必要なので当然だろう。

カレンたちには部屋を提供してもらった恩もある。

〝失われた大地〟に行って素材が見つかれば、洗浄剤の製造方法を教えてもいいだろう。

「それじゃ、お風呂場に案内するわね」

「ああ、頼むよ」

先を歩き始めたカレンの背中に、アルスは気になることを思い出して声をかけた。

「そういえば、ユリアはどうしたんだ？　てっきり彼女が来ると思ったんだが……」

「あ～……お姉様ね。お姉様なら、えっと、先に部屋に行ってもらったわよ」

歯切れの悪い返答だったが、アルスは特に気にすることもなかった。

「そうか。しかし、二人を見てると本当に姉妹仲が良いんだと伝わってくるよ」

「当然じゃない。自慢のお姉様だもの。そして、あたしはお姉様の自慢の妹よ」

風呂場は地下にあるようで、一階に降りてから調理場の近くにある階段を降りていく。

「この入り口の向こうが脱衣所よ」

廊下の中央辺りで立ち止まったカレンが指し示したのは引き戸だ。

「今度は一緒に入ろう。背中を流させてくれ」

帝都にある大衆浴場では親しい者同士で一緒に入ると聞いたことがある。

ただし、男女別であるのだがアルスはそこには気づいていなかった。

「えと……あ～、これは本当に……当事者ともなると厄介さが身にしみてわかるわ」

カレンは突然の誘いに顔を真っ赤にして戸惑っている。

そんな彼女にアルスは微笑んだ。

「もう友達みたいなもんだ。遠慮するな」

爽やかな笑みに下心は感じない。無垢《むく》な好意を向けられたカレンは思わず頷《うなず》いた。

「そ、そうね。友達？　なら、当然なのかしら？　よくわかんないけど、そのときはよろしくお願いするわっ」

「楽しみにしてるよ」

「じ、じゃあ、あたしはここで失礼するわね。明日はお互い頑張りましょう」

「ああ、おやすみ」

アルスはカレンを見送った後に引き戸を開けて中に入る。

脱衣所は片手ほどの人数が使える棚があって奥にはまた引き戸があった。

アルスは脱いだ服を棚に突っ込み、カレンに渡された桶《おけ》を片手に引き戸を開けた。

「むっ、これが湯気か……」

顔に纏《まと》わりつく湯気を手で払えば——、

「ん、誰かいたんだな」

アルスの前に現れたのは、呆気《あっけ》にとられた顔をした素っ裸の美女だ。

「なぜ………アルスが？」

白銀の髪を湿らせたユリアが目を丸くして立っていた。

浴槽からあがったばかりなのか、程よく鍛えられた身体から白い湯気が立ち上り、神々の手が加えられたような天上の美と相俟《あいま》って幻想的な光景を創り出している。

頬に張り付いた横髪から水滴が流れ、瑞々《みずみず》しい肌の上を抵抗もなく滑り始めると、首元から鎖骨へ最後に豊かな胸元の陰に吸い込まれて消えていった。

彼女はすぐさま身体を両手で隠す。

それでも限界はあって、隠すことで妖艶な雰囲気を更に醸し出すことになった。

「あ、あの……聞いてますか？　なぜここに？」

首まで真っ赤になったユリア、対するアルスは堂々と仁王立ちだった。

「うん？　風呂があいたって言われたからだけど」

「そ、そうですか……」

ユリアがぎこちない笑みを浮かべながら言葉に詰まった。

「それで何も言うことはないのですか？」

ユリアを庇《かば》うように間に入ってきたのは青髪の女性——エルザだ。

彼女もまた身体《からだ》を手で隠しているが、豊満な肉体は隠しようがない。

「よく鍛えられている綺麗《きれい》な身体だと思うぞ。二人とも自信を持っていい」

「あ、ありがとうございます。う、嬉《うれ》しいです？」

「ユリア様、お礼を述べるところではありません。そもそも、身体の感想は聞いてませんっ、こ、この状況に対して何も思うところはないのですか、と問うているのです」

「広い風呂だな。入るのが初めてだから楽しみだ。そんなところかな」

「くっ……このっ」

エルザが苦虫を噛《か》み潰したかのような表情をする。

表情筋が死んでいるのではないかと思うぐらい、出会ってから今まで徹頭徹尾物静かな表情だったので、こんな顔もできるのかと新鮮な気持ちになれた。

それにしても何を聞きたいのか全くわからない。

正解が何かを必死に頭の中で探れば、一つの答えを見つけた。

親しい者同士はお風呂で、互いの背中を洗う習慣があると聞いたことがある。

それでお互いの距離が縮まり、親密度が高くなって仲良くなれるそうだ。

「二人とも、まだ身体を洗ってないなら手伝おうか？」

「そ、それは、ありがたいんですけど、あの……エルザ、洗ってもらいましょうか？」

「ユリア様、落ち着いてください。どうして、その結論になるのですか」

慌てるユリアに嘆息しながら、エルザが凛烈《りんれつ》な視線を向けてくる。

「………アルスさん、もう洗い終わっているので、それはもう隅々まで綺麗に仕上がっているのでお断りします」

「そうか、なら、またの機会にしよう」

残念そうにアルスが言えば、エルザは口端を引き攣《つ》らせながら顔を赤く染めていく。

そして、エルザは話が妙に噛み合っていないことにようやく気づいたのか、

「質問なのですが、一つよろしいでしょうか？」

「なんでも聞いてくれ」

「アルスさんは幽閉されていたと聞きましたが、女性と接する機会はありましたか？」

「亡くなった母親以外とは会うことがなかったな。それがどうかしたのか？」

「なるほど……納得できました。女性と男性の違い――羞恥心や異性というものを理解で

きるまでご説明申し上げたいところですが、これ以上はユリア様が湯冷めしてしまいますし、アルスさんも寒いでしょう。このままでは三人とも風邪を引きかねません。後日要相談ということで手を打ちましょう」

早口でまくしたてるエルザの顔の赤みは一切引いていないが、ぷるぷる震えているので寒いのだろう。確かにお互い素っ裸で長く喋《しゃべ》るのは明日に響きかねない。なにより得体の知れない妙な圧力を彼女から感じるのだ。

「よくわからないが……わかったよ」

「では、わたしたちはこれで失礼します。さあ、ユリア様、行きますよ」

「は、はい。それではアルス、おやすみなさい」

ユリアは恥ずかしそうにしながらも、頭を小さく下げるとアルスの横を通り抜けようとする。エルザはそんな彼女を庇うようにして歩いていた。

「ああ、おやすみ。今度は一緒に入ろう。その時はぜひ背中を流させてくれ」

まるで男友達に接するかのように、アルスがすれ違いざまにエルザの肩を叩《たた》こうとすれば、彼女は目にも留まらぬ速さで避けた。

（へえ……やっぱりオレの読みは間違っていなかった。いや、それ以上かもしれない）

思わず感心するアルス。しかし、行き場を失った手は彼女の背中を撫《な》でる形になってしまう。その瞬間、エルザは氷風呂に突き落とされたような奇妙な飛び跳ね方をした。

「ひゃうぅ!?」

なんとも可愛《かわい》らしい叫び声をあげたエルザは足を滑らせて、ユリアを巻き込んで見事な転倒を披露してくれる。

「…………」

アルスの眼前で二人はあられもない姿で全てを曝《さら》け出す。ユリアは全てを諦めたような表情で、エルザは死んだ魚のような瞳で天井を見上げていた。

「お、おい、大丈夫か……？」

二人ともピクリとも動かなくなったので、心配して近づくアルスだったが、

「だ、だいじょうぶです」

アルスが手を伸ばす途中で、エルザが素早く立ち上がり呆《ほう》けたユリアを救出する。

「二人とも頭とか打ったんじゃないのか？」

「たいしたことはありません」

「いや、でも……すごい音したぞ？　ユリアなんかどこ見てるのかわからないし」

ユリアは赤い顔のまま瞳を泳がせて、あわあわと慌てふためいている。

「当然、責任はとってもらいます。その覚悟はおありですね？」

もはや身体を隠すことをエルザは諦めたのか、胸を大きく揺らしながら据わった目でアルスのほうに身を乗り出してくる。

「お、おぅ……それはもちろん」

凄《すさ》まじい気迫に押し負けて、アルスは頷いてしまう。

「では、了承を得たので、失礼います。行きましょう、ユリア様」

右手と右足を同時に出しながら奇妙な歩き方でエルザはユリアの手を引いた。

「エルザ、全部見られてしまいました」

「わたしがいながら申し訳ありません。ですが、責任はとっていただけるとのことです」

二人が慌ただしく風呂場を去った後、呆気にとられたアルスは行き場のなくなった手を後頭部に当て苦笑する他なかった。

「エルザはもっと冷めた奴《やつ》だと思ってたんだが、なかなか愉快なやつだったんだな」

まさか風呂に入るだけで、人格が変わるほど気分が高揚する女性だとは思わなかった。

まるで子供のように微笑《ほほえ》ましい部分があったとは、エルザの意外な一面を発見したアルスは思わず笑みがこぼれるのだった。

＊

夜の帳《とばり》が幕を開け、太陽が顔を出すことで人々は新たな一日を迎える。

アルスもまた例外ではなく、彼は窓から外を覗《のぞ》いて、巨大な塔に目をやっていた。

魔法都市の象徴バベルの塔に太陽が重なっている。

朝日が火花のように散って、街に光が降り注いでいた。

自然現象ではありえない。まるで魔法のような神秘的な光景である。

魔法都市の日常的な風景であり、毎日起こる現象に驚くのは外から来た者だけだ。

「これが噂《うわさ》に聞いた朝の流星か……これを見るために他国から人が来るのも納得だな」

バベルの塔にかけられた〝結界〟魔法に日差しが反射することで起きる現象だろう。

もしくは、悪戯《いたずら》好きの魔導師が細工している可能性もある。

人体に悪影響があるというわけでもないので詮索するほどのことでもないだろう。

「アルス、起きてるかしら？」

扉が叩かれる音で振り返ったアルスの目に飛び込んできたのはカレンだ。

革鎧《かわよろい》を着込み、下は膝丈スカートで身軽な装備、肩の上にはケープを羽織っている。

「ああ、おはよう」

「はい、おはよう〜。それで準備のほうは大丈夫？」

「元々、着替え以外ないからな。いつでも出ることができるぞ」

「じゃあ、下に行きましょう。もう皆集まってるから」

「ユリアはどうした。まだ寝てるのか？」

「お姉様なら朝の流星を見てたから置いてきたわ。ほどほどで切り上げるように言ってあるから、今は一階でエルザと一緒にいるんじゃないかしら」

カレンと共に下の階に降りれば、十人以上のシューラーが集まっていた。

その中にはユリアとエルザの姿もある。自己紹介でもしているのか、それとも顔見知りか、ユリアの周りには人だかりができていた。

「これで全員じゃないけど、今回の遠征についてくるのはこれだけね」

「もっといるのか？」

「そこは秘密よ。アルスを疑うってわけじゃないけど、ギルドの規模は戦力と同義だから敵対ギルドとかに漏れると大変なのよ。だから、日頃から口を滑らせないように気をつけないとね」

気分を害さないようにか、随分と気をつけて丁寧に教えてくれたが、事情は十分に理解できたので蟠《わだかま》りなどあろうはずがない。

「当然のことだな。ギルド戦争なんて言葉もあるぐらいだ」

「そうなのよね。上位のギルドから戦争を仕掛けられたら最悪よ。それでいくつも潰されたギルドを見てきたわ。けれど、勝敗は魔導師の数じゃなくて質で決まる。だから、ギルドの人数というより、相手にどんな魔導師がいるのか知られないのが重要ね」

ギルドには序列があって、魔法協会への貢献度によって順位付けされる。

順位付けされたギルドは、魔法協会から様々な特典が与えられる。

特殊依頼発行、魔導具の提供、魔法書の閲覧、土地の貸与。

序列上位は魔王たちのギルドが一桁を独占しており、それ以降は魔法協会を運営している二十四理事《ケリュケイオン》たちのギルドが位置している。

「上位へ食い込むにも、居続けるにも戦力増強は欠かせない。魔導師の引き抜きよりも、力尽くで他ギルドを吸収したほうが早そうだが、その辺りはどうなっているんだ？」

今後の〝ヴィルートギルド〟は他ギルドから狙われる可能性が高い。

誰もが欲しがる、稀代《きたい》ギフト【光】を所持するユリアが加入したからだ。

「一方的に勝負を申し込むことはできるけど、こちらが受諾しなければいいだけよ。それでも抜け道はいくらでも存在するけど、卑怯《ひきょう》な手段を用いてくる輩《やから》に負けるつもりはないわ。うちに手をだすなら誰であろうと容赦しない、それだけね」

臆した様子もなく、カレンの返事は自信に満ちていた。

「そうか……それなら大丈夫そうだな」

「アルス、おはようございます！」

シューラーたちと話が終わったのか、ユリアが駆け寄ってきた。

「おはよう。昨日の疲れは残ってないみたいだな」

「はい、全く疲れは残ってません。それより、アルスは朝の流星を見ましたか？」

「綺麗だったな。おかげで目が覚めたよ。今度は一緒に見るか」

「ぜひ！　アルスの部屋から見る景色もまた違った美しさを見せてくれるでしょうね」

胸元で両手を握り締めるユリアの表情は喜色で満ちている。

それからアルスとカレンを交互に見やった彼女は華やぐ笑顔を見せた。

「ふふ、アルスとカレンが仲良くなったようで良かったです」

ユリアの言葉にカレンは当然とばかりに胸を張る。

「お姉様を助けた人だもの。無視するわけにはいかないわ。〝ヴィルートギルド〟のレーラーとしても、ヴィルート王国の元王女としてもね」

そんな妹の成長した姿を見てユリアは眩《まぶ》しそうに目を細める。

「カレン、成長しましたね。昔は悪戯ばかりで手が付けられず、侍女や使用人に迷惑ばかりかけていたのに」

「そんなに凄《すご》かったのか？」

アルスが聞けば、ユリアは楽しそうに、それはもう嬉《うれ》しそうに何度も頷《うなず》いた。

「はい、そうなんですよ。壺《つぼ》を割れば侍女のせいにして、落書きをすれば使用人のせい、極めつけは他国の外交官のお尻を蹴って宰相のせいにしていました」

「…………よく外交問題に発展しなかったな」

「皆さんお優しい方で子供がしたことだからと許してくださったのです。でも、それを良いことに調子に乗ったカレンの行動は過激になっていきました。最終的にお父様からお叱りを受け、牢《ろう》にいれられて泣き叫んでいましたね」

「ちょっとお姉様、台無しじゃない！　さっきまであたしは威厳に溢《あふ》れていたのに！」

「カレンだって、昨日アルスの前で私のことを匂うとか言ったじゃないですか、それだけじゃありません。お風呂場にも騙《だま》す形で案内しましたよね」

珍しく妹の悪評を並べ立てたかと思えば、昨日のことを根に持っているらしかった。

それでも慈母のように穏やかな笑顔のままなのだから背筋に悪寒が這《は》い上がる。

カレンも同じ気持ちなのか後退《あとずさ》って口端を引き攣《つ》らせていた。

「うっ、だって……本当の――ううん、お姉様はいつだっていい匂いよ。昨日のは気のせいだったのかもしれないわね。それにイタズラした件は謝ったでしょ。そろそろ許してくれてもいいいんじゃない？」

カレンはそう言うが、ユリアは笑顔、仮面を貼り付けたように表情は変わらない。

何を考えているのかわからないので、【聴覚】で心臓の音や脈拍を調べてみるが正常であり変化がないから余計に怖い。

そんな妙な圧迫感に押し潰されそうな空間は、唐突に破壊されることになった。

「なにをしているのですか……」

呆《あき》れた声に釣られて三人は同じ場所に視線を送る。

エルザが楚々《そそ》として立っていた。いつもと変わらず無表情、こちらも何を考えているのかわからない表情をしているが、今のユリアと比べたら感情は随分と読みやすい。

「エルザ！　よく来てくれたわ！」

カレンが救世主に抱きついて、その豊かな胸元に顔を埋《うず》めた。

急に飛びつかれても微動だにしないエルザは、彼女の背中を撫《な》でて嘆息する。

「カレン様、他の者たちは先に出発させましたよ。まったく……三人で何をダラダラ喋《しゃべ》っていたのです」

「な、なんでもないわ。あたしたちも出発しましょ。お姉様もそれでいいでしょ？」

さすがにカレンといえども、先ほどの話題を蒸し返す勇気はなかったようだ。

「ふふっ、カレンったらそんなに慌てて可愛い子ですね」

笑顔の裏で何を考えているのかわからないが、不気味な気配を拭い去ったユリアはカレンに頷いた。

「私はいつでも出発できますよ。アルスは大丈夫ですか？」

「ん……ああ、竜の街だな。楽しみだよ」

「では、問題ないようなので行きましょう」

エルザの言葉に従い〝ヴィルートギルド〟の本拠地である酒場を出る。

四人でバベルの塔に向かって歩き始めてからアルスは気になることを尋ねた。

「そういえば、何人かシューラーが残っていたけど、彼らは連れていかないのか？」

「今日は留守番よ。酒場をずっと休みにするわけにはいかないもの。あとは本拠地を空にして荒らされても困るじゃない。だから定休日であっても数人は必ず残してるわ」

カレンの言葉を受けて、それもそうだとアルスは納得する。

「アルスはご存じでしょうか」

話しかけてきたのはユリアだ。

「なにをだ？」

「この街に来てから子供を見てないのですが、気になりませんか？」

「そういえば……」

言われて気づいたが魔法都市を訪れてから子供の姿を見ていない。

今もすれ違う者は種族の違いこそあれ大人ばかりだ。

「子供ならバベルの塔がある居住区か、北の特別区にいるわよ」

二人の疑問に答えてくれたのはカレンだ。

「そういえば魔法都市について二人にあんまり説明してなかったわね」

と、カレンは歩きながら肩を竦《すく》めてみせる。

「あたしたちがいるのは南の歓楽区、酒場があるからわかるでしょうけど、魔法都市でもあんまり治安が良くないところ。でも、土地が安く買い叩《たた》けたから、あたしとしては悪くない印象ね。けど、他の都市に比べて十倍くらい地価が違うのは腹が立つけど」

他にも魔導具などアイテムを求めるなら東の商業区、武具類を欲するなら西の工業区、厳重な警備と高い壁に囲まれた富裕層が住む北の特別区、バベルの塔がある中央の居住区、魔法都市は綺麗《きれい》に区分けされているそうだ。

「うちもそうだけどギルドには子連れの人が結構いるのよ。そういった人たちは子供と一緒に居住区に住んでるわね」

話を聞き終わったアルスは隣のユリアを見た。

「だとさ。なかなか面白い街みたいだな」

「そうですね。アルスが良ければですけど、一緒に商業区へ行ってみたいです」

「いいぞ。時間ができたら行くか、どんな物が売ってるのか楽しみだ」

「ふふ、とても楽しみですね」

「あら、お姉様が行くならあたしも一緒に行くわ」

と、ユリアの腕に抱きついたカレンが言った。

「ですが、今日行くのは〝失われた大地〟です。仲が良いのは喜ばしいことですが足が止まっていますよ」

背後から聞こえてきたエルザの指摘に、三人は慌ててバベルの塔へ向かうのだった。

＊

——バベルの塔。

世界中から集められた貴重な文献、魔法書や魔導具が保管されている場所である。

また魔法書などの閲覧には位階が必要で、より貴重な魔法書が見たい場合などは第一位階が条件——魔王だけが閲覧できる魔法書などが存在する。

ギフトが魔法書と合致すれば、その場で新たな魔法を会得できる可能性も高い。

だからこそ、魔法書を自由に閲覧するために、魔法協会に所属する魔導師は誰もが位階を上げることを目指していた。

「綺麗なところですね」

アルスたちが今いるのはバベルの塔内部、いわゆる下層部と呼ばれる場所だ。

ユリアの声に釣られて頭上を見上げれば吹き抜け、天井は霞《かす》んで見えないほど高い。

視線を下に転じれば人の多さに圧倒される。本当に目的があって歩いているのか、アルスたちの前を何十人もの人々が忙《せわ》しなく通り過ぎていく。

「魔王たちもバベルの塔に住んでるのか？」

アルスの言葉にカレンが反応した。

「いえ、住んでないわ。魔王たちは魔法協会から領地を割り振られて、それぞれ統治しているの。だから、バベルの塔に住んでるのは第二位階までの魔導師だけよ。でも、七十から八十階までは魔王領域指定されているから、誰も立ち入ることができないけど」

「魔王領域には何があるんだ？」

「歴代の魔王たちが世界中から集めてきた貴重な文献とか魔法書があるみたいね。本当に噂《うわさ》でしか聞いたことがないから事実かどうかはわからないし、それに入れるのは魔王たちだけなのよ。だから詳細はわからないの」

「面白そうなところだが、入れないのが残念だな」

「結構最近までは一部の階を除けば、屋上まで行けたみたいなんだけどね。ある日を境に厳しくなったらしいわ」

「何があったんだ？」

「なんでも魔王たちが研究していたギフトに関する魔法知識が盗まれたとか……でも、証拠はなくて本当に盗まれたかどうかもわからないし、事実無根、被害妄想、寝ろ。で片付けられそうになって、納得できなかった魔王たちが犯人捜しに躍起になったそうよ」

カレンは馬鹿馬鹿しいと言いたげな顔で肩を竦めてみせた。

「魔法協会は大混乱。聖法教会の仕業だと主張する魔王もいて戦争になりかけたそうよ」

「魔導師にとって魔法知識は時として命よりも大事だからな」

【聴覚】で色々と盗み聞きしてきたアルスが言えた立場ではないが、魔王たちから魔法知識を盗んだのであれば相当な手練《てだ》れだ。

魔王たちだって黙って指を咥《くわ》えていたわけではないだろう。

【探知】、【監視】、【罠《わな》】、【結界】、様々な魔法を用いて対策していたに違いない。

それでも魔法知識を奪われたのなら、相手は魔王に匹敵する魔導師の可能性が高い。

消去法でいけば、聖法十大天が所属する聖法教会が疑われるのも無理はないだろう。

「まあ、聖法教会も被害を受けてるのがわかって戦争は回避できたそうなんだけど、そのおかげで周辺国も被害者だと名乗り始めて、世界中の魔法知識を盗んだ今――その魔導師は〝魔法の神髄《ミーミル》〟って呼ばれているわ」

ここでも〝魔法の神髄《ミーミル》〟だ。

アルスが幽閉されていた頃も、【聴覚】で盗み聞きをすれば、〝魔法の神髄《ミーミル》〟が常に騒ぎを起こしていたものだ。それでも飽き足らず世界中の国々を巻き込んだ大騒動を引き起こしていたとは傍迷惑《はためいわく》な話である。

「聞きたいんだが、〝魔法の神髄《ミーミル》〟は魔法都市にいるのか？」

「噂はたまに聞くけど、実際に見たって人はいないわね」

「残念だな。会いたかったんだが……」

「あら、もしかして、〝魔法の神髄《ミーミル》〟を探してるの？」

「ああ。けど、地道に探していくしかなさそうだな」

「なるほどね～。最近の情報だと東のソレイユ女王国が〝魔法の神髄《ミーミル》〟を賞金首にしたらしいわよ。なんでも国家機密を盗まれたとかで、重大な侵害を及ぼしかねないって女王が怒り心頭みたい。その点で言えば他の国も追随して、国際手配にするべきだって主張があるみたいだけど」

「捕まる前に〝魔法の神髄《ミーミル》〟を見つけたいもんだ」

世界を騒がせている魔導師〝魔法の神髄《ミーミル》〟、アルスの【聴覚】でさえ〝音〟を捕らえることができない。だが、必ずこの手で捕まえて、彼が蓄えた魔法の知識を手に入れる。

「あと、D級魔導師でもバベルの塔から持ち出せる魔法書はあったりするか？」

魔法協会に所属している魔導師には、位階と呼ばれる十二段階の序列が存在するのだが、同時に等級指定もされている。

第一位階はS級魔導師、第二位階はA級魔導師、第三位階〜第五位階の魔導師はB級魔導師、第六位階〜第九位階はC級魔導師、第十位階〜第十二位階はD級魔導師。

魔導師を等級指定しているのは、位階に馴染《なじ》みのない国々だ。

位階は魔法協会が独自に作った序列であり、他国は等級指定で魔導師たちの強さを区別している。等級も位階も昔から存在しているので、魔法協会ではどちらを使っても通じるが、等級じゃないと通じない国も存在する。

「残念だけど、ずっと前から魔王ですら魔法書を外に持ち出すことは禁止されてるわよ。でも、知識を蓄えて外に持ち出すことは可能ね。それを仲間に伝えて魔法の扱い方を教えたり、母国に伝えることで戦力強化へと繫《つな》がったりするのよ」

善であろうが悪であろうが学ぶ意思さえあれば魔法都市は拒まない。

だからこそ、世界中の魔導師が母国発展のため、魔王になるという野心を達成するため学びにやってくる。

「持ち出しは諦めるしかなさそうだな。大体は理解できた。説明ありがとう」

「いいわよ。なんでも聞いて頂戴。わかる範囲だったら教えるわよ」

そんな会話をしながら辿《たど》り着いたのは、バベル下層部の北東にある場所だ。

「これが転移門か」

アルスの前には扉のない枠組みだけを立てたような奇妙な建造物があった。

本来扉があるはずの場所には、薄い膜のようなものが波打ち、手を触れた者たちが吞《の》み込まれるようにして消えていく。

「千年前、第一期バベルの塔に転移門があったそうだけど、それは魔帝と神々との戦いで壊れちゃったらしくて、これは三百年程前に復元されたやつね」

「魔力を吸って作動するんだよな」

「その通り、手で触れた途端に使用者の魔力が勝手に吸われて転移門は作動する。魔力は通行料みたいに思えばいいわ」

転移門は魔法協会の秘匿知識の一つ、製作者は死んでいるが製造方法は残されている。

話は何度か聞いたことがあった。

【付与】と【鍛治】ギフトを持つ優秀な魔導師たちによる合作魔導具〝転移門〟。

製作されたのは千年前だから、【聴覚】で得られたのは整備方法ぐらいの知識だ。

製造方法を知るためには資料を閲覧できる位階まであげるか、もしくは転移門が壊れたら修理をするはずなので、目の前にある現物を壊せば情報は手に入るだろう。

「でも、そこまでして欲しいってわけじゃないんだよな」

将来的に城に住むことでもない限り、これほど巨大な転移門は必要としない。

小型化ができればいいが、そんな卓越した技術を持つ者はいないだろう。

地下帝国と呼ばれる場所に住むドワーフなら造れる者もいそうだが……。

「必要だと思った時に考えればいいか」

「一人で納得してるとこ邪魔して悪いけど、他に質問はないかしら？」

「今はないな」

「それじゃ、理解したところで、お先にどーぞ」

「えっ、おい――」

背中に衝撃を受けたアルスは、転移門に飛び込む形で消えていった。

そんな姿に腹を抱えて笑うのはカレンだ。

「あはは、お、驚いた顔してたわね。まるでゴブリンを燃やした時のような顔だったわ」

「転移門を初めて使う時は誰でもああいった顔をされます。最初だけなので一生に一度の顔——誰かの記憶に残るのはアルスさんにとっても良い思い出になることでしょう」

エルザの声音もどこか喜色を帯びている。

そんな二人と違った反応を示したのはユリアで、妹を責めるような視線を向けていた。

「もう、カレンったら……あとでアルスに謝るんですよ」

「やーよ。いつもオレは何事にも動じないぜ。みたいな顔してるんだもん。いい気味じゃない。たまにはああいう顔もしたほうが表情筋が鍛えられていいわ」

「まったく、あなたという子は……」

「心配だったら、お姉様も行きなさい」

正面から姉の両肩に手を置いたカレンは、そのまま勢い任せにユリアを突き飛ばす。

「あっ……カレンっ！　あなたは、もう！」

「やだ、お姉様もいい顔するじゃないの」

カレンは消えていく姉に手を振りながら見送る。その笑顔は花開くようで魅力的だが、小悪魔のような悪戯《いたずら》めいた雰囲気も滲《にじ》ませていた。

「それじゃ、無事に二人を送り出したし、あたしたちもいこ——」

「ちょっ!?」

振り返ったカレンは胸に衝撃を感じた。

たたらを踏みながら何とか堪《こら》えたカレン、その眼前には無表情のエルザがいた。

「カレン様は何度同じ目にあっても、いつも違った表情で驚いてくれるので、エルザは望外の喜びを感じております」

「くっ、エルザっ！　あんた、どういうつもり!?」

「アルスさんを女風呂に案内したのはカレン様だったそうですね。おかげで身体《からだ》の隅々まで見られてしまいました。幸いにもアルスさんは責任をとってくれるようですが、一歩間違えれば一生独り身で過ごすところでした」

「えぇ……それは確かに悪かったと思うけど……そこまで思い詰めなくても、エルザなら男なんて選び放題じゃない」

カレンから見てもエルザは美人だ。いや、誰が見ても美しいと讃《たた》えるだろう。

完成された美貌に滲み出る妖艶さが甘い蜜を醸し出して男の眼《め》を惹《ひ》きつける。

王都にいた頃、その端麗な造形を愛《め》でようとエルザへの求婚が絶えることはなかった。

姉のユリアとエルザが並んで歩くだけで、感嘆の吐息がこぼれてきたものだ。

「まだまだ若いんだから考え直したら？　今後もいっぱい男が寄ってくるわよ」

「わたしは不埒《ふらち》な女ではありません」

「でも、アルスの責任だってそういうつもりで言ったんじゃないと思うわ」

「男が一度口にしたなら二言はないはず。知りませんでした。覚悟はありませんでした。

では済みません。ないとは思いますが、その時はユリア様に謝罪してアルスさんの首を斬り、わたしは一生喪に服すことにしましょう」

これはマズいとカレンは思った。

ほんの出来心の悪戯がこのような事態になるとは予想だにしなかった。

男に裸を見られたくないのはカレンだって同じだが、それにしても意外な一面だ。

エルザの性格からして軽く流すなり、もっと大人の対応をすると思っていた。

「エルザってば……そんなにピュアだったの？」

「男性に肌を見せるのは一生に一人だけと決めています」

「その考えは素敵だと思うわ。あたしも同じ気持ちよ。でも……何か事故でまた違う人に見られる可能性だってあるかもしれないじゃない」

「その時は腹を切ってアルスさんに詫《わ》びます」

即答だ。考える素振りが一切ない。清々《すがすが》しいまでの男前な台詞《せりふ》だった。

「覚悟ガン決まりじゃないの……」

カレンは戦慄した。エルザは冗談や嘘《うそ》を言ってるようには見えない。

もう彼女の頭の中では将来設計が完成しているに違いない。

エルザは完璧な女性だ。

きっと子供の数から家の間取り、果ては老後のことまで考えているだろう。

「そもそも、ちょっと裸を見られただけでしょ……重すぎない……?」

きっとカレンを反省させるために、エルザは大袈裟《おおげさ》に言っているだけなのだ。

そうだ。そうに決まっている。そう思い込むことにした。

だからカレンはエルザの肩を軽く叩《たた》いて笑顔を咲かせる。

「冷静になりましょ。ちょっとだけなら問題ないわよ」

「ちょっと、ではありません」

エルザは青瞳に翳《かげ》を過《よぎ》らせると、艶やかな唇に静かな怒りを滲ませた。

「全て、です」

「ひっ――」

顔を青ざめさせたカレンは、エルザに突き飛ばされて転移門の中に消えていった。

転移門は使用すれば、強制的に魔力を搾取されて、すぐさま魔法が発動される。

体感的に一秒もかからず、すぐに繋がった場所へ放り出されるのだ。

「きゃんっ!?」

背中から転がるようにして転移門から飛び出してきたカレンは、可愛《かわい》らしい悲鳴とは裏腹に無様な姿で地面に倒れ込んだ。派手に転移を失敗したような形なので、周囲の人々から失笑のような声が漏れてくる。

「……なんでカレンまでそんな姿で?」

アルスは思わず呟《つぶや》いてしまう。

しかし、反応したのはその隣――カレンと同じような格好で飛び出してきた人物だ。

「うぅ、恥ずかしかったです」

ユリアは周囲の視線から逃れるように、アルスの肩に額を押し当て顔を埋《うず》めていた。

「因果応報ってやつかしら……アルスもごめんね。あんな変なの押しつけちゃって、これから大変よ」

「おぅ？　あんまり気にするな。転移門なんて初めて使うから楽しめたぞ。貴重な体験だと思っておくさ」

「そういうことじゃないんだけど……それにお姉様にも悪いこと――いや、二人なら仲良くやっていきそうだから、そっちは気にしなくてもいいか」

「さっきから何言ってんだ、お前」

「なんでもないわ。本当に悪戯はやめたほうがいいなって身にしみてわかっただけよ」

恥ずかしい格好でなかなか殊勝なことを言っているが、正直に言って反省しているとは思えない。また同じようなことがあれば絶対に繰り返すだろう。

懲りない少女になんと言えばいいのか、対応に苦慮していればエルザが姿を現した。

倒れたままのカレンを一瞥《いちべつ》して、懐中時計を確認すると口を開く。

「無事に皆さん辿り着けたようですね。集合時間まではまだ時間はありますので、少し街の中を散策しましょうか、ユリア様、アルスさん、行きたい場所などございますか？」

そんな彼女の背後でカレンが立ち上がり、珍しく静かに大人しくしている。

二人の間に何があったのか気になるが理由を聞けるような空気でもない。

なので、アルスは自身の要望を口にすることにした。

「オレは短剣が見たいな。あと服もできれば買いたい」

服はもちろん、みすぼらしい格好から卒業するためにだ。あまり他人の視線を気にしたことはないが、アルスは自身の要望を口にするユリアたちにも妙な視線が向けられるのである。

彼女たちの名誉のためにも服は買っておいたほうがいいだろう。

「あれだけ魔法が巧みに使えるんですから、アルスに武器はいらないと思いますけど」

ユリアに言われてアルスは肩を竦《すく》める。

「魔力が枯渇した時の非常用だ。あとは魔法を使うまでもない相手の時は魔力を温存しておきたいからな」

攻撃手段はいくつあっても困ることはない。また【聴覚】との相性も調べていかなければならない。一度この辺りで武器に慣れておいたほうがいいだろう。

「なら、〈穴熊の巣穴《ダックス・ネスト》〉かしらね。そこなら何でも揃《そろ》うわよ」

「私は欲しいものが思いつかないので、まずはそこに行きましょう」

カレンの提案にユリアが了承すれば、残るエルザに視線が集中した。

「意見も纏《まと》まったようですので、〈穴熊の巣穴《ダックス・ネスト》〉に行きましょう」

竜の国シュライアは獣人、竜人、いわゆる亜人と呼ばれる者たちが支配する王国だ。

亜人連合の加盟国であり、魔法協会とは友好関係を結んでいる。

交流の一環としてバベルの塔にある転移門は、竜の国シュライアの首都アルタールに繋《つな》がっていた。

改めて転移門が置かれている場所――アルスは周囲の状況を確認する。

人こそ多いが目を惹く物はなく、転移門のために造られた場所だけのようだ。

四人で外に出ると大きな街路、それを挟み込むようにして商店が建ち並んでいた。

少し進んだ先――中央辺りに噴水広場がある。

噴水の中央には巨大なドラゴンの銅像があって、その周りを囲むのは恵まれた体軀《たいく》、圧倒的な魔力を保有する竜人たち。祈りを捧《ささ》げているのか広場に集まった彼らは一様に銅像へ頭を下げていた。異様な光景にアルスが目を奪われていたらカレンが口を開いた。

「礼拝よ。朝と夜、中央の噴水広場か、アルタールの四方にある礼拝堂で祈りを捧げるのが竜人の日課なの」

「あれが、そうなのか……初めて見たからビックリしたよ」

「あたしも最初は驚いたわ。あと礼拝の邪魔をすると面倒な事になるから気をつけて」

「ああ、よく覚えておくよ」

「それじゃ納得したところで行きましょ。すぐそこだから」

カレンを先頭に街路を進んでいく。

やがて辿《たど》り着いたのはアナグマの絵が描かれた看板を掲げる〈穴熊の巣穴《ダックス・ネスト》〉。

店の外からでも中の様子が見える硝子《ガラス》張りで、店内には立派な鎧《よろい》や剣が飾られており、棚には小物が並んでいる。

「ここは提携を結んでいるギルドの支店でね。色々と安くしてくれるわよ」

勝手知ったる様子でカレンが扉を開けて中に入っていった。

アルスたちも続いて入ればフローラルな香りに迎えられる。

可愛らしい装飾がされた武具が入口に配置され、通路を挟むように置かれている棚。

三段になった棚は、上段に指輪やネックレス、中段に液体の入った小瓶など、下段には化粧品が並べられていた。どれも微《かす》かな魔力を感じるので魔導具なのだろう。

アクセサリー類の棚を、ユリアが目を輝かせて楽しそうに眺めている。

「アルス、すごく綺麗《きれい》だと思いませんか？」

「そうだな。どれも凝ってて、これなんかユリアに似合いそうだな」

アルスが指し示したのは白い髪飾り、百合《ゆり》の花を模している。

「本当ですか？　私に似合うでしょうか……」

「きっと銀髪に映えて綺麗だと——こっちも案外いいかもな」

次にアルスが手にとったのは胡蝶蘭《こちょうらん》のヘッドドレス。

先ほどよりも数倍大きいが、それでもユリアがつけたら違和感は覚えないだろう。

アルスは胡蝶蘭のヘッドドレスをユリアの側頭部に当てた。

「ほら、綺麗だ」

「アルスはどちらが好きですか？」

「似合ってるからな。どっちのユリアも好きだぞ」

「ふふっ、とても嬉《うれ》しいですけど、その言い方は卑怯《ひきょう》ですよ」

「そうか？　本当のことを言っただけなんだがな」

「そ、そうですか……なら、どっちも買ったほうがいいんでしょうか……」

ユリアが交互に見比べて真剣に悩み始めたので、アルスは邪魔をしないように離れた。

その時、視界の端でエルザが突っ立っているのが見えた。

何を見ているのか視線を追えば、沢山のぬいぐるみが置かれていた。

エルザの熱視線を受けて、ぬいぐるみたちが冷や汗を掻《か》いているような気がする。

生きていないはずなのに、なぜか気持ちが伝わってくる不思議な現象が起きていた。

「欲しいのか？」

アルスが声をかければ、ピクリとエルザの肩が反応する。

「いえ、見るのが好きなのです。それにこんな可愛らしい置物は、殺風景なわたしの部屋に置いては可哀想《かわいそう》ですから」

「殺風景な部屋に置いて彩るから置物があるんじゃないのか？」

「…………確かに一理ありますね」

「それに置いてみたら案外気に入るかもしれない。やっぱりいらないと思えばシューラーの子供にあげればいいんじゃないか？」

「子供……そうですね。将来の子供のために買っておいたほうがいいのかもしれません。女の子が二人いるはずですから」

奇妙な言い方をするエルザに、アルスは首を傾《かし》げる。

けれど、すぐさま脳裏に閃《ひらめ》くものがあった。

妹、もしくは姉、近親者に出産予定の女性がいるのかもしれない。

「ああ、こういうぬいぐるみは女の子なら喜ぶんじゃないか」

「夫が欲しいと言うのであれば否やはありません。買っていきましょう。本当ならアルスさんにも多少はお金を出してほしいですが、今回はわたしが出しておきます」

確かにエルザの言う通りだ。

幽閉されていた頃は無縁だったが、貴族間で出産祝いというものがあるのは聞いていた。エルザの姉妹オットーさんには会ったことはないが、これも何かの縁である。アドバイスしたのだから最後まで付き合うべきなのだろう。

しかし、脱走したアルスの手元にあるのは、亡くなった母親が残した金貨一枚だけだ。

「悪いな。今あんまり手持ちがなくて……」

申し訳なさそうに言えば、エルザは何度か瞬《まばた》きをしてから微笑を浮かべた。

珍しい表情をしたエルザに一瞬だけアルスは目を奪われる。

こんな優しい表情もできたのだと、穏やかな気持ちが深く心に残った。

「存じております。でも、これからはしっかり稼いでくれるのでしょう？」

「ああ、しっかり稼ぐつもりだぞ。任せておいてくれ」

「では、気にしなくても結構。今はわたしを頼るといいでしょう。こういうのは支え合うものですからね」

そう言ったエルザは、改めてぬいぐるみに視線を送る。

「女の子が二人、男の子は三人……アルスさん次第ではもっと……年子の場合は耐久性が……双子や三つ子という可能性も……そうなると機能性も……仲良くお揃いのほうがいいのでしょうか……悩みます」

ぶつぶつと呟き始めたエルザにアルスは苦笑する。

子供の数が増えていた。エルザの姉妹オットーさんは子沢山だったようだ。

ぬいぐるみを選ぶ顔は真剣で、その眼差《まなざ》しは深い愛情に満ちていた。

「厳しくもあるが、優しくもあるか。さすがギルド運営を一手に引き受ける存在だな」

ユリアやカレンが信頼を寄せるのも理解できる。

そして、アルスは外堀が埋められていくのに気づいていなかった。

最後まで二人の会話が噛《か》み合うことはなかったからである。

「うっわぁ……もうあそこまで行くと止められないわね。変なこと言ってアルスが刺されなきゃいいけど」

カレンはアルスとエルザの会話をドキドキハラハラしながら盗み聞きしていた。

彼女は責任から逃れるように、一度頭を振ると平常心を装いながらアルスに近づく。

「は、はぁ～い。あ、アルス、こっちに短剣とか置いてるわよ～」

「ん……ああ、ありがとう。それとなんかお前変だぞ」

「あたしのことは気にしないで！　だから、さっさと武器を選びなさいよ！」

「あ、ああ。わかったけど、なんで怒られなきゃいけないんだ」

カレンに促されたアルスは短剣や短刀が置かれている棚を見つけて足を止めた。

飾られた短刀や短剣は埃《ほこり》が被《かぶ》っておらず、値段はピンキリだが、安物であろうとも高価な物と変わらず一本一本丁寧に手入れがされている。おそらく毎日のように磨いているのだろう。製作者の愛情が深く感じられる光景だった。

帝国金貨一枚で、青銅製の短剣二本、一本だけなら銅製が買える。

それ以上のランク——鉄、銀、金、ミスリルとなると、とてもじゃないが手はでない。

「どうですか、何か欲しいものでも見つけましたか？」

声をかけられて隣を見ればユリアが立っていた。

「帝国金貨一枚で短剣が二本欲しいんだが……武器の目利きはさっぱりでな」

「私に任せてください。昔からよく武具を触っていたのである程度は詳しいですよ」

いくつか短剣を触っていたユリアが、青銅製の短剣を一本手に取ると手渡してくる。

「どれも軽くて丈夫みたいですが、この短剣はよく魔力が馴染《なじ》みますね」

「へえ……確かに軽いな。あと魔力も微かに感じる」

武器や防具、アクセサリーの類もそうだが、ギフト【鍛冶】を持つ鍛冶師が製作時に魔石の粉末を使用して、魔力を注入することで頑丈なまま軽量化が可能になるそうだ。

「あとはそっちと比べると魔力の伝達率は落ちそうですけど、この中じゃこれが一番強度がありそうです」

伝達率――自身の魔力を流し込むことで武器の切れ味が増す。防具もまた同じで耐久度が上がって強力なものとなる。しかし、伝達率が低いと魔力の流れが悪くなり、武具の強度が落ちるばかりか、過剰分の魔力を逃がせず武具が耐えきれず壊れるのだ。

「なら、この二本を買うか」

「はい。間違いないかと。それとアルスにお願いがあるのですが……」

横髪を忙《せわ》しなく触りながらユリアは頬を赤く染めた。

妙な反応にアルスは首を傾げる。

「ん？　なにかあったのか」

「お姉様～、いつになったらアルスを呼んでくるのよ」

と、言って現れたのはお騒がせお嬢様のカレンだ。

「あら、お邪魔だったかしら……？」

「そんなことはないが、一体どうしたんだ？」

アルスの返事に、なぜかカレンはきょとんとした顔をする。

「あれ、お姉様まだ言ってないの？」

「うっ、タイミングがなかなか難しくて」

「まったくもう……仕方ないわね」

呆《あき》れたように両手を腰にあてたカレンがアルスに視線を向けてくる。

「さっきお姉様と話してたのよ。さすがにその服装で〝失われた大地〟に行くのはどうかと思ってね」

「そうなんだが、短剣を買ったら金が残らなそうだからな。今回は諦めるしかない」

「そこで、お姉様がアルスにお礼をしたいってわけなのよ」

「お礼？」

「あ、あの、助けていただいたお礼もしてませんから、私から装備をプレゼントさせていただけませんか？」

　上目遣いで見てくるユリア。そんな彼女を前にしたら否と言えるはずもない。

「いいのか？」

「いいのよ。ほら、こっちに来て」

　痺《しび》れを切らせたカレンに引っ張られるアルス。

　案内されたのはローブ、革鎧《かわよろい》、軽装備から重装備まで幅広く置かれた場所だった。

　女性向けの物が多い。男性用は店の片隅に追いやられる形で置かれていた。

　店に並べられている商品から察するに、ここは主に女性向けの店なのだろう。

「武器と同じように防具もよくわからないから、二人に任せてもいいか？」

「は、はい！　私に任せてください！　似合う防具を選んでみせます！」

「仕方ないな～。なら、選ぶのはお姉様に任せるけど、あたしは意見ぐらいにしとくわ」

　と、言ったカレンが目を細めて顔を近づけてくる。

「どうした？」

「やっぱり髪色や眼色で合わせたほうがいいかなってね。アルスは黒髪で朱黒妖瞳《オッドアイ》だけど黒系統のギフトでいいのかしら？　それとも赤系統？」

　ギフトの影響で髪色と眼色に変化がでると言われている。

　簡易式診断と呼ばれており、魔法陣の色で判別する方法もその一つだが、魔導師はギフトの魔法系統を髪色や眼色で判断したりもするのだ。

ユリアのように髪色や眼色に白系統の影響が強くでている場合は、ギフトへの感受性が非常に高い。それは魔法数、魔力量、魔法操作に影響するものであることから、感受性が高いことは魔導師にとって非常に重要で欠かせないものと言われている。

「いや、黒系統じゃない……と思う」

「ふぅん……なら、大変だったでしょ」

声のトーンが少し落ちて、カレンが同情するような視線を向けてきた。

黒は無能――凡人の証《あかし》と言われている。

だから黒は魔導師たちから蔑視の対象であるのだが、他にも理由があって【死霊】ギフトなどが黒系統で、黒髪や黒眼だったりすることから忌避されているのだ。

黒は犯罪者と無能の代名詞、故に好んで黒を身につける者は少ない。

「言うほど大変だったわけじゃないさ。おかげで得られた物も多いからな」

「そっか、それで何系統なの？　その色に合わせましょ」

「いや、黒でいい」

「えっ、いいの？」

「ああ、黒がなければ別の色でもいいが……」

「人気ない色だけど一応置いてるみたいよ……でも、本当にいいの？」

「いっそのこと黒一色にしたほうが相手も油断すると思ってな」

「うーん、確かに一理あるけどさ、でも魔法が使えるなら逆に警戒されるような」

「持ってきました！」

と、先ほどから静かだと思っていたユリアが、両手に防具を抱え込んでいた。

カレンとアルスが会話をしている間に選び終わっていたようだ。

ローブ、革鎧、銅製の鎧、平服を近くの長机に見やすいように並べてくれた。

「この平服がいいな」

「あら、見る目あるじゃない。平服の防御力は当然ながら銅製とかに比べて遥《はる》かに落ちる。魔力伝達率もローブより下なんだけど……でも、どの鎧よりも上で、魔力操作に長《た》ける人が着ればミスリル以上の耐久力になるわよ」

カレンの説明が終わると、ユリアが興奮した様子でアルスに詰め寄ってきた。

「その平服はとてもアルスに似合うと思います！　最近は鎧とかより平服を買う人が増えてますし、問題はないかと！」

「へえ、じゃあこれにしようか」

「せっかく試着室があるんだから、ここで着替えちゃえば？」

と、カレンが試着室を指し示したので、アルスは着替えていくことにする。

試着室に足を踏み入れると、カレンが何かを差し出してきた。

「あとこれは、あたしから。お姉様を救ってくれたお礼ね。二本の短剣を仕舞うといいわよ。ベルト式だから装着は簡単、抜剣するときは腰に手を回すタイプだから最初は大変だろうけど、魔法を中心で戦うスタイルなら今から慣れていったほうがいいわ」

「助かるよ。なにからなにまで世話になってすまない」

「いいっていいって、その代わり〝失われた大地〟じゃ頑張って働いてもらうわよ」

「了解した」

長い付き合いだったボロボロの外套《がいとう》を脱ぐ。

そして新たに購入した平服に着替えると印象が様変わりする。

「やっぱ見た目って重要なんだな……」

眼前にあった背丈ほどの姿見に映った自分にアルスは唸《うな》る。

先ほどまであった貧乏臭さが抜け、みすぼらしい雰囲気も一切なくなっていた。

黒一色で統一された服装は一段と引き締まって見える。

試着室から出ればユリアを始めとした女性陣が目を輝かせて待っていた。

「似合ってます。私の選定は間違ってませんでした。印象がすごく変わりましたね」

「そう思うか？」

「ええ、前のアルスもかっこよかったですけど、今はもっとかっこよくなってますよ」

ユリアのお世辞に、アルスは苦笑を浮かべる。

今はともかく、前はお世辞にもかっこいいとは言えない風体だったはずだ。

アルスに対してユリアの評価はダダ甘なので、まともに受け取ったら危険だろう。

「あら、黒は引き締まって見えるから、思ってたより悪くないわね」

「アルスさん、男前ですよ。わたしはどのような服装でも気にしませんが、子供が良い学園を望んだ時のことを考えると、見目には気を遣わなければなりません。これなら親子面接でも問題ないでしょう」

エルザが感銘を受けたように目を細め何度も頷《うなず》く。

どういった視点なのかわからないが、彼女なりに褒めてくれているのだろう。

女性陣に好評のようで良かった。

彼女たちはアルスの服装など気にしていないだろうが、これならアルスが隣にいても恥ずかしい思いをさせずに済むだろう。

しかし、悪くない反応なのだが、それでもこんなに褒められることはなかったので、何と言っていいのかもわからない。

だが、おかげで〝失われた大地〟で冒険する意欲が数段上がったのは確かだ。

「では、満足したところで、そろそろ出発しますか、北門前で皆が待っているはずです」

エルザが気を利かせてくれたのか、見世物から抜け出すことができたのだった。

第三章　失われた大地

竜の街アルタールの北門――そこが〝ヴィルートギルド〟の集合場所だ。

アルスたちが到着した時には、十二名のシューラーが整列して待っていた。

まるで軍人のように整然と並んでいるので、もしや、と気になってカレンに聞くと。

「よくわかったわね。うちのギルドは元ヴィルート王国の魔導師が六割ぐらい。やっぱりヴィルートを名乗る以上は、危険は承知の上で加入してもらわないといけないのよ」

アース帝国と贔屓《ひいき》にしているギルドとの衝突もある。また以前はヴィルート王国の後ろ盾があったのかもしれないが、滅んだ今となってはその威光はどこまで届くかもわからない。期待してギルドに入れば痛い目を見るというわけだ。

「それにギルドの紋章だって、ヴィルート王家のものだから相当な覚悟がないとね」

カレンたちが肩に掛けるように羽織っているギルドケープ、その背には百合《ゆり》の花であるヴィルート王家の紋章が刺繍《ししゅう》されている。

「狙ってくれって言ってるようなものだな」

「本当はそういう目的でギルドを作ったんだもの。魔法協会で力をつければアース帝国への抑止力になる。彼らと繋《つな》がりのあるギルドを潰してアース帝国に打撃を与え、魔法都市で培った知識をヴィルート王国に伝えて支援――なのに、あたしは本来の役割を微塵《みじん》も果たせなかったわ」

本格的に計画が始動する前に国が滅んでしまい、梯子《はしご》を外される形になってしまった。だからと言って今更看板を下ろすこともできず現在に至るというわけだ。

「カレン、あなたは十分に支援してくださいました。ここからもう一度、今度は一緒に始めましょう。国民がヴィルート再興を望んだ時のために、彼らの願いを叶《かな》えるための力を蓄えておかないといけません」

力強く宣言したのはユリアで、それを聞いたカレンは笑みを浮かべて頷く。

「そうね。今のあたしにはお姉様がいるもの！　いつかお姉様だけを崇《あが》める国民――うん、お姉様とあたしの国を再興するために頑張るわ！」

何か目的がすり替わってるような気がしないでもない。あと危険思想も若干漏れ出ていたが、カレンが元気を取り戻したようなので野暮なことは言わずにおいた。

「また話が脱線していますよ。今は遠征ルートの再確認です」

エルザの言葉で会話は軌道修正される。彼女が取り出したのは大きな地図だ。

「今回の遠征は他国が領有権を主張する場所は避けます。また他ギルドが近づいてきた場合は警告すること、無闇に近づかないことです」

〝失われた大地〟に足を踏み入れたら、提携を結んでいるギルド以外の者は敵だ。

「〝失われた大地〟は無法地帯のようなもの。常に戦時下にあると思ってください」

遠征の目的は魔物から採れる肉、皮、角、魔石といった素材の採集。

他にも魔法書などを見つければ高額で買い取られるし、魔法協会に提出すれば貢献値を稼ぐことができ位階をあげる功績となる。

「今回の遠征は二泊三日を予定しています。ですが、十分な素材を回収したら予定を繰り上げて撤退、もしくは、貴重な魔導具や魔法書を発見したら即帰還です」

もし他ギルドに貴重な物品を所持していることが知られた場合は、奪い合いになる可能性が高く、それが他国の軍なら殺し合いにまで発展する。

「道中でいくつか廃墟《はいきょ》となった古代の街がありますけど近づいてはなりません。脱走兵や盗賊が根城にしていたり、すでに資源は取り尽くされていて旨味《うまみ》がないからです」

と、言葉を締めてからエルザは一同を見回す。

「何か質問がある方はいますか？」

誰も何も言わないのを確認すると、エルザはカレンに目配せして一歩後ろに下がった。

代わりに一歩前に出たカレンが、シューラーたちを見回すと胸を張って宣言する。

「怪我《けが》はできるだけしないように、死なんてもっての他、危険を感じたら退《ひ》きなさい」

今は悪戯心《いたずらごころ》を懐《いだ》く小悪魔が鳴りを潜め、カレンはレーラーらしく堂々としていた。

シューラーたちも小さく頷きながら受け入れている。

「じゃあ、出発するわよ！　あたしについてきなさい！」

意気揚々と出発する一行、アルスもまた高揚感に包まれていた。

夢にまで見た〝失われた大地〟、強力な魔物が多く生息している場所だ。

繁殖力の高いゴブリンでも生息できない過酷な大地。

自身の実力を試すには丁度良い、どの位置にいるのかはっきりと理解できる。

魔法の実験、開発、更に短剣の修行、それらを全て同時にこなすこともできるのだ。

「そうそう、お姉様とアルスに言い忘れてたけど――」

振り返ったカレンの言葉を遮るように、森の中から現れたのは巨大な魔物。

木々を薙《な》ぎ倒しながら土埃《つちぼこり》を舞い上がらせ、巨大な足音を響き渡らせる。

一体、三体、五体と続々と現れ、その手にあった大木を投げてくる。

臓腑《ぞうふ》を握り潰すかのような震動に襲われ大地が大きく陥没した。

そんな背後の化物に怯《ひる》むことなく、

「〝失われた大地〟は最初から出会うモンスターが強力よ」

砂塵《さじん》が舞う中で、カレンが可憐《かれん》な笑顔で告げた。

＊

――アース帝国メーゲンブルク辺境伯領プルトーネ。

オーフスの屋敷は静まり返っていたが、突如、男の叫び声が木霊した。

「メーゲンブルク辺境伯、これは失態だぞ！」

「アルベルト殿、叫んでも王女が戻ってくることはないぞ」

屋敷の主オーフスは煩わしそうに眼前で憤然とする男を一瞥《いちべつ》した。

向かいのソファに座っているのは、アルベルト・ツー・シュヴァーレイ。

アース帝国の最高戦力と謳《うた》われる魔導騎士――帝国五剣の一人だ。

「なんだその顔は。貴様、この状況が理解できてないのか？」

「理解しているとも」

肩を竦《すく》めたオーフスは再び言葉を紡ぐ。

「ユリア王女を護送する勅令をアルベルト殿は受けたが、配下に任せて自身は遊びほうけていた。その隙に王女に逃走されてしまった。ということだろう？」

「……遊びほうけてなどいない。ユリア王女の奪還を目的としたヴィルートの残党に備えて後方で待機していただけだ」

「ふっ、どう言い繕っても意味はない。皇帝陛下に知られるとまずいことになるぞ」

小馬鹿にするように鼻を鳴らしたオーフス、アルベルトは忌々しそうに舌打ちする。

「ちっ……まあいい。今はユリア王女の問題が先だ。部下の報告によれば、アルスという若造がユリア王女と共に魔法都市に入ったことを確認したそうだ」

「なら、もう手をだすことはできないな。魔王たちが出張ってきたら厄介だぞ」

「そう簡単に諦められるか、皇帝陛下からの勅令だぞ」

ユリア王女を連れ戻すことができなければ、帝国五剣という栄光ある名誉が剝奪されるのは間違いない。否――剝奪だけで済むならマシなほうだろう。

恐らくは責任をとらされて首を刎《は》ねられる。

ユリア王女は非常に珍しい稀代《きたい》ギフト【光】を持っているのだ。

だから、アルベルトが諦めきれないのもわかる。

けれども、相手が魔法都市に入ったからには、迂闊《うかつ》に手を出すことはできない。

「では、どうするというのだ……皇帝陛下は魔法協会との戦争は望んでいない」

ユリア王女を取り戻すために、魔法都市に攻め込むなど正気の沙汰ではない。

メーゲンブルク辺境伯領の常備軍は一万、予備など掻《か》き集めれば三万。

立派な数字だが三万の兵士は、無能ギフトばかりで魔法は使えない。

魔導師を前にすれば烏合《うごう》の衆で、魔導小隊に壊滅させられる程度の戦力だろう。

例えばこのアルベルトほどの実力者なら一人で一万を殲滅《せんめつ》することができる。

この世界での一般兵士の仕事は、略奪、破壊、支援、あとは肉壁になり時間を稼ぐのが役割だ。加えてメーゲンブルク辺境伯領が動員できる魔導騎士は百にも満たない。

対して魔法協会は序列上位のギルドだと二百名以上の魔導師が在籍している。

たった一つのギルドでそれだけの魔導師を有しているのだ。

比較にもならない。圧倒的で馬鹿馬鹿しいほどの戦力差であった。

「だから知恵を出し合うのではないか、そこの聖法教会から派遣されたエルフ殿の意見も聞きたいところだな」

アルベルトが視線を向けたのは、中央のソファに座る人外の美貌を持つ種族エルフだ。

「いい香りですね。良い葉を使っておられる」

紅茶を楽しんでいた聖法十大天のヴェルグは、カップを静かにソーサーに置いた。

「内が無理なら外に誘い出せばいい。あとはアルベルト殿、あなた次第ですよ」

「なに?」

「確かアース帝国は魔法協会でギルドを作っていたはずですね」

「リヒトゥング同盟だな。それがどうかしたか?」

「アルベルト殿の権限で彼らを動かすことはできますか?」

「他の三ギルドは無理だが、〝シュッドギルド〟なら独断で動かすことができる」

「では、すぐに連絡をとってください。〝シュッドギルド〟が動かなければ、いくら計画を立てようとも無駄になりますからね」

「了解した。すぐに連絡をとってこよう」

疑問も持たずにアルベルトが部屋を飛び出していく。

単純な男をオーフスは舌打ちで見送った。

「所詮は五番手か、あの程度の知能しか備わっていないとは嘆かわしい」

オーフスは扉が閉まると同時にヴェルグに詰め寄る。

「どういうつもりだ。皇帝陛下に知られたらお叱りを受けるだけでは済まないぞ」

「全ての罪はアルベルト殿に被《かぶ》ってもらえばいいでしょう。ご安心ください。私に従ってくれるのならメーゲンブルク家は咎《とが》めを受けることはありません」

「……何を考えている？」

「決まっているでしょう」

逆光のせいでどんな表情か窺《うかが》えないが、きっとオーフスが嫌いな顔をしているに違いない。美しい容姿を持ちながら、どす黒く濁った泥のような粘りのある笑顔、他種族を見下すエルフ特有の顔だ。

「全ては聖法教会のためです」

＊

折れた木々が地面に突き刺さり、みすぼらしい疑似森林が出来上がっていた。

土埃が風に攫《さら》われて、視界が良好になってくれば、巨大な体軀《たいく》で薄緑の肌をした魔物が現れる。上半身は露出しており、鋼のような硬さを思わせる筋肉で覆われていた。

二本飛び出した犬歯が下唇を押し出して、口元からは大量の涎《よだれ》が溢《あふ》れている。

特徴的なのは人間のような頭部に巨大な目が一つ——独眼の魔物だ。

「サイクロプス、頭は弱いけど腕力だけは立派な魔物ね。一撃でも貰《もら》ったら人間なんてグチャグチャよ」

そんなカレンの説明に反応したのはアルスだ。

「へえ、こいつがサイクロプスか……」

オークやゴブリンに近い生態系で、研究者の中では進化したのではないかって話だ。

魔物の中で腕力だけなら上位に属するだろう。

「サイクロプスの強さは、魔法が使えない一般兵士だと百人がかりで仕留められるかどうかじゃないかしら」

「見た目通り狂暴なんですね。それにしても、すごい大きい魔物……初めて見ました」

ユリアが興味深そうに頷《うなず》けば、三人の目前で一体目のサイクロプスが倒れた。

『まず眼《め》を潰してから、足を縛れ！』

『縄を持つ手の力は最後まで抜くなよ』

『怪我人だ。こっちに回復魔法を頼む！』

『不用意に近づくからだ。たくっ、頭を切り落としたら次は腕だぞ』

サイクロプスが激痛に藻掻《もが》き苦しみながら、猛然と土埃を舞い上がらせている。

最後はシューラーたちの手によって四肢を切断されて息絶えた。

「まだ入口です。出来る限り魔法は使わず、魔力は温存してください」

三人の近くで指示をだしていたエルザが忠告するように言った。

次いで、彼女の腕が霞《かす》んだ瞬間にサイクロプス二体が沈黙する。

倒れたサイクロプスの目には矢が突き刺さっていた。

「まだ完全に死んではいません。頭を落としてから魔石と素材を回収しなさい」

弓を下げたエルザがシューラーたちに指示を送る。

シューラーたちは文句も言わず素早くサイクロプスにトドメを刺していく。

「あとはこの二体だけね。ちょうどいいし、お姉様とアルスに任せるわ」

五体出現したサイクロプスをアルスたちは分担していた。

しかし、他の戦いを見学してから――と、カレンが主張したので待っていたのである。

シューラーたちはサイクロプスの弱点などを突く戦いで面白かったが、エルザに関してはあんな弓術が真似《まね》できるはずもなく全く参考にならなかった。

「なら、始めるとするか」

アルスは後ろ腰にある収納ポケットから二本の短剣を引き抜く。

隣ではユリアが長剣を抜いていた。

その横顔は凜々《りり》しく気負いは感じられない、凪《な》いだ空のように泰然としている。

やはり戦闘になると彼女の雰囲気は鋭利な刃物のように一変するようだ。

「せっかくだ。どっちが早く倒せるか勝負しないか？」

「負けたら商業区で相手の好きな物を買ってあげる。それでどうでしょうか？」

提案したアルスが驚くほど、ユリアは乗り気だった。

てっきり、私なんか勝てませんよ。そんな返事が来ると思っていたのだ。

意外な返答だったが、これでユリアの魔法を知ることができる。

彼女のギフト【光】の力は底知れない。

アルスの知らない魔法が多々存在するかもしれず、その知識の一部を【聴覚】で聴き覚えたいと前から思っていた。

「それでいこう」

アルスが了承すれば、ユリアが長剣を構えて詠唱を開始した。

「朽ちる聖堂　彗星《すいせい》の溷濁《こんだく》　誰も及ばず我消えず　見据えたその先」

ユリアの足下に光が零《こぼ》れ落ちた。それは白線となり、繊細で優美な魔法陣を描く。

「踊れ――〝光速《エクレール》〟」

残像だけを置いてユリアの姿が掻き消えた。

地面が震えたと思えば、奇妙な呻き声《うめごえ》が聞こえ、皆の視線がそちらに集中する。

サイクロプスの首が宙に高く浮かび、頭を失った胴体から血飛沫《ちしぶき》が舞い上がっていた。

「私の勝ちですね」

予期せぬ声が隣から聞こえて、見れば先ほどと同じ場所にユリアが立っていた。

涼しげな顔で汗一つ見せない。

既に長剣は仕舞われており、まるで何事もなかったかのように立っていた。

アルスが何を言えばいいのか言葉を探している内に、サイクロプスの巨体が物言わぬ骸《むくろ》となって大地に沈む。

アルスだけじゃない、誰もが呆気《あっけ》にとられている。

これが世界に一つだけの【光】。稀代ギフトと評されるのも頷ける力だった。

「そうだな……ユリアの勝ちだ」

驚き冷めやらぬまま、アルスは何とか声を絞りだす。

簡単に勝負を引き受けたわけだ。あんな魔法があれば負けるとは思わないだろう。

「忘れないでくださいね。商業区に行った時は私の好きな物を買っていただきます」

現在、アルスは無一文。そんなことをユリアの笑顔を前にして言えるはずがない。

この遠征で稼ぐつもりだが、王女が納得するほどの品は一体いくらなのだろうか。

（高くついたかな……素直に【光】魔法を見せてくれって言ったほうが良かったか）

今更言っても詮無きこと、元をとるためにも存分に実験で利用させてもらおう。

「――〝光速《エクレール》〟」

詠唱破棄。魔力量も問題はない。だが、魔法陣は現れず何も変化は起きなかった。

奇妙な静寂が辺りに満ちる。見てはいけない物を見てしまった。

そんな気まずい沈黙が世界を支配する。

ユリアは笑顔を向けてくれるが、困ったように眉尻が下がっている。

エルザはアルスから視線を逸《そ》らして空を見上げていた。

「いやいや！　ないわよ。それはないわ。なにしてんの？」

変な空気でも喋《しゃべ》ることを恐れないカレンの登場だ。

「確かにお姉様の〝光速《エクレール》〟はかっこよかったけど。でも、真似をしたからってできるわけじゃないのよ。しかも詠唱破棄なんて余計に無理。せめて詠唱しましょうよ」

子供が憧れの英雄の真似事をしてるように映ったのだろう。

カレンの表情は腕白小僧を見守る慈母のように穏やかだ。

「アルスって【聴覚】なんでしょ。だから【光】の魔法は使えないと思うの。さすがに同じギフトじゃないと無理があるかな～って……わかるでしょ？　わかるわよね？」

カレンの反応が普通で、これが世間一般的な常識だ。

しかし、意気揚々と気まずい空気を壊してくれたことには感謝するが、いきなり腫れ物に触るような態度で接してこないでほしい。

「そうなんだけどな。一応試しておきたかったんだ」

【聴覚】が、どの魔法系統に分類されるのかを知りたかったのだ。

ユリアの【光】は白系統、カレンの【炎】は赤系統。

エルザは青髪青眼なことから恐らく青系統のギフトだろう。

他にも橙《だいだい》、黒、緑、黄が存在していて、全てのギフトは七系統に分類されている。

ギフトの系統を調べる方法は、髪色や眼色、もしくは魔法陣の色だ。

そこから考えるとアルスは黒か、緑系統に思えるが断言できない部分もある。

それで非常に珍しい稀代《きたい》ギフト【光】の魔法なら何か反応を示すかと思ったのだ。

結果は期待したような答えを得ることはできなかった。

しかし——、

「〝複声《フエルシユング》〟」

ユリアに【聴覚】の魔法を使えば、そのギフトが持つ魔法を行使することができる。

「——〝光速《エクレール》〟」

魔法名を唱えれば、白い魔法陣がアルスの足下に現れた。

次いで世界の時が止まったような感覚に襲われる。

「いや、これはすごいな……ユリアはこんな世界で戦っていたのか」

木々の枝から落ちる枯れ葉、蒼穹《そうきゅう》を流れる雲、先ほどまで感じていた緑葉の香り、風の声、全ての音や匂いが消えている。サイクロプスやユリアたちもまた〝拘束〟魔法をかけたかのように止まって見えた。

「そろそろ、やるか」

アルスは走り出すと短剣に魔力を流し込む。

血が吸われるような感覚に陥りながら、サイクロプスの足に向かって躊躇《ためら》いなく腕を振り切った。切断した手応えを感じたが、まだ足はついたままだ。

血も噴き出さず、サイクロプスは倒れず、まだ斬られたことにも気づいていない。

「素晴らしい魔法だ……けど、これは身体《からだ》への負担が半端ないな」

アルスが総括すれば、世界の流れが急速に戻ってくる。

制限時間があるのだろう。また〝光速《エクレール》〟は魔力が大量に消費されることがわかった。

時が流れ始めれば、足が弾《はじ》け飛んだサイクロプスの叫び声が木霊する。

頭を垂れるように蹲《うずくま》ったサイクロプスに、アルスは手を向けた。

「──〝竜咆《ファーヴニル》〟」

緑の線が縦横無尽に宙を駆け、見事な円を描いて美しい紋様となった。

そんな魔法陣から出現したのは、風で構築された巨大な竜の首だ。

サイクロプスの頭を一瞬で噛《か》み砕き、その身体を木《こ》っ端微塵《ぱみじん》に吹き飛ばした。

「こんなもんかな」

初めて聞いた魔法〝光速《エクレール》〟を無事に行使することができた。

でも【聴覚】が七系統ある内のどれに分類されるのか確証は得られずじまいだ。

「魔法都市に帰ったら古い文献とか読んでみるか……もしかしたら、過去に使っていた人物がいるかもしれないしな」

自分だけ――そう考えるのは安直だろう。過去に【聴覚】を持った人物がいたとしても、表舞台にでてくることなく歴史の中に埋もれた可能性もあった。

「あとは、色々と試しておかないと、【聴覚】じゃ使えない魔法もあるからな」

幽閉されていた時に覚えた魔法を行使できるか、この遠征中に確かめておいたほうが良さそうだ。サイクロプスのような隙が多い相手なら問題ないが、一秒でも惜しい場合は魔法が発動しなかったら致命的となる。

「ちょっと！　すごいじゃない。どうやったの！」

いきなりカレンが叫んだかと思えば、強烈な張り手がアルスの背中を襲った。

「ぐあっ!?」

「あっ、ごめん。驚いたから思わず力が入っちゃった」

「アルス、大丈夫ですか!?」

ユリアが駆け寄り、激痛でくの字に曲がるアルスの背中を撫《な》でる。

「カレン、なんてことをするんですか！」

「いや、だってお姉様の魔法を使うから……驚きが思わず形になっちゃっただけなの」

「あなたはギフトの影響で異様に力が強いんですから、加減を覚えなさいと昔から言ってるでしょう！」

「いや～ホントよね……忘れちゃうのよ。〝火力〟って戦闘の時は便利なんだけどね」

ギフトの影響によって常人よりも優れた能力を得ることがある。

例えば、アルスの【聴覚】は〝聴力〟であり、数キロ先に落ちた針の音すら聴き取る。

そして、カレンの持つ【炎】の場合は〝火力〟であり、腕力を含めた身体能力を上昇させる効果を持っていた。

「まったくもう……アルスに謝りなさい」

「は～い……わかりました」

姉のユリアに詰め寄られたことでカレンは項垂《うなだ》れる。

「アルス、ごめんね？　まだ痛む？」

素直に姉の言うことを聞いたカレンは、アルスの背中を撫でながら顔を覗《のぞ》き込んだ。

「い、いや、もう大丈夫だ」

アルスは生まれて初めて激痛というものを経験した。

父親に施されていた〝魔法開発〟でもここまで痛みはなかった——はずだ。

背中だからまだ良かったが、これが後頭部だったら意識が飛んでいたかもしれない。

「貴重な経験ができたよ。ただの張り手でも極めればあそこまで威力がでるんだな」

「別に極めてないし、ギフトの影響なんだけど……とりあえず、ホントにごめんね」

「いや、もう気にしなくてもいい。それより何が聞きたかったんだ？」

「あ～……うん、この際だから聞くけど、アルスはなんで他人の魔法が使えるの？」

「カレン、あまり詮索するのはどうかと思いますよ」

ユリアがカレンを窘《たしな》めるが、彼女の瞳もまた隠しきれない好奇心で輝いていた。

「いずれ知られることだろうし、別に隠すことじゃないからいいんだが、【聴覚】には〝複声《フエルシユング》〟という魔法があってだな。それを使えばかけた相手と同じ魔法が使えるんだ」

詠唱を聞くこと、魔力量の調節や、近くに相手がいることなど。

他にも条件がいくつか存在するが、説明するのが面倒だったので端折《はしよ》ることにした。

「さっきのはそんな魔法効果だったんですね」

ユリアが得心がいったと言わんばかりに手を叩《たた》いた。

「なにそれ……便利すぎない？」

カレンは心底羨ましそうにアルスを見ていたが、すぐに何かに気づいて大声をあげた。

「ああっ！　それでお姉様の魔法を見るために勝負を仕掛けたの!?」

「ん……まあ、そういうことになるかもな。騙《だま》したようで悪いな」

ユリアに向かって謝罪すれば、彼女は微笑を浮かべて首を横に振る。

「いえ、お役に立てたなら良かったです。それにお買い物も一緒にできますから、謝らなくても大丈夫ですよ」

これでギフトが【光】なのだから、まさに〝聖女〟のような存在である。

そこでふと、あることを思い出したアルスは心配になった。

（そうか……敵はアース帝国だけじゃないかもしれないな）

聖法教会――白系統のギフトを集めている国家。

魔法協会に匹敵する戦力を持ちエルフが支配している。

彼らがユリアの存在に気づいたら、アース帝国どころではなくなるかもしれない。

＊

サイクロプスを討伐したアルスたち一行は道なき道を進み続けていた。

大陸北部――〝失われた大地〟は過酷な環境で成り立っている。

一歩進めば雨が降り、ともすれば雪が舞い、霰《あられ》に襲われたりもした。

先ほどまで平原であったのに、森に迷いこんだり、湿地が現れたり、方向感覚も狂わされる。地形は安定せず、気候もまた不安定で人間にとって生きるのが困難な土地だ。

けれども、それを踏破するのもまた人間であった。

「そっち行ったわよ！」

カレンの声に素早く反応したのはユリアだった。

「疾《シ》ッ！」

剣を引き抜いた瞬間、彼女に迫っていたマンティコアが真っ二つに裂けた。

人間のような顔と獅子《しし》の胴を持った魔物。

人間の内臓が好物なのだが、牙がないので鋭い爪を用いて腹を裂いて喰《く》らう。

マンティコアは牙こそないが、人間のような歯を持っている。これは採集対象で差し歯や入れ歯として再利用されることが多く、歯磨き粉の原材料としても使用されている。

「あんまり動きは速くないな」

鋭い爪に気をつければいいだけだ。

アルスは【聴覚】で音を聞き分けながら攻撃を避ける。

次の戦闘行動に移ろうとするマンティコアに近づいて、

「〝聴　診《シュテトスコープ》〟」

魔法を使えばマンティコアの情報が鼓膜を震わせた。

脳内でマンティコアの構造が映像となって浮かび上がる。

その中から急所を見つけて短剣を差し出す。

そこに技量はなく、武術や研鑽《けんさん》を積み重ねた影もない。

ただの素人が刃を前に突き出しただけの格好だ。

しかし、短剣はあっさりと皮を裂いて肉を貫き、刃が急所を突いてマンティコアを絶命させた。

「アルス、いい感じよ！　皮も売れるから出来る限り傷つけないで！」

カレンはアルスを褒めた後に、ユリアにビシッと人差し指をつきつけた。

「問題はお姉様よ！　あのね、真っ二つにしたら皮が台無しになるから、出来れば首を落としてほしいの。ほんとお姉様って変なところで不器用よね」

「う、うぅ……お菓子作りは得意なんですっ。だから、不器用ではありません！」

「はい、言い訳しなーい。こういうのは慣れだからどんどん倒していきなさい」

「は、はい。次こそは首を斬り落とします！」

「でも、さすがお姉様よ。見事な剣捌《さば》きだったわ。皮はダメだけど、マンティコアの歯は使えるし、魔石も壊れてないみたいだから落ち込まないでね」

魔物の心臓近くに魔石は存在する。

強力な魔物ほど魔石は巨大化するらしく、その価値は透明度と大きさで決まる。

魔石の使い道は様々で、武具の製造、洗浄剤などのアイテム製作にも使用され、生活の動力になるなど、ライフラインに欠かせない物だが、一番に利用されているのは魔法を付与することだ。

魔石へ魔法を付与するには【付与】魔導師に頼まなければならない。

魔法が付与された魔石は、魔法石と呼び名が変わる。

しかし、付与したい魔法がある場合、そのギフトを持つ魔導師の協力が欠かせないため、貴重な魔法が付与された魔法石は高額となっている。

ただし、魔法石を永久に――それこそ何度も使えるということはない。

【付与】魔導師の力量によって、一回限りで壊れたり、何の効果もなかったりするのだ。

「これで全部片付け終わったかな？」

アルスが周囲を見渡すと皆がマンティコアから素材の回収を始めていた。

「どうかしらね。まだオスのマンティコアを見ていないわ」

「これ……メス……メスなのか？」

カレンに指摘されて足下に倒れるマンティコアの顔を覗いてみるが、正直言ってオスかメスか判別できるかと言われたら無理だった。

「目元は丸みがあって睫毛《まつげ》も長いので、これが見分けるポイントじゃないですか？」

ユリアは腰を屈《かが》めると、アルスの隣で一緒になってマンティコアの顔を観察する。

「お姉様、全然違う。マンティコアは全部同じ顔。身体の大きさが違うの。マンティコアのオスはメスよりも身体が三倍ほど大きいのよ」

「なら、まだオスはでてきてないのか」

【聴覚】で気配を探るが、近くにそれらしい魔物はいない。

「マンティコアのオスは臆病で、狩りはメス任せ、群れを守るときだけ出現するんだけど、それは同種の場合だけで人間とかだと現れてくれないのよね」

「その口振りだと素材が高く売れそうだな」

「そうなのよ。毛皮はアース帝国金貨で五十枚の価値。歯なんて純金だから、欠けたりしてなきゃ、帝国金貨二百枚以上になるんじゃないかしら」

「そんなに儲《もう》かるなら探すか?」

「いえ、もう遠くまで逃げてるはず——それにマンティコアのオスは臆病だけど、メスの比じゃないぐらい強いのよ。時間も時間だから諦めるしかないわね」

カレンが頭上を振り仰いで、沈みゆく太陽に眼《め》を細めた。

「そろそろ日も暮れるから、今日はもう野営地を築いて休みましょう」

カレンはそう言い残すと、シューラーに指示しているエルザに近づいていった。

野営地は見晴らしの良い平原で築くことになった。

マンティコアを狩った場所では、血の匂いに誘われて他の魔物が近寄ってくる可能性があるためだ。またマンティコアの群れは全滅しておらず、闇に紛れて襲われることも考えると離れたほうが安全だと判断したのである。

野営地を築いたのは橙《だいだい》系統の【泥】ギフトを持つシューラーたちだ。

魔法を巧みに操って土壁を盛り、四方に防壁を創り上げたのである。

その防壁の中に天幕を張って松明《たいまつ》を灯《とも》せば、その光景は一種の要塞だ。

「もし襲撃があっても、壁が攻撃されたら感知するわけか」

土壁を触れれば強い魔力を感じた。これが敵に攻撃を受けたら製作者がすぐに気づく。

「アルス、食事ができたようですよ」

声に振り向けば月明かりを浴びて、白銀の髪に優しい光を湛《たた》えたユリアが立っていた。

「わかった。今日はどんな飯なんだろうな」

「エルザが当番みたいですから期待していいでしょうね」

「それは楽しみだな」

ユリアと共に皆が集まっている場所に辿《たど》り着けば、噂《うわさ》のエルザが配膳係をしていた。

「どうぞ、口に合えばいいのですが、全部のせ丼です」

でかい器に入った米の上――衣で揚げられた肉が山盛りだった。

「へえ、これは美味《うま》そうだ」

「食べきれるでしょうか……」

「別に残してもいいですよ。ユリア様が残した物なら誰かが泣いて喜んで食べます」

ユリアが不安そうに言えば、エルザが真顔で断言した。

争奪戦になるに違いない。エルザの言葉に反応して数人の視線がユリアの丼に注がれたからだ。主に男からだが一番の熱視線はカレンだった。

料理が冷めるのも勿体《もったい》ないので、談笑もそこそこに食事が始まる。

何の肉かわからないが、衣のおかげで歯応えが楽しく、とても美味で舌の上で肉が溶けるように消えていく。

「エルザ、とても美味《おい》しいです。これは何のお肉なんですか？」

ユリアの質問に食事をしていたエルザの手が止まる。

「マンティコアの肉を血と煮込んでから、香草で蒸したトロールの脂肪で包み込んで揚げたものです。最後にサイクロプスの眼球——硝子体を搾ってかければ完成ですね。ちなみにマンティコアの頭部は獣人や一部の人間から人気でして、なかなか食べる機会がありません。脳みそが一番濃厚で絶品なんです」

数人の女性シューラーと一部の男連中がご飯を噴き出した。

爆弾発言だったらしく、数人の女性が立ち上がりエルザに詰め寄る。

『エルザさん、何考えてんの！』

『めっちゃ食べたんだけど。変な寄生虫とかいたらどうすんですか！』

「大丈夫だと思います。知り合いの獣人は魔物をよく食べているそうですし」

『私たちは人間です！　あんな鉄の胃袋を持った人種と一緒にしないでください！』

「でも、あのまま捨てるのも勿体ない。それに美味しかったでしょう?」

『そりゃ美味しかったですけど……』

「なら問題ありません。美味いものには毒がない。偉い獣人が言っていたそうです」

『だから、それも獣人じゃないですか！　種族が違うんですよ、種族が！』

「細かいことを気にしては〝失われた大地〟で生きていけませんよ」

『うぅ、細かくないです。一番大事なところ、命に関わるところですよぉ』

言い合いながらも、どこか楽しげな雰囲気を漂わせる女性陣。

誰も止める様子がないので、見慣れた光景なのかもしれない。

それにアルスの記憶が正しければ、その偉い獣人は魔物の肉を食べて毒にあたり、美味いと叫びながら死んだはずである。

「アルス、あの魔物がこんなに美味しくなるんですね」

「そうだな……てか、完食したのか」

ユリアに話しかけられて彼女の丼を見れば米が一粒も残っていなかった。

「とても美味しかったです」

「それは良かったな」

満足そうに微笑《ほほえ》む彼女から視線を逸《そ》らし、ふとカレンに目を向ければ、姉が完食したことを口惜しそうに見ていた。丼が空のところを見ると彼女もまた完食したようである。

エルザに詰め寄る女性陣、王女として育てられた二人を見比べ。

どっちが本来正しい姿であるべきなのか、アルスはよくわからなくなった。

食事も終わると、女性陣は仲良く風呂に向かった。

野営地を囲む壁と一緒に風呂場も作っていたそうで、あとは魔法で水と火を組み合わせればお湯の完成というわけだ。なので、残されたのは男性陣のみ、気づけば男性シューラーたちがアルスのところに集まっていた。

「アルスさん、あんたエルザさんやユリア様の裸を見たんだってな」

バンズという男が酒の匂いをプンプンさせながら隣に座った。

「誰から聞いたんだ？」

「レーラーから聞いた。それでどうなんだい？」

レーラーとはギルドマスターのことであり、つまり情報源はカレンということだ。

彼女のことだから面白おかしく伝えたのだろう。

「ん、まあ、隅々まで見たけど、それがどうかしたのか？」

アルスの返事を聞いて周りがざわついた。

「すごいな……あんたは男だ」

「ああ、男だぞ。見たらわかるだろ」

「いや……そりゃわかるが……アルスさんあんた面白いな！」

当然のことを言われて頷《うなず》いたが、何が面白いのか全く要領を得ない。

それに彼らは一様に鼻息が荒く、酒も飲んでいるせいか、纏《まと》わり付く熱を感じて若干煩わしく思った。

「それで、どうだったんだ？」

「どうとは？」

「焦《じ》らすじゃないか、アルスさん。感想だよ！　あのエルザさんのか――らぅ!?」

詰め寄ってきたバンズが唐突に目の前から消える。

アルスは地面を転がっていく彼を眺めていたが、松明の明かりが届かない場所にいってしまったので、最終的に彼を蹴り飛ばした犯人に視線が辿り着く。

「エルザ、風呂にいったんじゃなかったのか？」

「何やら胸騒ぎ――カレン様がおかしなことを言っていたので確認をしにきました」

「そうか……水も拭かずに来たのか。こっちは問題ないから戻ったらどうだ」

エルザにしては珍しく呼吸が荒く、よほど急いで出てきたのか髪の毛は濡《ぬ》れたままで、服こそ着ているが雨に降られたような格好だった。

アルスはタオルを取り出して、彼女の頬を流れる水滴を拭ってやる。

「…………いきなりなんです？」

「濡れたままだと気になるだろ」

「あ、ありがとうございます」

「いいさ。風邪を引かれるよりはな」

顔を真っ赤にしたエルザの首元を拭いながらアルスは微笑を浮かべた。

「まあ、拭くより風呂に入り直したほうがいいと思うぞ」

「そ、そうですね。そうしま――」

エルザの言葉は途切れる。アルスの手がタオルと共に彼女の胸元に侵入したからだ。

きょとんとした顔でエルザは拭かれていたが、突然の刺激は下着をつけていない肌には強すぎて、本当に小さな吐息が彼女の艶やかな唇から漏れでた。

その瞬間――アルスは凄《すさ》まじい力で腕を摑《つか》まれる。

「あ、あのアルスさん……お気持ちは嬉《うれ》しいのですが、周囲の目もありますから、そこは拭かなくても結構です。そもそもその体勢で拭くのは辛《つら》いでしょう」

アルスは肘を天に向けて腕を斜めに、エルザの服の隙間から手をいれている。

タオルが大きいおかげもあるだろうが、アルスの背中が邪魔していることもあって、周りからエルザの肌は確認できない。しかし、胸元を覗《のぞ》き込んで、肌に張り付いた服を引っ張るアルスには全て見えているはずだ。

「確かに裸になってもらったほうが拭きやすいな。じゃあ、あっちで脱いでくれ」

アルスが天幕を指せば、頷きかけたエルザは慌てて首を横に振った。

「い、いえ、お風呂に戻ります。それと、そんな台詞《せりふ》は爽やかな笑顔で言うものではありません」

エルザは優しい手つきでアルスの腕を自身の胸元から引き抜く。

「タオルはわたしが洗っておきます」

このままタオルまで抜こうとすれば、水分を含んだ服の裏地とタオルが一緒になって外に飛び出してしまう。つまり服がめくれて、肌を曝《さら》け出すことになってしまうのだ。

「そうか？　じゃあ、頼む」

そんな二人のやり取りを見ていたシューラーたちは滂沱《ぼうだ》の涙を流していた。

『俺たちのエルザさんが……まさかあそこまで進んでいたなんてっ』

『アルスさん……いや、先生はすげえな。エルザさんをモノにしちまうとは。二大美少女のほうも怪しいし。ぜひ秘訣《ひけつ》を教えてもらいたいもんだ』

『出会って二日であのエルザさんがなぁ……ちきしょうっ』

シューラーたちは自棄酒《やけざけ》のように麦酒を呷《あお》り続けている。

エルザの冷めた視線は、この状況を作り出した彼らに向けられることになった。

「あなたたちは見回りがあるでしょう。お酒はそこまでにして早く行きなさい」

『は、はい！』

『お、おい、行くぞ！』

極寒の視線を受けてシューラーたちが蜘蛛《くも》の子を散らすように去って行く。

そんな彼らを見送ったエルザが改めてアルスに向き直る。

「お風呂に入り直してきます。アルスさんは今から見張りだったはずですね」

「ああ、だから今日は一緒に風呂に入れないんだ。悪いな」

「いつも一緒に入っているみたいな感じで言わないでください」

夜風に当てられて冷えていく肌、シューラーたちの詮索、色々積み重なった結果、素っ気ない態度が言葉となってでてしまったようだ。

しかし、言い終えてからエルザも気づいたのか、一つ咳払《せきばら》いしてから再び口を開いた。

「あ、その……勘違いしないでほしいのですが、別に嫌というわけではありません。既にお互い見せ合った仲ではありますから、ただ心の準備というものが必要なのです。さすがに遠征中に一緒に入るというのは他者の目もあり、指揮を任される立場にあるわたしがそのような浮かれた行動をすれば示しがつきません」

慌てて言い繕うエルザの瞳は動揺から激しく泳いでいた。

そんな彼女にアルスが純真無垢《むく》な笑顔を向ける。

「わかった。そこまで言うなら本拠地に帰ったら一緒に入ろう。背中を流してやるよ」

アルスは気にしていなかったようで事も無げに言った。

ホッと胸を撫《な》で下ろしたエルザだったが、変な約束を取り付けられたことを思い出す。

そもそも、なぜこちらが懇願したような形になっているのかも解せない。

しかし、先ほどの反省もあり、頭の中で慎重に言葉を選びながら口を開いた。

「アルスさん……あなたの知識は変に偏った部分が多々見受けられます。正しい知識を身につけないと――ユリア様の件にしてもそうですが、いつか女性を泣かせることになりますよ。責任がとれない男は腹を切らねばなりません。いいですか、まずは男女の違いから知る――へくちっ」

なんとも可愛《かわい》らしいくしゃみだった。

意外と言えば意外だが、彼女に似合わないかと言えばそんなことはない。

「また今度頼むよ。今は風呂に入り直したほうがいいぞ」

「……そうですね。将来のことも含めて話し合いはまた今度にしましょう。このままでは明日に響きかねません」

湯冷めしても風邪を引いたとしても、彼女は風呂のことになると饒舌《じょうぜつ》になるようだ。

風呂が好きすぎて仕方がないのだろう。アルスはそんなエルザを微笑ましく感じた。

だが、そんなアルスの態度がエルザは気に食わなかったようで、苦虫を噛《か》み潰したような表情を浮かべる。

「そのヘラヘラした顔を、いつか羞恥心に染める日が来るのを楽しみにしています」

「お、おう？　よくわからないがオレも楽しみにしているよ」

「それでは失礼します」

小さく頭を下げたエルザが背を向けて風呂場に向かう。

彼女を見送ったアルスは土壁に向かって歩き始めた。

防壁に備え付けられた扉を開けて、闇に覆われて何も見えない平原を見据える。

「変な気配がすると思ってたんだ」

躊躇《ためら》わず闇の中を進んでいくアルスは唐突に腕を天空にかざす。

「〝衝撃《ウエグブラセン》〟」

魔法名を唱えると同時に、胴に風穴を空けたマンティコアが闇の中から落ちてきた。

「復讐《ふくしゅう》にきたのか、それとも別の群れか」

短剣を引き抜いて一閃《いっせん》、魔力によって切れ味が増した刃は、茂みから飛びかかってきたマンティコアの首を斬り落とす。

「あと九匹——取り囲まれたか……けど、それで優位に立ったと思わないほうがいい」

闇の中にあっても、アルスは周囲の音を聞きながら魔物の数を正確に把握する。

「〝声東撃西《ブレリユード》〟」

〝衝撃《ウエグブラセン》〟の上位魔法、緑を縁取った複雑な紋様が絡み合う魔法陣が虚空に出現する。

風が吹いた。穏やかで頬を優しく撫でるようなそんな風だ。

だが、そこに込められた鬼気は尋常ではない。

アルスの周囲で続々と重い物が倒れる音が響く、これで全て殺し尽くした。

否――、

「臆病だと聞いていたんだがな……逃げずにでてきたか」

雲に隠れていた月が顔を覗かせる。

月光が平原を照らすことで闇の中に魔物を浮かび上がらせた。

マンティコアのオス、その巨体はメスよりも三倍はあろう大きさ。

獅子《しし》の体軀《たいく》を持ち、人間のような顔が闇の中に浮かんでいる様は不気味なものだ。

亡霊のような青白い顔、その口元は弧を描いて金歯を覗かせている。

「彼女たちの入浴を邪魔しないほうがいい。風呂は癒やしの空間らしいからな」

両手に短剣を握り締めたアルスの口が三日月を描いた。

「だから、静かに戦おうじゃないか」

笑みには凄《すご》みが増し、凄絶な気配が辺り一帯を侵食する。

月が再び雲に隠れたことで、心許《こころもと》ない光が幕を閉じ、闇に支配権を譲り渡した。

濃密な黒の中に浮かぶ人間のような青白い顔が、闇に溶けるようにして消えていく。

マンティコアが攻撃態勢に入ったのだ。

アルスは集中する。耳を澄ませて【聴覚】を頼りにマンティコアの位置を探った。

すぐさま腕を霞《かす》ませて、一閃――次いで悲鳴があがる。

マンティコアの顔を短剣で浅く切り裂いたのだ。

頬を傷つけられたマンティコアは恨めしそうに再び闇の世界に戻っていく。

「おいおい、また隠れるのか、臆病にもほどがあるだろ」

アルスは構えを解くと、無抵抗を示すように両腕を広げた。

「臆病な群れの王。その力を存分に見せてくれ」

愉快そうに告げると、アルスは凄まじい衝撃を受けて地面に叩《たた》きつけられた。

すぐさま地面に手をついて起き上がると、埃《ほこり》を払いながら身体《からだ》の状態を確かめる。

「防御力がミスリルにも匹敵するというのも、あながち嘘《うそ》じゃなさそうだな」

カレンの説明では、平服はローブに次いで魔力伝達率が高く、魔力操作に長《た》ける者であればミスリルにも匹敵する強度となるとのことだ。しかし、それも鍛冶師の腕があってのことで、この平服を作った人物に興味が湧いてきた。

「カレンの張り手ほどじゃないが少し痛いな。衝撃を完全に防ぐことができてないのか。それとも、もっと魔力の質を高めればいいのか？」

アルスは思考を巡らせながら、ある閃《ひらめ》きによって顔をあげた。

「もう一度攻撃してこい。試したいことがあるんだ」

伝わるかどうかはわからないが、アルスは挑発的な笑みを浮かべると、マンティコアがいる方角に手を向けて指で煽《あお》った。

先ほどよりも素早く、凄《すさ》まじい破壊力を秘めた横殴りの衝撃に襲われる。

しかし、アルスはその場で平然と立っていた。

アルスは【聴覚】で攻撃を察知すると、その箇所にあらかじめ魔力を集中して纏《まと》わせたのである。

「魔力の消費は激しいが……この方法なら大丈夫みたいだな」

鋭い爪が平服に突き刺さったが破れた様子はない。

二度の攻撃を受けて無傷。平服の耐久度も合わせて満足のいく結果を得た。

「これを獣人は直接肌にできるって聞いたが反則だよな——いや、人間でも応用できるか。ここで実験してもいいが、こいつより格上の相手で試したほうがいいよな……」

アルスの予想よりもマンティコアのオスが弱すぎた。この程度の力しかないのなら、これ以上の成果は望めないだろう。アルスは心底がっかりしたとばかりに嘆息する。

「期待していたんだが……カレンが警戒するほど強いとは思えないな。もしかしてオスじゃなかったのか？　それとも個体差があったりするのか？」

思考の海に漂いそうになったアルスだったが、殺気に気づいて今がどういう状況だったのかを思い出す。

「放置してすまない。聞いていた話と違ったからな。少しばかり戸惑ってるんだ」

闇の中からアルスの様子を窺《うかが》うマンティコアは、二度の攻撃が不発に終わったせいか警戒しているようだ。

「待ち続けるのも飽きただろ？　そろそろ相手をしてやるよ」

言葉に込められた僅かな殺気――声音に混じるは明確な殺意。

闇の中でマンティコアの巨軀《きょく》が恐怖で震える。

マンティコアが選んだのは逃走だ。

勝てない相手、力が及ばない遥《はる》か先を行く生物、野性の本能が逃げを選択した。

マンティコアのオスは臆病な魔物、知能も高く、本来なら勝てない相手には挑まない。

けれども、群れを壊された怒り、荒らされた縄張り、群れの長としてのプライドがマンティコアの闘争本能に火をつけた。

しかし、それもアルスの実力を知るまでのこと、今はそんな自尊心は存在しない。

生き延びるため一心不乱に逃げるだけだ。

「〝混濁《フェアヴィルング》〟」

マンティコアの巨軀が、群れの頂点に君臨していた凄まじい脚力が唐突に乱れた。

咆吼《ほうこう》をあげても無駄、全身の力を足に集中させても一歩も動くことができない。

平衡感覚を失ったマンティコアのオスは地面に倒れるが暴れ続ける。

しかし、全てが無駄な足掻《あが》き、それでも生き残るために藻掻《もが》き続けていた。

彼が来るまでは――。

「悪いな。お前の素材は高く売れるそうだ。出来る限り傷をつけたくない」

不気味なほど優しい声音、言葉の意味を理解できずとも、マンティコアは死を悟る。

だから、見苦しい様を晒《さら》すのをやめた。

平原の王者らしく威風堂々と狩人《かりゅうど》を待つ。

見下ろすアルスを、王者の虚《うつ》ろな目が見上げた。

「死を受け入れたか、群れの長だけあって潔い。苦しむことなく眠らせてやる」

アルスは指先をマンティコアに向ける。

「〝死音《デスフリユスタン》〟」

たったそれだけでマンティコアは眠るように息絶えた。

「どうやって運ぶか……」

このまま放置しておけば他の魔物に食い荒らされてしまう。

一度、野営地に戻って人手を連れてくるしかなさそうだ。

しかし、音がして振り返れば、野営地の方角から松明《たいまつ》の明かりがいくつも見えた。

「アルス！　大丈夫ですか？」

現れたのはユリアだ。心配させてしまったのか、その顔はひどく青ざめていたが、無事なアルスの姿を認めて安心したようで胸元に片手をあてて呼吸を整え始めた。

『マンティコアだ！　気をつけろ、まだいるかもしれねえ』

『こいつら後をつけてきたのね』

ユリアに追いついたシューラーたちが、マンティコアの死体を確認して驚いている。

少し場が落ち着くのを待ってからアルスは口を開いた。

「ユリアはどうしてここに？」

「マンティコアの咆吼が野営地まで聞こえてきましたから……」

「ああ……なるほど」

アルスは後頭部を掻《か》きながら苦笑する。途中から静かに倒すということを忘れていた。

「えっ？　これ、マンティコアのオスじゃない？」

声に反応して視線を向けた先、腰を屈《かが》めたカレンがマンティコアのオスを覗《のぞ》きこんで目を丸くしていた。

「変な気配がしたから出てみれば、そいつに襲われたんだ」

「へぇ～、しかも一人で撃退ですか……相変わらず信じられないことするわね」

「それより怪我《けが》はありませんか？」

アルスの身体に細い指を這《は》わせながら、ユリアが松明の明かりで怪我がないか確かめてきた。服の隙間から夜風に冷えた手をいれてくるものだから、ひんやりとした感触に肩を跳ねさせる。次にむず痒《がゆ》さに襲われて身をよじった。

「た、大変です！　肩に痣《あざ》ができてるじゃないですか！」

「いや、ユリア、落ち着け。この程度なら問題はない」

マンティコアのオスから最初の攻撃を受けた時にできたのだろう。

「ヒーラー、すぐに治療を！」

「お姉様って過保護ね～。その程度なら唾でもつけときゃ治るわよ。お姉様が舐《な》めてあげればいいんじゃない？」

「カレン、冗談を言ってる場合ではありません。そもそも私の唾液に治癒効果はありませんし、ただの痣でも放置したら大変なことになるんですよ」

姉妹が言い争いを始めるが、過熱する前に女性ヒーラーがやってくる。

『はいは～い。ユリア様どうしました？』

「アルスの肩に痣ができているので治療してもらえますか？」

『了解です。どれどれ～………ああ、うん。小指ほどの痣ができてますねぇ』

「な、治りますか？」

『それはもう、この程度なら二、三日もすれば綺麗《きれい》に消えるかと思いますけど？』

「二、三日もですか、それは大変ですね。すぐに治癒魔法をお願いします」

『いや、必要ないと――』

「すぐに治癒魔法をお願いします」

『いや、だから必要な――』

「治癒をお願いします」

ユリアから得体の知れない圧を感じた女性ヒーラーは背筋を伸ばして敬礼する。

『――はい、全身全霊で治療させていただきます！』

「なんか悪いな」

アルスが女性ヒーラーに苦笑を向ければ、彼女は肩を竦《すく》める。

『いえいえ。今日はもう戦闘はないでしょうし、魔力を消費しても問題ありません』

女性ヒーラーが痣ができている患部に手を押し当てる。

『去りゆく風 去りゆく雲 汝《なんじ》は苦痛を嘆く者 我は苦痛を和らげる者』

女性ヒーラーの手に小さな白の魔法陣が出現する。

『故に我願う――〝治癒《ヒール》〟』

「見事なもんだな」

小指ほどの痣は一瞬で肌色に、疼《うず》いていた痛みもまた消えた。

『この程度であれば簡単です。さすがに原形留《とど》めてなかったりすると無理ですけどね』

「そうなのか？　瀕死《ひんし》状態でも回復すると思ってたんだが、〝万能薬《エリクサー》〟みたいなものが存在するから、てっきり魔法でも可能なのかと」

と、アルスが言えば、きょとんとした表情から女性ヒーラーは愉快そうに笑った。

『あはは、アルスさんは面白い方ですね。瀕死だと〝万能薬《エリクサー》〟でも無理ですよ。ましてや魔法でなんて絶対に無理です。そんなのがあったとしたら神々の領域でしょう。それに、そんな魔法があったとしても人間の魔力じゃ扱いきれません。さすがの魔王や聖天でも不可能、無茶な注文ってなもんです』

一通り楽しげに笑った女性ヒーラーは、アルスの肩をぺちぺち叩いて最終確認。

『よし、これで大丈夫でしょう。他に痛いところとかあったりします？』

「いや、大丈夫だ。ありがとう、助かったよ」

『いえいえ、じゃあ、私は行きますけど、何かあったら気軽に呼んでくださいな』

「ご苦労様でした」

ユリアが最後にお礼を言えば、入れ替わるようにして闇の中からエルザが現れる。

「カレン様、十体のマンティコアのメスの死体がありました。如何《いかが》なさいますか？」

「ん～、そうね。このまま放置ってのも危険よね～」

エルザの言葉にマンティコアのオスを確認していたカレンが顔をあげる。

そんな二人がやりとりする隣で、アルスはユリアを唐突に抱き寄せた。

「ふ、ふぇ……あ、アルス？ と、突然どうしたんですか？」

「大丈夫だからジッとしててくれ」

アルスはそう言うとユリアの腰に左手を回して身体を更に密着させた。

「ええ、えっ？」

ユリアの呆《ほう》けた声は風に掻き消され、アルスは彼女の背中に右腕を回すと、スカートを器用に捲《めく》り手を突っ込む。

「んっ……あ、あの、ここじゃなきゃ駄目なんですか？　せめて別の場所で——ッ!?」

ユリアが疑問を呈するも、絶対領域に侵入されたことで若干の艶が混じっている。

戸惑いがあっても抵抗しないのは、アルスにそれだけ気を許してくれているのだろう。

アルスの手首がユリアの太股《ふともも》を撫《な》でるように動き、その間も彼の手は目的の物を探し続ける。甘い吐息がアルスの耳元まで運ばれるが、それでも彼は動じなかった。

「え……ホントなにしてんの？」

カレンが呆気《あっけ》にとられる傍らで、エルザが呆《あき》れたように自身の手で目を覆い隠していた。

しかし、好奇心に負けたのか興味津々の様子で、指の隙間から青瞳が覗いている。

「あった。ユリア、これ借りるぞ」

目的の物——飛苦無《とびくない》を摑《つか》んだアルスは言うや否や腕を霞《かす》ませる。

手元から放たれた得物が闇の中に消えていく。

次いで何か重い物が倒れる音が響いた。

『ひゃっ!?　こいつ生きて……あれ、死んだ？　なんで？』

『おい、明かりもないくせに不用意に近づくなよ』

『マンティコアは死んだふりが得意だから気をつけないと……』

シューラーたちの会話が風に乗って耳朶《じだ》に触れてくる。

間一髪で間に合ってアルスは安堵《あんど》と共に息を吐いた。

「一匹だけ仕留め損ねてた。でも、案外うまく飛ばせたと思わないか？」

無邪気な笑顔で告げるアルスに、若干呆れた視線をユリアが向けてくる。

「……それならそうと仰《おっしゃ》ってください。別に拒絶したりしませんから、一言いただけるとありがたいです」

「シューラーが気づいてない様子だったから、急いだ方がいいと思ったんだ」

抱きしめたままなのを思い出したアルスはユリアを解放する。

ユリアは乱れたスカートを整えながら首を傾《かし》げた。

「でも、よく私がスカート内に武器を隠しているのに気づきましたね」

「〝耳が良い〟からな。武器を隠し持ってるのは擦過音でわかってたよ」

「なるほど……そうでしたね。なら、後で武器の配置を教えますね。勘に頼れば怪我をする可能性もありますから、どこに武器があるのか把握しておくことが重要です」

「今後も使ってもいいなら、あとで見せてくれるとありがたい」

「では、後ほど見せますね。それとカレン、マンティコアの生死の確認は徹底させたほうがいいかもしれません」

これまでの流れが嘘《うそ》のように、冷静沈着な声でユリアが報告した。

「了解です。はあ、天然なのかよくわかんないけど、二人を見てると心臓に悪いわよ」

カレンは疲れたように肩を落とすと、深いため息をつき気持ちを入れ替える。

「……死体を放置すると魔物が集まってくるし、食い荒らされるのも勿体《もったい》ないわよね」

「それならば野営地に運ぶしかありませんね」

「エルザの言う通りね。ほら、あなたたちボケッとしてないで野営地で解体するわよ」

マンティコアの死体を確認していたシューラーたちは、カレンの言葉を聞いて主に女性陣が不満の声をあげた。

『えぇぇ～……お風呂入ったばっかですよ』

『夜更かしはお肌が荒れちゃう』

「はいはい、文句を言わない。お風呂はあとで入り直しましょう。それに頑張れば報酬を弾むからそれでスキンケア商品でも買いなさい」

カレンが手を叩《たた》いて催促すれば、女性陣はしぶしぶといった様子でマンティコアを運び出す準備を始める。

「それにしてもアルス、改めてよくやってくれたわ。マンティコアのオスを単独で狩るなんてやるじゃない。A級魔導師でも単独じゃなかなか倒せない強敵なのよ」

「そこまでの強さは感じなかったが……まあ、運が良かっただけだろうな」

やはり褒められるのは慣れない。アルスは左耳のピアスを撫でるように触った。

そんな仕草に目聡《めざと》く気づいたのはユリアである。

「一緒に逃げていた時もですが、アルスはいつもそのピアスを触っていますね」

「ん……まあ、癖みたいなもんだな」

ユリアの指摘通り、よく触っているというのはアルス自身にも自覚はあった。

「微《かす》かに魔力を感じます……魔導具ですか？」

「ああ、何も効果はないけど――亡くなった母の形見だ」

幼い頃の話だが、【聴覚】が拾ってくる音に怯《おび》えていた時期があった。

アルスが幽閉されていたのもあるが、母親が病弱だったので会える日は少なかった。だから助けを求める存在がおらず、音に怯える毎日を過ごしていたのだが、そんなアルスを見かねた母親が魔力をピアスに込めて、お守りだとアルスに贈ったのである。

そのおかげで母親が近くにいる気がして、怖い音を聞いた時もピアスに触れることで安心することができた。それ以来、心を落ち着かせる時など触る癖がついたのだ。

「効果はきっとありますよ。きっとお母様が傍《そば》にいてくれています。ピアスを触る時のアルスは優しい顔をしていますもの」

「そうか？」

ユリアはそう言うけれども、ピアスには本当に何の効果も存在しない。

仮令《たとえ》、母親が幽霊になって近くにいたとしても、アルスがその〝音〟を聞き逃すことは絶対にない。だから、この【聴覚】でも聞こえないということは、母親が声も届かない遠い場所に行ってしまったのは間違いないだろう。

それでもユリアの表情は嘘を言ってるようには見えない。

本当なのかもしれないと思わせる不思議な力が彼女にはある。

「ユリアが言うならそうなんだろうな」

「はい、私が言うのだから間違いないですよ」

月明かりを浴びた白銀の髪が、穏やかな色を宿して彼女の笑顔のように輝いていた。

＊

アルスが〝失われた大地〟で旅を始めてから二日目。

先ほどまで夜を思わせるほど曇っていたのに、今では晴天が顔を覗《のぞ》かせて強い日差しが大地を照りつけていた。

そんな清々《すがすが》しい空気となった中で、今は昼食の時間を迎えている。

各々が好きな場所で食事を摂《と》っており、アルスは美人姉妹と怜悧《れいり》な雰囲気を纏《まと》わせる美女と共にいた。

「アルスさんのおかげで素材も貯《た》まりました。三日分以上の成果と言えるでしょう。この辺りで戻りますか？」

エルザに決断を求められたカレンは、食事の手を止めると視線を宙に投げかける。

「そうねえ……マンティコアのオスは大収穫、群れも全滅させたから、あとはサイクロプス、トロール、コボルドにサハギンか」

討伐した魔物を指で数えていたカレンがちらりと川辺に視線を向ければ、先ほど狩ったばかりのサハギンの死体が転がっていた。

鱗《うろこ》があって深緑色、腹は魚のように白く染まっている。

斑点や斑《まだら》模様があるサハギンもいて一見すれば大きな魚のようにも見えた。

サハギンの頭頂部は縁起物として飾られることが多く、その鱗は防具製作に利用され、ヒレは酒のつまみによく合うらしい。

その身も絶品であり、今日の昼食はサハギンの刺身丼であった。

「荷物のほうはそろそろ積載量が限界？」

カレンが確認すればエルザが頷《うなず》く。

「あと一度か二度の狩りで満載になるかと思います」

「なら、これ以上狩り続けても素材が無駄になりそうね」

カレンが腕を組むと形の良い双丘が歪《ゆが》み、思案のために彼女が顔を俯《うつむ》ければ紅玉《ルビー》のように煌《きら》めく瞳に前髪が影を作った。

「うん。決めたわ。シューラーたちに指示を出して、食事が終わり次第戻るわよ」

「わかりました。他の者にも伝えてきます」

エルザは立ち上がると、すぐさまシューラーたちに指示しにいく。

その背を見送ったカレンがアルスたちに紅瞳《べにひとみ》を向けてきた。

「聞いていたと思うけど帰還するわ。二人は何かやり残したことあったりする？」

「私は別にありません。〝失われた大地〟にまた来るのが楽しみになりました」

「うんうん、それは良かったわ。それでアルスはどう？」

「オレも問題ない。色々と確かめることができたからな」

「そう、なら今回の遠征は良しとしましょうか。予定を繰り上げることになったのは申し訳ないけど帰りましょう」

アルスたちの周りではシューラーたちが帰還するための準備を始めていた。

数人が協力して地面に魔法陣を描いている。

落書きのように思えるが緻密で精密、地面に深く深く浸透させるように描いていた。

人目を気にするように草陰に刻んでいる違和感を除けば、それは一種の芸術品のようでもある。

「……魔法石を使うのか」

ギフトがなくとも、魔力だけで魔法を行使する方法がある。

【付与】を持つ魔導師が魔石に魔法を付与すれば、ギフトを持たずとも魔法を行使できるようになる。ただし、〝転移〟のような特殊魔法は魔法陣が必要とされていた。

「あの魔法陣に入って、〝転移〟が付与された魔法石を使えば帰れるってわけか？」

「そうなんだけど……ちょっと違うわね。あれは次に来る時のためにも描いてるの」

転移用の魔法陣には、帰還と出発といった二つの役割がある。

帰還する時には帰りたい場所に魔法陣が必要で、出発する時には行きたい場所に魔法陣が必要とされる。

また同じ場所から冒険が始められるように魔法陣《しるし》を残すのである。

「だから魔法陣は出入口みたいなものかしらね」

「どうして隠すように魔法陣を描いているのですか？」

疑問を口にしたのはユリアだ。

「それはね、あとから来た連中に壊されるからよ。やっぱり狩り場を独占したい連中もいて、他ギルドの魔法陣を見つけると壊すのが常識になってるの」

肩を竦《すく》めて嘆息するカレンの反応からして、恐らく彼女たちも経験があるのだろう。

「疑問に思ったんだが、今回の遠征は竜の街から始めなくても良かったんじゃないか？」

転移用の魔法陣を刻むのが今日初めてというわけではないだろう。

それこそ常日頃から遠征の帰りには魔法陣を描いているはずだ。

ならば、今回のようにいちいち入口から始めなくても、いつも行っている場所から冒険を始めれば良かったんじゃないかとアルスは思ったのだが、

「それでも良かったんだけど、お姉様とアルスは〝失われた大地〟が初めてでしょ。まずはどんな場所か知ってもらわないとね。あたしたちが日頃狩りしてる場所に、いきなり連れて行って何かあったら目も当てられないじゃない」

「随分と気を遣わせたみたいで悪いな」

「だから、前から言ってるけど気にしなくてもいいのよ。あと、これ渡しておくわね」

カレンが魔法石が塡《は》め込まれた指輪を差し出してくる。

「魔法石には〝転移〟魔法。指輪には帰還先の座標が刻まれているわ。この指輪がないと魔法陣が起動しないから気をつけてね」

シューラーたちが地面に彫っている魔法陣を改めて見れば、ギルドの紋章と座標が、他にも複雑な紋様も一緒に刻まれている。

この指輪を所持している者にしか使用できないように細工しているのだろう。

「ギルドに所属してないけど、いいのか？　こういうのは身内にだけ配るもんだろ」

「いいのよ。あたしも迷惑かけてるし、お姉様やエルザの件も含めて色々とね」

よくわからない事を言いながら、カレンは乾いたように笑うのだった。

＊

――アース帝国、辺境の街プルトーネ近隣。

オーフス・ツー・メーゲンブルクは馬上で揺られていた。

その背後では一万の騎兵が列を成して、物々しい雰囲気の中で行軍している。

気難しい表情をしているオーフスに、エルフのヴェルグが馬を寄せてきた。

「オーフス殿は魔法都市に行ったことがありますか？」

「何度か行ったことがありますな」

オーフスの瞳に映るのは、巨大な塔が雲を貫いて建っている光景だ。

世界の中心地、ギフトが集い、魔法の叡智《えいち》が詰まった場所。

しかし、聖法教会に所属する者、特に聖法十大天とまで呼び謳《うた》われるヴェルグにとっては、魔法協会に対する世間の評価は面白くないものだろう。

それでもバベルの塔が放つ威厳と荘厳な空気、背景にある積み上げられてきた歴史は認めなければならないものだ。

「あそこはまさに別世界だった。ヴェルグ殿はどうなのだ？」

「聖法教会の方針で、残念ながら私は行ったことがないのですよ」

ヴェルグは苦笑を浮かべるが、仕草と言葉の割にはさほど残念そうには見えない。

「魔法協会には奪われ続けてきましたから……魔法都市に行くことがあるとするなら、魔王たちと決着をつける時ぐらいではないですかね」

「奪われてきた……それは魔帝のことですかな？」

聖法教会と魔法協会の関係は複雑だ。

両者の因縁は創設まで遡らなければならないほど深く根付いている。

「私の前なら別に構いませんが……他の聖天の前では魔帝と呼ばないほうが、あなたの身のためですよ」

諭すように言いながらもヴェルグの美貌には隠しきれない不快感が滲《にじ》んでいた。

聖法教会の魔帝に対する反応は、概《おおむ》ねヴェルグと同じで禁句になっている。

「気をつけましょう。しかし、魔法都市には一度行ったほうがいい。まさに世界の中心と呼ぶに相応《ふさわ》しい。あの光景を初めて見たときは圧倒されたものだ」

「なるほど。ですから、オーフス殿の街は他と違った構造をしているのですね。もしや、魔法都市を参考にされているのでは？」

ヴェルグの言うとおり、辺境の街プルトーネは魔法都市を模倣して造られている。

しかし、理想と現実はいつもかけ離れるもので、真似《まね》をしたからと言って同じようにできるとは限らない。

アルスを幽閉していた塔がまさに失敗の象徴であり、バベルの塔に寄せて造ったが似ても似つかない酷《ひど》い出来となっている。恥部を暴きたてられたような気がして、オーフスはさっさとこの話題を終わらせることにした。オーフスは

「まあ、それよりも本当によろしいのですかな」

「なにがです？」

「アルベルト殿が判断されたとはいえ、勝手に〝シュッドギルド〟を動かしたのです。この作戦が失敗すれば、貴公も咎《とが》めを受けよう」

「それはないでしょう。アルベルト殿が勝手に暴走しただけです。誠心誠意、皇帝陛下には説明させていただきますとも。きっと理解してくださるでしょう」

どこからそんな自信が湧いてでてくるのか、その顔には杞憂《きゆう》だと言わんばかりの笑みが張り付いている。相変わらず胡散臭《うさんくさ》いが、オーフスはその言葉を信じるしかない。

そんな二人の下に話題の人物が近づいてきた。

「そろそろ時間だ。ヴェルグ殿の作戦通りならユリア王女はこちらの手に落ちるということだったな」

「全ては〝シュッドギルド〟の働きにかかっていますがね」

顎に手を当て考える素振りをしたヴェルグは言葉を続ける。

「本当に楽しみですよ。手練手管を使っても、どう転ぶかわからないのですから」

ヴェルグの謙虚な言葉を聞いて、その珍しさにオーフスは目を瞬かせた。

「我々が負けると言いたいのですか？　聖天までいて？」

「負けるとまでは言いませんが……しかし、後者についてははっきりと言えます。私とて勝てない相手はいますよ。聖法十大天と呼ばれてはいても序列は〝第九使徒《テイサ》〟にすぎない。こうして辺境に使いっ走りにだされる実力しかありません」

眩《まぶ》しそうに空を見上げたヴェルグは口元に笑みを滲ませた。

「それでも好奇心が抑えられない。我々は二つの伝説を相手にするのですからね」

「二つの伝説？」

オーフスが首を傾《かし》げれば、ヴェルグはさも楽しそうに説明する。

「ご存じだと思いますが、一つはアース帝国第二軍を壊滅させた〝白夜叉《しろやしゃ》〟ですよ。五万もの兵士が愛らしい少女に根刮《ねこそ》ぎ首を刎《は》ねられました。まあ、兵士のほとんどが無能ギフトだったそうですが、それでもさすが白系統だと誇らしく思ったものです」

たった一人の魔導師相手にアース帝国は過去に類を見ない損害をだした。

確かにアース帝国第二軍は少女一人に壊滅させられたが、その実は恐慌に陥った兵士による同士討ちも多い。しかし、この隠しきれない事実のせいで、聖法教会にユリア王女の存在が露呈したのである。だから、アース帝国は彼女の護送を急いだのだが、ユリア王女の逃走を許してしまうという失態を犯した。

結果、聖法教会が関わってきて今に至るというわけだ。

「箱入りのような形《なり》をしていながらユリア王女は強かったな。うちの〝第一席〟が相手をして何とか勝てたのだが、その代わり必死に抵抗されたせいで、【結界】や【封印】魔法を持つ魔導師が何人も使い物にならなくなった」

アルベルトが馬上で器用に腕を組んで深く頷《うなず》いた。

「それで、もう一つの伝説とやらは？」

「もちろん〝魔法の神髄《ミーミル》〟しかいない」

穏やかな春風を受けながら、ヴェルグは改めてバベルの塔を見据える。

「こうして反吐《へど》が出る場所まで来たのですから、本人であってほしいものです」

オーフスの背筋が凍るほどヴェルグは低い声音だったが、その顔は草花を愛《め》でるような優しい表情だった。

＊

〈灯火の姉妹《ヴィルート・シュヴェスター》〉ではシューラーたちが開店の準備をしていた。

掃除も終わって綺麗《きれい》になった店内を見回す少女が一人。

額に浮いた汗を拭うと満足そうにグレティアは頷いた。

「これならエルザさんにお叱りを受けることはありませんね」

ギルドの運営と酒場の経営を一手に引き受けるのは三大幹部の一人であるエルザ。

〝ヴィルートギルド〟の二大美女の一人にも数えられており全てが完璧な女性だ。

ユリアとカレンも美しいが、彼女たちは二大美少女と呼ばれている。

グレティアにはその違いがよくわからないけれど、男性シューラーたちが重要だと言い張っていたので、いわゆる男目線のくだらない評価基準が存在するのだろう。

「エルザさんって言えば、なんか心に決めた人がいるらしいわよ」

同僚の言葉にグレティアは驚いて二の句が継げなくなった。

エルザはエルフにも見劣りしないほど美しいが、これまで浮いた話が一つもなかった。

道を歩いているだけで声をかけられたり、求婚されている場面を見たことがある。

しかし、全て無視していたのだ。そんな素っ気ない態度と冷たい対応がたまらないと興奮する変態も一部にいたが、当然ながらエルザが受け入れることは一度もなかった。

「ほら、ユリア様と一緒に来たアルスさんって人がそうみたい」

「あの人が……エルザさんの？」

アルスとは顔を合わせている。

彼が酒場に来た時に椅子を差し出したのがグレティアだったからだ。

その後も挨拶程度だが、何度か言葉を交わしたりもして、彼に悪い印象などはない。

しかし、正直に言ってエルザと彼が釣り合うかと言えば……不必要に漂うみすぼらしさが強烈すぎて、今の段階ではグレティアは唸《うな》るしかなかった。

「でも、アルスさんってユリア様とも仲良いのよね？」

また別のシューラーが耳聡《みみざと》く聞きつけてやってきた。

こうなったら、この手の話題が好きな者たちは集まり始める。

「あっ、そういえば、エルザさん物憂げな顔で廊下の窓から外を眺めてたらしいわよ」

「恋敵がユリア様だと気づいて悩んでいたのかしら？」

黄色い悲鳴をあげながら、熱っぽく語る同僚たちの鼻息は荒かった。

この手の話題が大好きなのだ。その対象がエルザやユリアともなれば言わずもがな。

もちろんグレティアも嫌いではないが、どれも人伝《ひとづて》に聞いた話で胡散臭い気がした。

「う～ん……それ誰から聞いたんです？」

「カレン様よ」

情報源を聞いた瞬間に、すんっとグレティアから感情が抜け落ちた。

一気に信じられなくなった。カレンには話を誇大化する悪癖がある。

全て嘘《うそ》ではないだろうが、心の平穏のためにも話半分に聞いておいたほうがいい。

「ねえ、みんな聞いて、今日は遠征組が帰ってくるそうですよ。先ほど〝伝達〟魔法で報《しら》せがきました」

新たな同僚に話しかけられたグレティアは小首を傾げる。

「……早いですね。なにかあったのでしょうか？」

「結果を楽しみにしてろって言ってましたよ」

「何か貴重な魔導具か、魔法書でも見つけたのかもしれねえな」

「……羨ましいな。俺たち留守番だから報酬は貰《もら》えないだろうなぁ」

男性シューラーたちも話を聞いて集まってくる。

その時、店の玄関に取り付けられた鈴が唐突に鳴り響いた。

聞き慣れた音色に、皆の視線が一斉に集まる。

「いや～、昼はホントに暑いねぇ～」

立っていたのは子供が生まれたばかりで、産後休暇をとったシューラーだった。

ふくよかな女性で酒場の調理担当、標準ギフト【料理】を所有するミチルダだ。

ヴィルートの肝っ玉かあちゃんのような存在であり、みんなから慕われている。

そんな彼女の愛称は親しみを込めてミッチーと呼ばれていた。

「ミッチーさん今日はどうしたんですか？」

「知り合いから貰った野菜が多すぎてね。お裾分けに持ってきたわ。みんなで食べるといいよ。しかし、ホントに今日は暑いねぇ～」

大きな袋を机に置いたミチルダの丸い顎に汗が流れ落ちていく。

「ミッチーさん、ありがとうございます！　どれも瑞々《みずみず》しくて美味《おい》しそうですね」

袋の中身を確認したグレティアがお礼を言えば、ミチルダは快活に笑った。

「いいよいいよ。それより私もそろそろ復帰すると思うからよろしくね」

「それは助かりますけど、まだ休んでたほうがいいんじゃ？　旦那さん——バンズさんを馬車馬の如《ごと》く働かせましょうよ」

「あの人……弱いからあんまり稼いでこないのよ」

ぶっちゃけバンズの実力は〝ヴィルートギルド〟の中でも下の下だ。年齢も年齢だから伸び代もなく出世は見込めないだろう。それでも陽気な性格と親分肌なところもあって、若い男性シューラーたちは彼を慕っている。

「まあ、バンズさんいつもお酒飲んでるので、それが手元を狂わせてるっていうか」

思わず擁護してしまったが、グレティアはバンズがあまり好きではない。

鼻の下を伸ばしてグレティアの胸に無遠慮な視線を投げてくるのも理由の一つだが、男性シューラーを率いて女風呂を覗《のぞ》こうと画策したこともあるからだ。

しかし、実行に移す直前でエルザに計画が露呈して粛清を受けた。

色々と過去の出来事を思い出していたグレティアはふと首を傾げる。

同じ男であってもアルスは一度も自分の胸を見てきたことがなかったと。あの難攻不落鉄壁極寒要塞エルザと、魔法美少女銀髪超絶天使ユリアが陥落したのはアルスの自制心が強い部分に惹《ひ》かれたのかもしれない。

（たぶん下心が一切ないから厄介なんだろうな）

真っ白なのだ。純粋培養でもされたのかというぐらい彼は汚れを知らない。

それが警戒心を抱かせず距離感を誤らせる。

それでいて油断をすれば踏み込んできて、唐突に見せる猛々《たけだけ》しい雄が強くこちらの感情を揺さぶってくる。なのに何もせず嘲笑《あざわら》うように離れていくのだ。

もし計算してやっているのなら、とんでもない色魔である。

（確かに放っておけないような……なんだかモヤモヤさせる男の子だからなぁ）

改めて思えばアルスは他の男性と違って不思議な魅力を持つ少年なのかもしれない。

それにみすぼらしい格好に騙《だま》されそうになるが、思わず二度見するほど――、

「何度か言い聞かせてるんだけど懲りないからねぇ」

ミチルダの声にグレティアは思考の海から引き揚げられた。

苦い笑みを浮かべたグレティアは、ミチルダの腕の中にいる赤ん坊を覗き込む。

「チズちゃん寝てるんですね」

「さっきまで起きてたんだけどね。こんなに暑いのによく眠れるよ」

ミチルダが暑いのはその体型のせいもあるのでは、そう思ったがグレティアは空気が読める女だったので何も言わず、愛想笑いを浮かべて流しておいた。

「とても可愛《かわい》いです。性格はミッチーさんに似たんでしょうね」

太々《ふてぶて》しいところが……グレティアは空気が読める女なので胸の内で呟《つぶや》いた。

赤ん坊の頬をつついて構っていると店の鈴が来客を報せるように鳴る。

入ってきたのはローブを纏《まと》った長身の男性。

その顔はフードのせいで深い陰に隠れていて見えない。

「失礼する。ここは〝ヴィルートギルド〟の本拠地〈灯火の姉妹《ヴィルート・シュヴェスター》〉で相違ないか？」

低い声が、静まり返った店内に響いた。

魔法都市では彼のような格好は珍しいものではない。

だが、得体の知れない雰囲気を纏う彼に、誰もが警戒心を抱いた。

「確かに合ってますけど……すいません。今日はまだ開店時間じゃないんです」

「客ではない。数人ばかり一緒に──いや、そこの赤子だけでいいか」

ミチルダが抱く子供を指さした男は酷《ひど》く歪《ゆが》んだ笑みを浮かべる。

「赤ん坊に何の用ですか？　返答次第では〝ヴィルートギルド〟を敵に回しますよ」

グレティアは愛箒《あいそう》を構えて、ミチルダを庇《かば》うように前にでる。

「理解の浅い女だ。我々は敵に回したいのだよ」

「正気ですか？　確かにギルド同士の抗争は魔法協会も奨励していますが、申請もなしに無断で決闘は禁止されています。ギルドが解散させられても文句は言えませんよ」

「ぜひ、お願いしたいところだ」

男が一歩前に踏み出せば、グレティアが愛箒を突きつけた。

「それ以上近づけば、力尽くで退店していただきます」

「ふむ……では、力尽くで赤子を連れていくとしよう」

男が言い放てば、ガラス張りの壁を突き破って大勢の魔導師が店に乗り込んできた。

「貴様たちのレーラーに伝えるがいい」

男の背後に現れた魔導師たちが詠唱を紡ぎ始める。

「我々は〝シュッドギルド〟。私はレーラーのカージス、第四位階〝座位《オファニム》〟だ」

薄暗かった店内が魔法陣の光量によって埋め尽くされる。

「これはほんの挨拶代わり――」

狭い店内で複数の魔法が展開される。

「――死んでくれ」

そのあまりにも唐突な出来事に、グレティアは棒立ちで眺めることしかできない。

しかし、赤ん坊の泣き声が聞こえたことでハッとした表情を浮かべた。

「――ミッチーさん伏せてッ！」

店内に膨れ上がった魔力が空気を圧搾し、瞬く間に暴力的な嵐を生みだす。

抗《あらが》えぬ暴威、荒れ狂う炎が噴き、世界は蹂躙《じゅうりん》され、激しい爆音を轟《とどろ》かせた。

〝転移〟の魔法は指輪に魔力を流せば、瞬時に発動する仕組みになっているようだ。

体感的には一秒もかかっていないだろう。

それでも転移門と同じように、突然目の前の景色が変わるのは慣れないものだ。

転移を終えたアルスは周囲を見回した。

壁に取り付けられた魔石灯が部屋の大きさを教えてくれる。

五人ほど入れば窮屈に感じるほどの広さしかない。

石畳の床には先ほど見た紋様――似ているが細部が違う魔法陣が刻まれていた。

「ここは？」

「〈灯火の姉妹〉《ヴィルート・シュヴェスター》の地下二階よ」

壁に寄りかかっていたカレンが教えてくれる。

「へえ……この指輪には〈灯火の姉妹〉《ヴィルート・シュヴェスター》の座標が刻まれていたのか」

湿度が高く、空気もまた循環していないのか息苦しく感じる。

それでも懐かしい気分にさせてくれる。幽閉された部屋によく似ていたからだ。

「それでユリアたちはどこに行ったんだ？」

「お姉様ならエルザと先に上へ行ったわよ。案内するわね。ついてきて」

カレンの後ろについて階段を昇り、地下一階に着いた時、アルスは違和感に気づく。

「なんか焦げ臭くないか？」

「えっ……？　たしかに言われてみれば……？」

カレンが首を傾《かし》げると同時に、廊下の向こう側から走ってくる人影を認めた。

先に帰還したシューラーのバンズだ。

いつも酒の匂いを漂わせ、へらへらしている彼の顔は引き攣《つ》っていた。

「れ、れぇら、れーラー！　たた、たい、たいへんです！」

息切れしているせいかバンズの呂律《ろれつ》が回っていない。

ちょっとした喜劇のようにも思えるが、アルスたちが笑うことはなかった。

血相を変えた表情も相俟《あいま》って、ただならぬ気配を感じ取ったのだ。

息を整えるバンズの瞳が今にも決壊しそうなほど涙で潤んでいく。

「バンズ、落ち着きなさい。なにがあったの？」

「〈灯火の姉妹《ヴィルート・シュヴェスター》〉が襲撃を受けました！」

予想もしていなかった報告にカレンの身体《からだ》が強張《こわば》る。

「は、はあ？　どこの馬鹿よ！」

カレンが走り出せばアルスとバンズも慌てて階段に向かって駆け出す。

アルスが階段を駆け上って地上に躍り出れば、地下との明暗の差に眼《め》を細める。

明るい光に慣れてきた頃、目に飛び込んできたのは信じがたい光景だった。

「これは……ひどいな」

あれほど華美な雰囲気があった酒場の面影は一切残っていない。

入口は跡形もなく吹き飛び、野次馬が道路に集まって店の様子を窺《うかが》っていた。

まだ微《かす》かに残った白煙が建造物の隙間から逃げるように立ち上っている。

一階部分の大半は黒焦げだが、二階や近隣の店には延焼していないようだ。

店番をしていたシューラーたちが必死に消火活動に勤《いそ》しんだのが見て取れた。

黒くなった壁を触ったアルスは、自身の指先についた煤《すす》に目を落とす。

微かな魔力の残滓《ざんし》を感じて、この惨状は魔法によるものだと断定した。

改めて店内の様子を窺えば、

(店に攻撃というよりも、どちらかと言えば店内にいた人間が対象か)

アルスの視線は安全な場所で手当を受けるシューラーたちに辿《たど》り着く。

「エルザ、そちらをお願いします！」

「はい」

ユリアとエルザがシューラーたちの治療を行っていた。

「なにがあったの？」

カレンは彼女たちに近づくと腰を屈《かが》めて、手当てを受ける軽症の男性に声をかけた。

それでも頭には包帯が巻かれており、服には血が滲《にじ》み、破れた箇所からは傷ついた肌が見えて痛々しい。

「レーラー……すいません。店を守れませんでした」

「何を言ってるの、店よりもあなたたちの命のほうが大事よ」

カレンは今にも解き放ちたい激情を堪《こら》えているのだろう。

拳を押しつけられた床が耐えきれず、不気味な音を響かせながら亀裂を奔《はし》らせていた。

「それで誰があなたたちをこんな目に遭わせたの？」

「〝シュッドギルド〟です。あいつら店に入ってくるなり、いきなり魔法をぶっ放してきやがったんです」

「そう……〝シュッドギルド〟──アース帝国の犬ね。よくわかったわ。うちに手を出したこと後悔させてやる」

立ち上がったカレンは、自身の得物である槍《やり》の柄を床に叩《たた》きつけた。

「エルザ、各地に散ってる全シューラーに招集をかけなさい」

「全て集まるかどうか……」

「いいから集め──」

そんなカレンの激情は悲痛な叫び声に掻《か》き消される。

「グレティア！　グレティアしっかりおし！」

　バンズの妻ミチルダだ。料理の腕に惚《ほ》れたカレンが勧誘して、〈灯火の姉妹《ヴィルート・シュヴェスター》〉の調理場で働いている。しかし、今は育児休暇中のはずで、なぜここにいるのかわからないが彼女もまた手酷い怪我《けが》を負っていた。

「レーラー！　グレティアを助けておくれ！」

　手当を受けている者の中に、アルスが初めてここへ訪れた時に椅子を差し出してくれた少女がいた。何度か会話をしたことがあり、その顔は鮮明に思い出すことができる。

　しかし、今目の前にいる彼女が本当にグレティアなのかどうかはわからなかった。

　まともに魔法を受けたのだろう。

　溶けた衣服が張り付き、全身の皮膚が焼け爛《ただ》れ、身体の一部は欠損して、傷口を抉《えぐ》る木片から血が止め処《とど》なく溢《あふ》れている。

　黒く焦げた肌のせいで、その表情からは意識があるのか、激痛に苦しんでいるのかすらわからず、もはや性別すら判別できない。微かに胸が上下することで、かろうじて生きていることがわかる程度に損傷が激しい。

　怪我をしている者は大勢いるが、グレティアほどひどい状態の者はいなかった。

「グレティアは私を庇って……私のせいなんだよ……」

「大丈夫だから落ち着きなさい」

泣き崩れるミチルダをカレンは抱き寄せた。

「エルザ、すぐに治癒魔法を！」

「やっています。ですが……あまりにも傷が……」

グレティアの周りには治癒魔法をかけるシューラーが二人いた。

それでも効いている様子はない。

炭に近い肌の色が若干薄くなるかといった程度の効果しかなかった。

「なら、〝穴熊の巣穴《ダックス・ネスト》〟に連絡して高級薬草を届けてもらいましょう。いくらかかっても構わないわ」

「既に走らせています。ですが、効くかどうかは……わかりません」

「…………ッ」

もはや打てる手はない。その事実にカレンは何度も口を開閉させたが何も言えず、呻《うめ》くような声を漏らすと顔を俯《うつむ》けた。

カレンが強く下唇を噛《か》み締めたことで、口端から糸を引くように血が垂れていく。

それでも彼女はレーラー、ギルドを纏める者、絶望的だろうと諦めは許されない。

「グレティア、しっかりしなさい。すぐに治してあげるから」

なんて白々しい……優しくも残酷な嘘《うそ》だろうか。

その宣言は自らの魂に楔《くさび》を打ち、死に行く者の首を真綿で絞めるような呪いだ。

カレンは一生涯、己の無力を嘆き、嘘を後悔して、死者への懺悔《ざんげ》に苛《さいな》まれ続けるだろう。

寿命が尽きるその時まで、夢の中で苦しみ、眠ることを恐れるに違いない。

「万能薬《エリクサー》がもうすぐ届くわ」

確かにカレンの言う通り、万能薬《エリクサー》というものは存在する。

しかし、先日アルスを治癒したヒーラーの言葉を思い出せば効果は期待できない。

だから、アルスはカレンの肩にそっと手を置いた。

肩を震わせたカレンがアルスを見上げてくる。

死の宣告を下された者のように、その目は恐怖で彩られていた。

そんな彼女を安心させるようにアルスは微笑《ほほえ》む。

「……大丈夫だから、あとは任せとけ」

魔法で受けた傷は、魔法で癒やす。効かないならそれ以上の魔法をかければいい。

自分たちは魔導師、自身の魔法こそが最善の治療法。

これが真理であり、抗いようのない事実だ。

「………なにを、するつもりなの？」

レーラーとして振る舞ってきた勇ましいカレンはいなかった。

ただただ悲しむ少女がいる。ただただ守るべき存在がいる。

美しい紅玉の瞳は涙で濡《ぬ》れて輝いていた。

目尻から溢れた雫《しずく》が頬を伝って、床に何度も落ちては弾《はじ》けて滲む。

望まぬ未来を変えたいとカレンの魂が慟哭《どうこく》しているのが聞こえた。

アルスは手を伸ばすと、彼女の目元を優しく指先で拭った。

「泣くな。その顔も綺麗《きれい》だが、オレは笑顔でいるカレンのほうが好きだ」

泰然と両腕を広げたアルス、その勢いで黒衣の裾が翻った。

否、全身から迸《ほとばし》る魔力によって翻ったのだ。

彼の左耳のピアス――逆十字が燦爛《さんらん》と輝きを発する。

やがて、どこからともなく轟《ごう》と烈風が吹き、気焔《きえん》が世界を駆け巡り。

――白光が満ちた。

熱風が吹き荒れ、極光が降り注ぐ。

絶大な魔力に誰もが圧倒され、目映《まばゆ》い光を直視できずに目を閉じた。

それでも瞼《まぶた》を貫通して眼球を刺激する圧倒的な光量に人々は呻く。

「斯《か》くして心臓は握り潰された　零《こぼ》れる絶念　爛れた覇気」

抑揚はない、そこには感情も込められていない。

淡々とアルスの口から詠唱が紡がれていく。

「声は途絶　音は断絶　光は根絶　闇は冠絶　故に女権《めがみ》は指にて医する」

神々しい火花を散らしながら、天井付近に紋様が描かれていく。

火花は白い線を描き、楕円《だえん》を作っては蛇行して、見事な白い魔法陣を完成させた。

凄《すさ》まじい魔力の奔流、魔法陣から発せられる重圧に耐えられず、その場にいた者全てが、頭《こうべ》を垂れるように片膝をつく。


——何かが降りた。


けれど、その存在を感じる事が許されたのは一人。

よって、その物体を見ることが許されたのは一人。

故に、この世界に立つことが許されたのは一人。

「祝《のろ》え——〝光玉聲女《パナケイア》〟」

熱風が止《や》むと静寂が世界を支配した。

全てが過ぎ去ったように思えるが、強大な何かが降臨したのは確か。

肌を刺すような冷たい白煙が人々の足下に這《は》いより絡みつく。

次いでヒタヒタと裸足《はだし》で歩くような足音が聞こえ、金属が擦れて鎖を引きずっているような物音が響く。

一体何が現れたのか人々が確認することは敵《かな》わず、一様に頭を垂れたまま身体は冷気に包まれて、心の奥底から這い上がる恐怖を耐え忍ぶしかなかった。

しかし、アルスだけは見ることが許されていた。

白い拘束具に身を包んだ女神が、怪我人たちを品定めするように覗《のぞ》き込んでいる。

やがて、女神はそっと怪我人たちに息を吹きかけはじめた。

怪我人たちの傷ついた身体《からだ》が光に包み込まれて、外敵から守るように繭となる。

その様子を眺めていた女神だったが、突如としてアルスへ振り返ってきた。

目元は白革で覆われて見えず、かろうじて露出している豊かな唇は血の気がなく暗紫色に染まっていた。そんな得体の知れない存在が放つ気配は不気味で、人の形をした怪物のようにも思える。

ソレはアルスの首に顔を近づけて耳元に口を寄せてくる。

誰にも聞こえない掠《かす》れた声量。誰にも聞かせることができない声音。

自分にだけ送られた言葉が聞こえて、アルスは苦笑してから小さく頷《うなず》いた。

「わかってる。それでも時間がなかったんだから仕方がないさ」

その言葉を聞いた女神は、アルスの頬に口づけをしてから霧が晴れるように消えた。

すると、先ほどの重圧が嘘のようになくなり、人々が続々と顔をあげ始める。

アルスは大きく息を吐き出すと、壁に体重を預けて安堵《あんど》のため息をつく。

「……やっぱり今の状態だと魔力の消費が激しいみたいだな」

本来なら——特殊な魔法を前提とするのだが、グレティアを救う時間がなかったこともあり、強制的に条件を簡略化して〝光玉聲女《パナケイア》〟を行使した。

その代償は決して安くはない。総魔力の六割を失ってしまい、一時的に魔法が使えなくなる。失敗した時は怪我人たちのダメージをアルスが肩代わりしていたことだろう。

「無茶をした……けど、今度は間に合ったよ」

アルスは充足感から満足げな笑みを浮かべる。

自身の治癒魔法が成功したことは喜ばしい事実だったからだ。

視線の先では繭の中から光が溢れ出して、小さな破裂音を響かせながら割れ始めた。

飴《あめ》細工のように砕けた繭の中から、怪我人たちが劇的な変化を遂げて姿を現す。

『えっ……』

誰の声か、全ての者か、戸惑いは波となって、やがて渦となる。

辿《たど》り着いた先は歓声だ。

人々は声にならない雄叫《おたけ》びをあげ、呆気《あっけ》にとられ、瞠目《どうもく》する者が跡を絶たない。

やがて落ち着きを取り戻していくが、興奮の熱が冷めることはなかった。

『痛──くない……あれ……えっ？』

『嘘だろ。みんなの傷が消えてるぞ……』

『一体どんな魔法を使えば……』

怪我人だった者たち、道路から様子を見ていた野次馬も驚きで目を丸くしている。

そして一番驚いていたのは、先日アルスに治癒魔法をかけた女性ヒーラーだ。

『嘘でしょ。致命傷だったのよ……？　それを治癒できるなんて神の御業《みわざ》じゃないの』

誰もが賛美と崇拝にも似た眼差《まなざ》しをアルスに向けるが、当の本人は肩を竦《すく》めるだけ。

「アルスさん、あんたすげえな！」

バンズがアルスの肩を叩《たた》いて百面相を見せてきた。

喜んでいいのか、笑ってもいいのか、それとも頭を下げるべきなのか。

様々な感情が浮いては消えて、バンズは感極まったのか肩を震わせて泣き始める。

他の人々も似たような反応だ。

否、魔法の深みを知る者たちは、より顕著な反応を示していた。

ユリアや先ほどまで泣いていたカレンも、エルザもまた瞠目して硬直している。

まさに魂が抜けたように立ち尽くしていた。

「グレティア！　グレティア！」

ミチルダがグレティアの身体を抱き起こした。

既に彼女の身体は傷一つ残らず完治している。それどころか肌に張り付いていた溶けた服でさえ、信じられないことだが元に戻っていた。

「グレティア、目を開けておくれ」

ミチルダの必死の願いが届いたのか、やがてグレティアが薄《うっす》らと瞼を開けた。

目の焦点は合っていないが声でわかったのだろう。

「……ミッチーさん、大丈夫でしたか？」

グレティアが小さな笑みを浮かべると、ミチルダは強く彼女を抱きしめる。

「馬鹿だねぇ……あんたは、私なんか庇《かば》うから」

「ミッチーさんが無事で良かったです……」

グレティアは安心したのか再び瞼を閉じようとして――弾かれたように起き上がる。

「赤ちゃん！」

見開かれた目がミチルダを捉え、大きな両肩をグレティアが激しく叩いた。

「ミッチーさん！　チズちゃんは!?」

「そうだよ。ミチルダがここにいるなら、あいつはどこにいるんだ？　まさか連れてきてるってわけじゃないだろうな」

洟《はな》を啜《すす》りながら父親のバンズが心配そうに辺りを見回す。

二人の質問を受けたミチルダは頭を項垂《うなだ》れさせた。

「すまないねえ、私は母親失格だよ。〝シュッドギルド〟につれていかれちまった」

そういえば……と、ふとアルスは思い出す。

今でこそミチルダの傷はアルスの魔法で治っているが、それ以前は片腕に斬りつけられた痕があったり、頭から血を流して顔には無数の傷があった。

グレティアが魔法から身を挺《てい》して守ったにしては、他の皆とは明らかに違う不可解な傷だった。おそらく連れ去られる赤ん坊を守るために抵抗したから、ミチルダはあのような怪我《けが》を負っていたのかもしれない。

「……は？　なんだってチズが攫《さら》われなきゃならねえんだ!?」

「わ、わかんないよ。私に言われたって……」

「あっ、いや……そうだな。悪い」

泣き始めたミチルダの肩を沈痛な面持ちのバンズが抱き寄せた。

そんなバンズたちから視線を外したアルスは、ある違和感に気づいてしまう。

「……なあ、カレン、ユリアはどこに行った？」

さっきまで近くにいたはずなのだが、彼女の姿が見当たらなかった。

「えっ？」

涙で目元を拭いながら、カレンが立ち上がって周りを見渡す。

「困ったものですが、〝崩壊の理想郷〟に行ってしまわれたのかもしれません」

声に反応して振り向けば、手をひらひらさせるエルザがいて、その指先には二枚の紙があった。

「〝シュッドギルド〟がわざわざ手紙を残してくれていたようですよ。ユリア様はこれを読んだのかと……まあ、明らかに誘われていますね」

「そうじゃなきゃ、こんな派手に襲撃しないだろうしな……それで〝崩壊の理想郷〟ってどこにあるんだ？」

「千年前の大陸北部で三番目に栄えていた大都市です。神々と魔帝が引き起こした戦争で壊滅して放棄されました。今はアース帝国が領有権を主張している場所ですね」

「つまり罠《わな》ってことだが――ユリアが行ったのなら無視はできないな」

「そういうことです」

「魔法協会に訴えるという手もあるけど……」

カレンが難しい顔で腕を組んで唸《うな》った。

確かに魔法協会は国家の介入は原則認めないと主張している。

しかし、エルザが首を横に振って否定する。

「魔法協会は動かないでしょう。相手は〝シュッドギルド〟です。これはギルド同士の抗争であり、国家の介入と認められない可能性が高いです」

「なら、正面からぶつかるしかないわね。それで、その手紙には何が書かれてたの？」

カレンがエルザの手元にある手紙を一瞥《いちべつ》する。

「指定の場所までユリア王女が来なければ赤子の命はないと書かれています」

エルザがバンズたちに聞こえないように小声で話した。

「はあ……そんなこと書かれたら、あのお姉様は一人で向かっちゃうわ」

「お優しい方ですから……それとアルスさん宛にも手紙がありました」

もう一枚の手紙はアルス宛だったようだ。

エルザから差し出された紙をアルスが見つめていると、

「…………差し支えなければ、わたしが読みましょうか？」

エルザが申し訳なさそうな顔で提案してくる。

「いや、大丈夫だ」

文字が読めないと思われたのだろうが、幽閉されていた頃でも母親が出来る限り教えてくれたのだ。

母親が亡くなってからは、これまで教えてもらった文字を復習するだけだったが……。

脱走してから文字について困ったことはないから日常生活での支障はないだろう。

「そうでしたか……失礼なことを言ってしまいました。お許しください」

「気にする必要はないよ。わからない文字があったら聞くから教えてくれ」

「それはもちろん、いつでも教えるので何でも聞いてください」

エルザから手渡された手紙をアルスは読み進める。

要約すればユリア王女を攫った罪を問うから国境までアルス一人で来い。という内容だ。

更に続きがあって、ユリアが王都を脱出するときに、護衛をしていたヴィルート王国の兵士たちが人質になっているようだ。

手紙の内容を知ったカレンが難しい顔で唸った。

「二カ所同時か……」

「今の人数だと厳しいですね」

赤ん坊を見捨てることはできない。ヴィルート王国の兵士も救い出したい。

しかし、一歩間違えれば両方を失う可能性だってあった。

簡単には決められないだろうが、彼女たちは勘違いしている。

「国境側はオレがいくぞ?」

アルスの宣言に皆の視線が集中する。

驚いているようだが、なぜそんな顔をしているのかわからない。

「わざわざオレを指名してくれているからな」

彼女たちはヴィルート兵士が人質になっているから勘違いしているのだろうが、呼び出しを受けているのはアルスであってユリアではない。

それに手紙の筆跡には見覚えがある。国境にいるのは間違いなく父親のオーフスだ。

「オレの問題にユリアたちを巻き込んだようなもんだ」

「そんなことは――」

カレンの言葉をアルスは手で遮る。

「気になることもあるからな。国境側は任せてくれ」

オーフスの背後にいる人物――この手紙を書かせた奴《やつ》がいるのは間違いない。

ヴィルートの兵士を見捨てればユリアたちとの仲が壊れるかもしれない。

見捨てなかったらアルスを捕らえることができるかもしれない。

どっちに転んでも楽しめる陰湿なアイディアは、オーフスでは思いつかないだろう。

何者かの思惑をこの手紙から感じることができた。

「何名かシューラーをつけましょう。無理はしないで危険だと感じたら退《ひ》きなさい」

「いや、カレン、必要ないよ。オレ一人でいい」

「アルスさん、本当に大丈夫なのですか？」

エルザがこちらを見透かすように、静謐《せいひつ》な瞳を向けてきた。

アルスも父親が関わっていなかったら無視していたかもしれないが、今後のことも考えるとここで決着をつけておきたい。

「無理だと思ったら逃げ帰ってくるよ」

「アルスさん、望みがあれば何でも……」

「エルザがそこまで言うなら、無事に解決して戻ってきたら皆で風呂に入ろう」

「そういう意味では……何か必要なものがあればと――いえ……もういいです。わかりました。帰ってきたら一緒にお風呂に入りましょう」

「これまでのお詫《わ》びも込めて全身を洗ってやるよ」

「……好きにしてください」

エルザが諦めたように嘆息すれば、カレンも否定せず苦笑するだけだ。

「あとはオレのことより、そっちは〝シュッドギルド〞に気をつけたほうがいいぞ」

「ええ。でも、すぐに片付けてアルスの応援にいくわよ。期待して待ってなさい」

「その口振りだと心配なさそうだな。期待してるよ。それじゃ行ってくる」

後ろ手を振りながらアルスは街の中へと消えていった。

彼が人混みの中に消えるまで、カレンは見ていたが、ふと思い出すことがあった。

(確かお姉様がアルスと約束したと言ってたわね……)

星が輝く夜に大事な約束をしたと姉に聞いている。

生まれて初めて誰かと交わした約束だと嬉《うれ》しそうに語っていた。

とんでもない重い約束をしたもんだと思ったが、同時にユリアらしいとも感じた。

(それでお姉様は一人で行っちゃったのね)

あの手紙を読んだのなら、ユリアはカレンたちにアルスの応援に行ってほしいと思っていたのかもしれない。もしくは、ユリア一人で〝シュッドギルド〞を片付けてアルスの応援に行くつもりなのか。

愚かな選択だとは思わない。それが無謀だとは思わない。

――ユリアにはそれだけの実力がある。

（それにしても、お姉様もアルスも似てるわ。あんな言い方しなくても良かったのに）
カレンは先ほどアルスと交わした会話を思い出していた。
アルスは自分が巻き込んだと言っていたが、その言葉を真に受ける者はいない。
捕らえられたユリアの逃亡を手助けしたことで、犯罪者としてアルスは呼び出された。
それは彼が決心して、決意して、決断した結果だ。
こうして聞けば確かになるほど、自己責任なのかもしれないと思う者もいるだろう。
アルスもそう言いたかったのだろうが、カレンはそれは違うと主張したい。
もちろん姉のユリアもこの場にいれば同じ気持ちを抱いたはずだ。
結果がそうであっても、そこに至るまでの経緯は無視できない。
結果が導き出されるまでの道程で、大勢の者が彼の手によって救われた。
（どうすれば恩を返せるのかしら……お姉様みたいに素直なら良かったんだけどね）
アルスが望むことは全て叶《かな》えてあげたいと、姉のユリアが言っていた。
自分はそこまでの覚悟があるだろうか、一体彼のことをどう思っているのか。
けれども、一緒にお風呂へ入ることを提案されたとき拒否できなかった。
果たしてこの感情は何か、色々ありすぎたせいで、気持ちの整理がつかなかった。
一つだけ断言できるのは、乱れた心情に嫌悪感は混じっていないということだ。
（お手上げね。そもそも返せるほど軽い恩じゃないもの）

一緒に旅をしてわかったが、アルスは見返りを求めるタイプではない。

お風呂の件は下心などなく、親しい友人と一緒に入る程度の気持ちしかないだろう。

他にと言えば金銭となるが、アルスに物欲はなさそうでそんなに喜びはしない気がした。

（まあ、でも……案外、露店の焼き鳥を奢《おご》れば満足してくれそうなのがね……）

安っぽく済ますつもりはないが、ひとまずカレンはこの件について棚に上げて置くことにした。現状だと、どれだけ考えても答えはでない気がしたからだ。

思考の水面で漂い続けたカレンは、緩んだ顔を叩《たた》いて引き締め直すと口を開く。

「エルザ、準備はできたかしら？」

「はい。いつでも出発できます」

「そう――なら、行きましょうか」

カレンが決意を口にすれば、総勢二十四名のシューラーたちが一斉に立ち上がった。

「この場にいない者はシュライアの北門に集まるよう〝伝達〟魔法で指示しています」

「十分よ。間に合わなかったらそれまで、今いる人数だけで行くわ」

「それと怪我人――アルスさんの治癒魔法で回復した者たちは如何《いかが》しますか……？」

エルザにしては珍しく奥歯に物が挟まったような物言いだった。

いつも即断即決の彼女なら、わざわざ尋ねなくても自分で判断していたはずだ。

何が彼女を迷わせているのかわからないが、カレンははっきりと口にする。

「愚問ね。置いて行くわ。いくらなんでも体力までは回復してないでしょ」

「いえ、その……よくわからないのですが、問題ないようです」

「へぇあ？」

思わず間抜けな声をだしたカレンは、怪我人《けがにん》だった者たちに視線を向ける。

同行する気なのか皆がそれぞれ得物を手にしていた。

『〝シュッドギルド〟を叩き潰して、アルス様の手助けに向かいましょう』

『アルス様に傷一つでもつけたらアース帝国なんて滅ぼしてやる』

『私はアルス様のために、この命が尽きるまで戦い続けます』

気迫を漂わせ、やる気に満ちた姿を見れば元気なのは間違いない。

「皆さん、チズちゃんを取り戻したら、アルス様の下へ馳《は》せ参じましょう」

瀕死《ひんし》だったグレティアも、殺気を滾《たぎ》らせながら決意に満ちた表情をしていた。

それ以上に彼女たちには近寄りがたい奇妙な熱がある。

踏み込んだら二度とこちら側に戻って来られない。そんな危うい空気が漂っている。

「……連れていかないって言ったら面倒なことになりそうね」

「説得に時間をかけるぐらいなら連れて行くほうがよろしいかと」

「そもそも〝様〟ってなんなの？　あの娘《こ》たちアルスをあんな風に呼んでたっけ？」

「アルスさんの魔法に洗脳の効果はないと思いますが……魅了されてしまったのでしょう。

わたしたちは直接眼《め》にすることは敵《かな》いませんでしたが、実際に治癒を受けた者たちは感じ入るところがあったようですね」

「あぁ……なら、仕方ないか……」

あれだけの魔法を見せられたら信者が生まれるのも理解できた。

それが当事者ともなれば男女関係なくアルスに惚《ほ》れ込んでしまうだろう。

神の御業《みわざ》のように死に行く者を深淵《しんえん》から掬《すく》い上げてしまったのだ。

魔導師であるなら誰であろうと例外なく憧憬を抱くに違いない。

「あたしだってあんな魔法見たことないもの。いくらなんでも……明らかに【聴覚】の範《はん》疇《ちゅう》を超えているわよね？」

「そうですね。おそらく〝天領廓大《てんりようかくだい》〟に至っている可能性は高いでしょう」

〝天領廓大〟――一握りの魔導師だけが辿《たど》り着けるギフトの〝覚醒〟という境地。

魔導師として生まれた者なら誰でもその頂を目指す。

「ギフトを極めし者たち――故に超越者、ことごとく歴史に名を刻む、か……」

「そうであるなら強大な魔法も頷《うなず》けます」

「変な男の子だと思ってたけど、アルスは偉人たちと同じ領域に立っていたのね」

神話時代まで遡っても〝天領廓大〟に至った者は数少ない。

現代でも〝天領廓大〟に至っているのは、たった三人だけだと言われている。

そして覚醒に至ったギフトの所有者は永久に歴史に名を残す。

でも、カレンはあと一人だけ、その領域に辿り着けるのではと思っている人物がいる。

「お姉様もいずれ、先人たちと同じ場所に名を刻むでしょうね」

ヴィルート王国とアース帝国との開戦。

馬鹿馬鹿しい戦力差で一方的な鏖殺《おうさつ》だったと言われている。

だが、そんな中でとある噂《うわさ》があった。

ユリアがアース帝国の第二軍を壊滅させたと言う話だ。

肝が冷えたものだ。信じられなかったわけじゃない。

カレンは報告を聞いた時、ユリアの悪癖がでたのだとすぐにわかった。

「〝シュッドギルド〟には同情したくなるわね。怒ったお姉様は止められないわよ」

幼い頃のユリアは、イタズラを繰り返すカレン以上に荒れていた。

感受性が高すぎるが故に【光】のギフトを完全に制御することができなかったのだ。

何かに操られたように、ふらりと行方をくらましては、返り血を浴びた姿で帰ってくる。

そんな日々が繰り返された後に、エルザが王家に仕えることになった。

どこで二人が出会い、どのような成り行きで仕えることになったのか。

その理由をカレンは知らない。

それ以来、ユリアの悪癖が鳴りを潜めた為《ため》、気にすることもなくなったからだ。

（そういう意味で言えば、エルザも相当謎の女よね）

実はエルザの正体に薄々であるがカレンは気づいている。

巧みに魔法で偽装しているが、魔力が少なくなった時など影響は顕著にでる。

完璧主義、潔癖であり清純、天から与えられたような造形。

様々な要因を重ねた結果——、

「カレン様、如何なさいました？」

おそらくアルスも彼女の正体に気づいているだろう。

なぜなら彼女の全てをお風呂で見ているからだ。

彼女が正体を明かすのを忌避するなら、カレンもこれ以上は詮索するつもりはない。

どんな理由があっても、同じギルドに所属して、ずっと一緒にいるのだから家族だ。

「いえ、なんでもないわ」

「では、号令をお願いします」

エルザに小さく頷いたカレンはシューラーたちに向き直る。

誰もが真剣な表情で、覚悟を秘めた瞳でカレンを見つめていた。

静まり返った店内、変わり果てた拠点の中をカレンは見回した。

「チズちゃんを取り戻しに行くわよ。ついでに〝シュッドギルド〟の馬鹿共を後悔させましょう。誰に手をだしたか、誰に喧嘩《けんか》を売ったのか、身をもって償ってもらうわ」

怒りに燃える群れが言葉にならない感情で吼《ほ》えた。

敵を殺せという指示を、鎖に繋《つな》がれた獣のように今か今かと待っている。

カレンは熱に当てられることなく、静かに言葉を紡ぎ続けた。

「手加減は無用。容赦なく叩き潰しなさい」

カレンは最後に可憐《かれん》な唇を舌で湿らせ、捕食者のように禍々《まがまが》しくも艶美な弧を描く。

「さあ、戦争を始めましょう」

＊

晴天に雲はなく太陽だけが君臨する空はあまりにも青すぎた。

陽気であるのにどこか不安を煽《あお》ってくる空気は気味が悪い。

平原を吹き抜ける風が、草花を揺らしながら肌を冷やして体温を奪っていく。

『なんかやけに寒くねえか？』

『まだ寒くなるような時間じゃないんだがな……太陽もいつもより明るい気がするし』

『魔王の仕業とかじゃないよな？　だからこんなところに来るのは嫌だったんだ』

あと数時間もすれば陽《ひ》が沈むというのに、時が止まったような変化のなさは一体どういうことなのか。いや、変化はある。太陽は沈み続けているからだ。

変わらないのは空だけであった。

だから大地で蟻《あり》のように群がる兵士たちも、異変を感じ取ってどこか落ち着きがない。

そんな中、最初の変化に気づいたのはヴェルグだった。

「なんでしょうかね……」

ふと、妙な気配を感じて空を振り仰げば黒い点を見つけたのだ。

それは動くこともなく、まるでこちらを見下ろすように同じ場所に留《とど》まっていた。

空に視線を固定するヴェルグにオーフスが近づいてくる。

「なにかあったのか？」

「いえ……あそこに見えるのは何だろうと思いましてね」

「……鳥ではないか？」

「それにしては大きいような気もしますが……まあ、魔物なんでしょうけど」

ヴェルグは自身に芽生える違和感を押し潰すも、魔導師であるが故に胸騒ぎは消えなかった。そして答えを得た時には全てが遅かったのだ。

「まさか……!?」

ゾワリと背筋を這《は》い上がる寒気、ヴェルグは身体《からだ》を大きく震わせた。

魔法特有の圧力が臓腑《ぞうふ》を握り、心胆から恐怖というものが沸き上がる。

空に広がる魔力の奔流をヴェルグは呆然《ぼうぜん》と眺めた。

不気味に空間が歪《ゆが》み、空がうねり躍動していく。

「攻撃魔法に備えよ！」

大仰な動作で腕を振る彼に、今までの余裕はもはやない。

その顔には焦燥感だけが浮かび上がっていた。

「防御魔法を展開！　敵は空から来たぞ！」

ヴェルグは叫ぶがアース帝国魔導師の反応は鈍い。

あまりにも現実離れした攻撃に、思考が追いついていないのだろう。

否、今も信じきれていないのだ。現にヴェルグを怪訝《けげん》そうに見つめる目が多かった。

「ちっ、愚か者共が」

辺境の魔導師たちはこれほどの大魔法を見たことがない。

外の広さを知ろうとせず辺境に閉じこもり、成長を止めた連中の限界だ。

それがわかっていても、ヴェルグは苛立《いらだ》ちを隠すことはできなかった。

巨大な魔法陣が空に形成されて荘厳な雰囲気を滲《にじ》ませている。

野生の動物たちが、遠く離れた魔力の増大を感じ取って逃げ始めていた。

まだ動物のほうが賢い、そんな意味のないことをヴェルグは思いつつ、今更ながら陽が暮れることなく、空が青かった理由を悟ってしまう。膨大な魔力が空気と混じり合い、時が止まったように不気味な光景を生み出していたのだ。

「なんだあれは……魔法陣だというのか？」

オーフスが呆《ほう》けたように呟《つぶや》く。

他の者と違って危機感はあるようだが、それ以上に突如として出現した魔法陣に魅入られている。美しく雄大、まさに奇跡、いくらでも美辞麗句を並べ立てられるほど、それは存在感を増して上空に君臨している。

だからオーフスの気持ちはわからないでもないが、今は悠長に眺めている状況ではなかった。ヴェルグは舌打ちをするとオーフスに馬を寄せて詠唱を紡ぎ始める。

「西方の地殿 東方の海殿 南方の空殿 北方の山殿 四方の理《ことわり》」

白い魔法陣がヴェルグの頭上に現れる。

「星よ巡れ――　〝星方障壁《アカシテイラード》〟」

瞬時に魔法は発動する。オーフスとヴェルグの周りを小さな火花が奔《はし》った。

透明の幕が降りて二人の四方を取り囲む。

刹那――世界が震えた。

次いで突風がアース帝国の軍勢を包み込むが、ただそれ以上の変化は訪れない。

まさに、狐《きつね》につままれるとはこのことだろう。

呆気《あっけ》にとられた全員の視線が、天空に君臨する魔法陣に向けられた。

しかし、確実に変化は訪れていたのだ。刻一刻と彼らには死が忍び寄っていた。

『おい、なんでお前……鼻から血を流してるんだ？』
『えっ、なんだこレェ――ッ!?』
突如として兵士の頭が木っ端微塵《こっぱみじん》に吹き飛んだ。
脳漿《のうしょう》をまともに顔で受け止めた兵士が喉を引き攣《つ》らせる。
だが、悲鳴をあげることは敵わず、それ以上の絶叫が天上から降り注いでくる。
女性の悲鳴にも似た、まるで獣が金切り声をあげたような叫び。
鼓膜が切り裂かれるような感覚に、全ての者が自身の耳を両手で塞いだ。
『お、おい、これはまずい。防御魔法だ。急げ！　早くしろ！』
『あっ、ああ！　わかってる！』
ようやく危機感を抱いた魔導師たちは防御魔法を展開し始める。
しかし、その判断は致命的に遅かった。
次々とアース帝国の兵士たちが、穴という穴から血を噴き出して倒れ始めたのだ。
腕が弾《はじ》け飛び、足が捻《ねじ》れては千切れる。頭が破裂しては胴体から内臓を飛び散らせた。
『くそっ、くそっ、いきなりなんだってんだ！』
『早く防御魔法を展開しろ。魔導師は一カ所に固まれ！』
『わかってる！　急《せ》かさないでくれ！』
『俺たちにも防御魔法を！』

『無能共に使う魔力はない！』

『そ、そんな――』

混乱が広がっていき、整然と並んでいたアース帝国軍は完全に崩れていた。

未《いま》だ戦いも始まっていないのに、後列では逃げ始めている者もいる。

アース帝国魔導師もまた集中力を欠いて、動揺しているのか暴発して自滅する者が多数でていた。そんな惨状を防御魔法の中で眺めていたヴェルグは口元を押さえた。

「なんだ……この魔法は？」

明らかに常軌を逸した魔法である。いくつか思い浮かぶのは【空間】、【死霊】、【呪】、もしくは【嵐】だが、どれも似ているようで似ていない。このような魔法をヴェルグは見たことがなかった。

「ならば……私が知らない秘匿魔法ということになる」

上空を見据えたヴェルグはその銀眼を細めた。

「当たり、ですかね？〝魔法の神髄《ミーミル》〟が現れましたか」

ヴェルグが考察している間《ま》にも世界には死が撒き散らされていた。

騎乗していた者は馬に振り落とされ、頭や胸を蹄《ひづめ》に踏み抜かれて息絶えていく。

まるで熟した果実を潰すかのように、飛び散った脳漿を浴びた兵士が錯乱して味方に斬りかかり、血反吐《ちへど》を撒き散らす兵士が狂乱して乱舞する。

『い、いやだ。死にたくない、死にたくないッ!?』

悲鳴がヴェルグの鼓膜を揺さぶり、犠牲者が奏でる哀れな合唱が耳朶《じだ》を叩《たた》いてきた。

自然現象とは似て非なる物だが、この殲滅《せんめつ》魔法を前に対抗手段はなく、何ができるわけでもない。抗《あらが》う術《すべ》などなく過ぎ去るまで耐え忍ぶ道しか残されていなかった。

まさに死の嵐だ。

地上の生物が死滅するのではないか、そう思わせるほど死の旋律は奏で続けられた。

それでもいつか終わりはくるものだ。

音が過ぎ去り、悲鳴もまた消え、周囲に残されたのは泣き声と呻《うめ》き声《ごえ》だけとなった。

「……終わったようですね」

穏やかな春風が平原に吹いていても、目の前にある地獄絵図は消えてくれない。

辛うじて生き残ったアース帝国の兵士は、もはや使い物にならないだろう。

「うっ……これは凄《すさ》まじいな」

オーフスが自身の口を押さえながら呻く。

その時、二人の背後で砂利が踏み締められる音が響いた。

「なあ、オレに用があるんだろ?」

地獄とも言うべき場所にあって、やけに透き通った声が辺りに響いた。

ヴェルグは不思議と耳に残る声に釣られて振り返る。

「急いでいるんだ。とっとと終わらせよう」

朱と黒の左右で異なる瞳に宿るのは強い意志。

闇の中にあって光明が灯《とも》るが如《ごと》く、宝玉の如き瞳は声と同じように透き通っていた。

まだ幼さを残した顔立ちなれど、あと数年もすれば道行く女性が騒ぐほどの美丈夫となるだろう。その見事な造形はエルフと比べても見劣りするものではなかった。

立ち居振る舞いは気概に富んで、泰然自若とした態度は恐れを知らぬ王のような気迫を漂わせている。

「ありえない……なんという……まさか……」

全身を漆黒に染めた容姿は、魔導師にとっても、エルフにとっても忌避すべき存在。だと言うのに……ヴェルグの口からは感嘆の吐息しか零《こぼ》れなかった。

美しい──あまりにも魔導師にとって、彼の存在は完璧すぎた。

「素晴らしい……おぉ、なんと素晴らしいことなのか」

ヴェルグは顔を両手で覆って歓喜に震え、自身の目を抉《えぐ》るように瞼《まぶた》の上から押さえた。

眼《め》が灼《や》かれたような、顔が焼け爛《ただ》れたような、苦悶《くもん》に耐える聖者のように。

必死に感情の爆発を堪《こら》える。

しかし、沸々と滾《たぎ》る激情は抑えきれず口元が緩んでしまう。

憎々しいまでの漆黒、決して世間に受け入れられない色。

なのに、少年が全身に纏《まと》う魔力は祝福を受けたように煌々《こうこう》と輝いている。

「よもや、このようなところで……出会えるとはッ！」

荒々しい息を吐いたヴェルグは、胸元を押さえて少年を見つめ続ける。

もはや、以前のエルフ然とした彼はいない。

その瞳には狂気が宿り、熱に浮かされて濁っていた。

「あぁ……アァ……間違いないっ！　まさに伝承通りだ！　ついに見つけたぞッ！」

最後に確認されたのはいつだったか。

「あははは、見つけた、見つけたぞぉ！　やっと、我らの悲願が成就する！」

この世界ではごく稀《まれ》に魔力に愛される者が生まれてくる。

その身に宿した膨大な魔力を身に纏う姿は、まさに天衣無縫《シーズヘト》。

「あぁ、あぁっ、アアぁッ！　おぉ……〝第一使徒《ワヘド》〟よ、お喜びください！」

ソレが失われてから、どれほどの年月が経《た》ったのだろうか。

聖法教会が全力を挙げて捜索したにも拘《かか》わらず、ついぞ発見には至らなかった。

無能《くろ》があまりにも多すぎて見つからなかったのである。

そして時が経つにつれて誰もが諦めてしまい、悠久の彼方《かなた》に置き忘れられた。

今では聖法教会でも知る者は一部だけ。

だからこそ、ヴェルグは興奮を抑えきれなかった。

「まさに！　まさにッ！　魔力の申し子——〝黒き星《フラウン・アース》〟！」

ヴェルグは恍惚《こうこつ》の表情をその美貌に浮かび上がらせて、まるで恋人に出会ったかのように、その銀瞳を爛々《らんらん》と輝かせた。

*

わざわざ出向いてきたのに、声をかけても誰も反応してくれなかった。

やけに熱い視線をくれるエルフはいるがそれだけだ。

アルスは改めて周囲を見回した。

怪我《けが》を負って呻く者、音に押し潰された者、精神が壊れたのか泣き笑う者。中には同士討ちでもしたのか、炎に見舞われながら逃げる者もいて、仲間の死体を踏み越えて一心不乱に駆け出している。

様々な感情が戦場に渦を巻いて、阿鼻《あび》叫喚の灼熱《しやくねつ》が噴き上がっていた。

「先手をとらせてもらった。卑怯《ひきよう》なんて言わないでくれよ。さすがにこの数を相手にするとなるとな」

この惨状を創り出したことについて一切の後悔はない。

先に手を出したのは向こう側、悪辣な手段で誘い出したのも向こう側。

これぐらいの損害は大目に見て貰《もら》わないといけない。

「もう一度だけ言う、急いでいるんだ。とっとと終わらせよう」

アース帝国側は様子を窺う者こそいるが、戦う意思がある者は少ない。

一度の魔法で一万もいたアース帝国軍が壊滅寸前になったのだから当然のことだ。

「誰でもいい。オレの収まらない怒りをぶつけさせてくれ」

アルスから放たれる憎しみすらも通り超した憤怒の殺意、周囲の魔力が極限にまで引き絞られていくが、冷や水を浴びせるかの如く、そのやる気は挫《くじ》かれることになった。

「少しお待ちいただけますか？」

「なんだ、お前」

エルフが前に進み出てアルスを止めてきたのだ。

怒りのままに暴れようとしたアルスは、邪魔をされたことで更に機嫌が急降下だ。

そんな気配を察したのかエルフは慌てたように口を開いた。

「失礼、私はヴェルグ・フォン・アーケンフィルトと申します」

アルスに近づいてきた人物は一礼すると爽やかな笑みを浮かべた。

「フォン……？　その称号が使えるのは聖法教会の者だけと聞いたが」

「はい、聖法教会所属の聖法十大天〝第九使徒《テイサ》〟です」

このような場所に、聖天まで出張ってくるとはとアルスは少しばかり驚いた。

聖法教会と魔法協会は敵対こそしていないが対立関係にある。

過去に何度か衝突しているようだが決着はついていない。

魔王に比類する聖天がいたからだ。

そんな強大な力を所持する聖法教会は、アース帝国の建国に深く関わっていることから蜜月の関係にあり、アース帝国が増長した原因とも言われている。

しかし、親鳥が雛《ひな》を守るように甘やかされてきたアース帝国は、それが煩わしく思えてきたのか、最近は両国の関係は冷え切っていた。

それなのに聖法教会が聖天の一人を送り込んでくるとは、今回の件を重く見ていると思っていいのかもしれない。

「オレの名はアルスだ」

「存じております。アルス様」

同族以外には高圧的な種族のはずだが、意外にも物腰が低いエルフだ。

隣にいる父親オーフスが驚いた顔をしていた。

ならば珍しい姿なのかもしれない。油断させてこちらの隙を窺《うかが》っているのか、しかし、ヴェルグは平静を取り繕っているようだが、妙に荒々しい鼻息はいったいなんなのか、相手に警戒を促すような態度のようにも思えた。

「それでオレになんの用だ」

「一つ尋ねたいことが──」

「貴様がアルスか！　ようやく現れたな！」

ヴェルグの言葉は、筋骨隆々の大男によって遮られた。

一瞬だけヴェルグから殺気が漏れたが、それに気づいたのはアルスだけのようだ。

「誰だ……？」

「帝国五剣〝第五席〟を冠している……アルベルトだ」

「へえ、帝国五剣ね」

アース帝国の最大戦力であり、その頂点に君臨する五人の魔導騎士。

聖天に続いて帝国五剣まで現れたとなると、ますます本気だということが窺えた。

「アルベルト殿、私がアルス様と会話をしていたのですよ？」

ヴェルグから不満が漏れるが、アルベルトは気にしていないようで鼻で笑った。

「はっ、だからどうした。ここは帝国の管轄、あいつは譲ってもらう」

二人の関係性はよくわからないが、態度から察するに仲は良くないようだ。

「まだここは魔法協会の領土だけどいいのか？」

「小言は言われるだろうがな。さすがの魔法協会もアース帝国と聖法教会が相手となれば、たった一人の魔導師がどうなろうとごちゃごちゃ言わないだろうさ」

「なるほど、それなりに考えてるみたいだな」

確かにアルスのために、魔法協会が聖法教会と本格的に対立するとは思えない。

「理解したか、ならば大人しく捕まれば怪我をせずに済むぞ」

「魅力的な提案だが、断らせてもらうよ」

「たった一人で何ができるというのだ。見たところ仲間もいないようだが？」

「それで十分だろ。アース帝国兵士の半数は戦意喪失しているように見えるからな」

「所詮は無能の集まりだ。しかし、俺は違うぞ」

先ほどの魔法を見ても尚《なお》、失われない自信、アルベルトの態度はあまりにも傲慢で高圧的だが、それほどの実力を有しているということなのかもしれない。

そんなアルベルトの後ろではヴェルグがオーフスに耳打ちしていた。

「では、アルベルト殿、ヴィルート王国のユリア王女ならともかく、栄光あるアース帝国軍がたった一人を、単に耳が良いだけの常人を相手に全力でかかっても仕方がない」

オーフスが淡々と告げて、最後に嘆息すると首を横に振る。

「恥を晒《さら》すことになるからアルベルト殿に任せることにした」

まるで与えられた台本を読み上げるかのようにオーフスは言い終えた。

その隣で笑みを浮かべたままのヴェルグが示し合わせたかのように頷《うなず》く。

「オーフス殿の言う通りですね。相手は子供、我々が全力でかかっては大人げない」

アルベルトは周囲の惨状を見渡してからヴェルグを睨《にら》みつけた。

「子供？　これだけのことをした相手を子供扱いするのか？」

「だからこそ、です。さすがにこれ以上の損害を受けるとメーゲンブルク辺境伯領の防備に支障がでてしまう。本来ならアルス様と対話をするべき状況です。しかし、アルベルト殿一人だけが納得しておられないようなので任せることにしたんですよ」

ヴェルグが粘りつくような笑みを貼り付けて挑発するように言い放った。

「ああ、もし不安なのでしたら今ここで言ってください。一人で相手をするのは怖いので助けてくださいとね」

「クソエルフが……まあ、いいだろう」

アルベルトは悪態をつくが、ヴェルグは涼しげな表情で受け流した。

巨漢のアルベルトは大剣を肩に担ぎ、地面を踏み鳴らしてアルスに近づいてくる。

「喜べ、小僧。俺一人が相手をしてやる」

「そちらの状況がよくわからないが……まあ、素直に感謝しておくよ」

アルスが驚いたのは意外にも聖天とまで謳《うた》われるヴェルグがあっさり引いたことだ。

何かしらの目的があって、この場に来たはずなのだが……生き残った兵士たちの中からも戸惑いが見て取れる。

彼らにも知らされていない。急な方針転換だったのは間違いないだろう。

しかし、こちらとしてもありがたい。あまり彼らに構っている時間はないのだ。

ユリアたちの応援に行かないといけないのだから。

「なんだ小僧。急に随分と殊勝な態度じゃないか」

「実を言うと、この数を相手にするのは自信がなかった」

アルスが肩を竦《すく》めれば、アルベルトが楽しげに笑う。

「ははっ、日和《ひよ》ったか小僧」

「ああ、そうだな。そうかもしれない」

アルスは同意するように何度も頷いた。

「時間もないとなると、さすがに全員を殺さずに生かしておくのは難しいからな」

小馬鹿にするように鼻を鳴らして、アルスは軽薄な笑みを浮かべる。

あまりにも傲慢な発言だったが、否定する者もおらず嘲る者もいなかった。

アルベルトすら絶句していたが、ヴェルグだけは嬉《うれ》しそうに眼《め》を細めている。

「帝国五剣か……ようやく強敵と出会えたことに感謝しよう」

アルスは腕を差し出して、挑発するように指を曲げた。

「これまで得た経験を試すには丁度いい。どうか、オレの現在位置を教えてくれ」

アルスは大胆不敵な笑みを浮かべた。

「クソガキが、殺す！」

アルベルトが憤怒を全身から迸《ほとばし》らせて襲い掛かってくる。

＊

〝崩壊の理想郷〟――古代に栄えていた大都市。

今はその面影は一切なく、瓦礫《がれき》と廃墟《はいきょ》で過去の栄華は埋もれてしまっていた。

そんな風化した歴史ある廃墟に一人の少女が足を踏み入れた。

「ヴィルート王国の第一王女ユリアです」

白銀の髪をなびかせて、ユリアは前方の瓦礫に座る男を睨みつけた。

「あなたが〝シュッドギルド〟のレーラー、カージスでよろしいですか？」

「そうだが……まさか、一人で来たのか？」

カージスは驚いたように周囲を見回していたが、誰もいないのを確認すると笑った。

「なるほど、なるほど……ヴィルート王国の王女様は血気盛んなようだな」

「それで、チズちゃんは無事なのでしょうか？」

「ああ、無事だとも」

カージスが指を鳴らした。

　すると、アース帝国兵士が赤ん坊の入った籠を手にした姿が目に飛び込んでくる。

「ご覧の通りだ。それにしても意外だったよ。どうやって、あなたを手に入れるか算段していたのだが、まさか、のこのこと一人で来るような愚か者だったとは……」

「手間が省けて良かったですね。それでチズちゃんは返していただけるので？」

　ユリアの言葉を受けて、カージスは瓦礫の上に立ち上がると両手を広げた。

「我々の要求は一つ、ユリア王女、我らと一緒に来ていただきたい」

　カージスが告げると同時に、周囲の物陰から〝シュッドギルド〟のシューラーだけじゃなく、アース帝国の鎧《よろい》を着込んだ兵士も現れた。

「返答は如何《いか》に？」

「それは、もちろん――」

　ユリアは口角を吊《つ》り上げると艶美な笑みを浮かべた。


「――全員、殺します」


「は？　なにを言って……状況がわかっているのか？」

　豹変《ひょうへん》したユリアを見て、カージスは怪訝《けげん》そうに眉を顰《ひそ》めた。

「あら、聞こえませんでしたか。なら、もう一度言いますね」

　ユリアは鞘《さや》から長剣を抜き放つ。

「死ね――と言ったのですよ」

　彼女は日差しを浴びて輝く刃をそっと優しく撫《な》でた。

　あまりにも扇情的で男女関係なく劣情を催すような仕草だ。

「あなたの首を私の長剣で愛《め》でてあげましょう」

「紫銀の瞳、白銀の髪……美しくも残虐、と聞いていたが合点がいったよ」

　カージスはユリアの正体――その本性を瞬時に看破したようだ。

「あの帝国第二軍を壊滅させたという噂《うわさ》、あなたの清楚《せいそ》な姿を見てからだと、にわかに信じられなかったが……」

　ユリアの清楚な美貌に滲《にじ》んでいた穏やかな雰囲気が鳴りを潜め、優しさを削《そ》ぎ落とした冷酷な佳人の鋭さが表出し始めている。

「ふっ、まさに〝白夜叉《しろやしゃ》〟の如《ごと》くと言ったところか」

「理解したのなら死になさいな」

　ユリアの白い肌が薄《うっす》らと青みを帯び始めた。

「朽ちる聖堂　彗星《すいせい》の溷濁《こんだく》　誰も及ばず我消えず　見据えたその先で」

　輝く紫銀の瞳、宿る殺意、纏《まと》う殺気は身震いするほど恐ろしい。

「踊れ――〝光速《エクレール》〟」

詠唱が終わると同時にカージスの視界からユリアの姿が消えた。

瞬間――〝シュッドギルド〟のシューラーたちから次々と悲鳴が上がる。

『なんだッ⁉』

『気をつけろ。あの女の魔法だッ！』

『は？　どこからだ、詠唱破棄か⁉』

『足がっ、俺の足が――ッ』

ユリアが〝光速《エクレール》〟を駆使して圧倒的な速度で敵を屠《ほふ》っていく。

その姿は捉えることができない。

カージスも悲鳴の上がる先を追いかけるだけで精一杯だ。

「おいおい……これが【光】魔法なのか？　こんなものどうやって対処しろと言うのだ」

五体の一部を失う者、死んだことにすら気づかない者。

苦痛も知らずに逝くことが幸福なのか、苦痛を知って生きることが不幸なのか。

生と死の狭間《はざま》にカージスの味方が引きずり込まれていく。

「くそっ、長時間も動けるはずがない！　赤子だけは奪われるな、下がっていろ！」

カージスが叫べば、赤ん坊を預かっていた兵士が後方に下がる。

周囲には十人程度の兵士を配置していたが、次々と彼らの首が打ち上げられていく。

それでも覚悟した者たちの決死の壁によって、奪い返されるという最悪の事態は避けることができた。

「これではいかんな……一度態勢を整えて、対抗手段を――」

「そんな時間を与えると思いますか？」

殊更に優しい声が背後からかけられる。

カージスは背中に優しく手が添えられるのがわかった。


「――ミ　ナ　ゴ　ロ　シ　で　す――」


底冷えのする声音に、ぞくりと這《は》い上がる寒気、カージスは恐怖から喉を鳴らした。

だが、ほんの一瞬、相手から放たれた殺気を感じ取ってその場から跳躍する。

「くそッ――ひぎっ!?」

それでも相手は想像を上回る速度でカージスの左腕を切り落とした。

「う、腕が……ッ、お、おのれ――ふざけやがって！」

血が噴き出す肩を押さえたカージスは反撃にでようと振り向くが、誰もそこにはいなかった。次いでバランスを崩しながらも膝を地面につけてカージスは着地した。

そんな彼の頭の上に影が落ちる。

「ひどく出血していますね。なので、お返しします」

ぼとりとカージスの目の前に投げられたのは、先ほどまで自身の肩にあった腕だ。

「回復魔法を使える者がいれば繋《つな》がるかもしれませんね」

思わず右腕を伸ばすカージスだったが、その手が自身の左腕を掴《つか》むことはなかった。

――炎の蛇が飛んできたからだ。

「なっ⁉」

慌てて後方に跳び退《すさ》ったカージスの前で炎の壁が立ち上る。

同時に周辺で爆発音が轟《とどろ》いた。援軍として呼んでいたアース帝国兵、そして〝シュッドギルド〟のメンバーが倒れる姿が目に飛び込んでくる。

彼らの前に立ち塞がっているのは、

「ヴィルートの連中が来たのか……」

「うわぁ、やだやだ。なんか変なの踏んじゃったじゃない」

どこか軽い調子の声音に釣られてカージスが眼をやれば、炎の壁は消えていて紅髪《べにがみ》の少女がユリアの隣に立っているのが見えた。

「なにこの汚い…………ゴミ？」

紅髪の少女が蹴り飛ばしたのは消し炭となったカージスの腕だった。

あれでは最早《もはや》、回復魔法を使っても再び繋げることなどできないだろう。

できるとするなら、古《いにしえ》の神々が使ったと言われる神秘の魔法ぐらいだ。

「あら、そこで死にかけているあなたは……ごめんなさい。誰かしら？」

「…………〝シュッドギルド〟のレーラー、カージスだ」

「あらそう、あたしは〝ヴィルートギルド〟のレーラー、カレンよ」

堂々とした態度で名乗ったカレンの肩を摑んだのはユリアだ。

「待ってください。カレンがここにいるということは……アルスは一人で？」

「だから遊んでる時間はないわよ。早くチズちゃんを助けて、援護にいかないとね」

「そ、そうですね。少し熱くなりすぎたようです」

「お姉様の悪い癖ね。まっ、反省は後でもできるから、今はチズちゃんを助けることだけ考えましょう」

「ええ、とりあえず、邪魔な者だけ殺すことにします」

胸に手を当て深呼吸を繰り返すユリアを見てカージスが舌打ちする。

「ちっ、ふざけた連中だ……私の腕を奪った代償を支払ってもらうぞ」

「黙りなさい。あんたは〝家族《ヴィルート》〟に手をだした。万死に値するわ」

カレンが怒りの眼差《まなざ》しを向けた。

「こちらの台詞《せりふ》だ、小娘。こうなれば総力戦といこうではないか！」

カージスも負けじと吼《ほ》える。

「聞け！　勇敢なる帝国兵よ、我が〝シュッドギルド〟の精鋭たちよ！」

カージスは腰に差した剣を抜き放つと、剣先をユリアに向けた。

「恐れるな、突き進め。小娘どもに我らの恐ろしさを思い知らせるのだ！」

カージスが命令している間にも、カレンの周りには続々と〝ヴィルートギルド〟のシューラーが集まってきている。そんな彼らを誇らしげに眺めたカレンは笑みを浮かべた。

「はっ、上等じゃない！　後悔させてやるわ。みんな、あいつらを叩《たた》き潰すわよ！」

カレンの指示で後方のシューラーたちが詠唱を開始する。

各地で様々な色を成した魔法陣が現れるのは、凄惨な場所にあっても非常に美しい。

否、だからこそ、より鮮明に、より鮮烈に魔法陣は輝くのだろう。

周囲を見回したカレンは満足そうに頷《うなず》いた。

「そうよ、怒りは魔力に込めなさい。魔導師は冷静に詠唱を紡ぐの」

駆けてくる敵を認めたカレンは自身の得物である槍《やり》を構えた。

「九つの縄　檻《おり》は破れて鉄と化す　間隙の狭間　輪舞の蛍――〝炎柱《フレア》〟」

カレンが槍を大地に突き刺すや、紅蓮《ぐれん》の火柱が凄《すさ》まじい勢いで地面から噴き上がった。

巻き込まれた〝シュッドギルド〟の連中が火だるまになって藻掻《もが》き苦しんでいる。

それが狼煙《のろし》となり、周囲でも爆発音が轟いては悲鳴を呑《の》み込んでいった。

「伏兵らしき連中は始末しました」

カレンの隣にどこからともなく現れたのはエルザである。

「さすが、エルザ。よくやってくれたわ。お疲れ様。あとはアース帝国の連中をどうにかしないとね」

圧倒的な火力を前に〝シュッドギルド〟の勢いが喪失、無闇に飛び込んで来る者はいなくなった。しかし、不利な状況を悟ったのか、後ろに控えていたアース帝国の魔導師たちが詠唱を開始している。

「まともにもらう必要はないわ。エルザ、任せてもいいかしら？」

「どれもC級魔導師のようです。問題ありません。全て排除します」

エルザが地面を蹴り上げて宙に浮かび上がった。

その両手――弓が握り締められ、三本の矢が極限にまで引き絞られる。

エルザの腕が霞《かす》めばアース帝国魔導師の足下に次々と矢が突き刺さった。

『う――ひぎっ!?』

数人のアース帝国魔導師が驚いて詠唱を中断したことで暴発で吹き飛んでいく。

集中力を途切れさせず、詠唱も止めなかった者もいたが――、

「離隔の外界 打ち寄せる砂花 流れゆく雲雪 音は鳴き止《や》み 色は鮮やかに散る 足掻《あが》き霧散しろ――〝大氷原《グレイシア》〟」

地面に刺さった矢から冷気が溢《あふ》れ出して、アース帝国魔導師たちを包み込む。

彼らは悲鳴もあげられず瞬時に凍りついた。

「未来の夫が待っているのです。手加減はできません」

着地したエルザが踵《かかと》で地面を鳴らせば、凍り付いたアース帝国魔導師が砕け散っていく。

その周囲では〝ヴィルートギルド〟のシューラーたちが赤ん坊を救うために奮闘していた。

〝シュッドギルド〟のほうが数は勝っているが、その質は遥《はる》かに劣っている。

「貴様らなにをしている。無様な姿を晒《さら》してどういうつもりだっ」

カージスが苛立《いらだ》たしげに叱責を飛ばす。

「こちらのほうが数は勝ってるんだ。囲め、囲んで殺せ！」

＊

「素晴らしい……ああッ、なんと美しいことか！」

ヴェルグは恍惚《こうこつ》の表情でアルスを見つめていた。

目の前で一方的な勝負が繰り広げられている。

帝国五剣アルベルトと黒衣を纏ったアルスの一騎打ち。

なぜか魔法の使用は控えているようだが、体術を駆使してアルベルトを圧倒する様は見事なものだ。

いや、正確に言えばあれは体術ではない。

そこに研鑽《けんさん》はなく積み上げてきた物は感じられないからだ。

なのに数々の修羅場を潜《くぐ》って鍛え上げられた百戦錬磨のアルベルトを翻弄している。

アルスの年齢に不釣り合いな貫禄《かんろく》、見栄《みえ》も飾りもない自然体は目を灼《や》くほど眩《まぶ》しい。

「アルベルト殿を一騎打ちに誘導して正解でした。しかし、これほどの大器がなぜ幽閉されてたのか――おぉ……」

ヴェルグはオーフスへの非難も含めた感嘆の吐息を零《こぼ》す。

アルスがアルベルトの自尊心を砕くように、片手で大剣を受け止めてみせたのである。

非常に美しい魔力操作であった。

まるであらかじめ大剣が来る位置がわかっていたかのように、魔力を集中させるとその場所に手を置き斬撃を受け止めたのだ。

普通では考えられない。聖天と呼ばれるヴェルグでさえ躊躇《ちゆうちょ》を覚える。

一つ間違えれば真っ二つに切り裂かれていた。

しかし、成功すれば、あれほど精神的に効く攻撃はないだろう。

ただ一人、その深遠なる秘法に刮目《かつもく》したヴェルグは拍手を送る。

「勿体《もったい》ない。つくづく勿体ない。これほどの魔力操作を見ておきながら、誰も歓声をあげないとは、やはり人間というのは愚かだな」

周りの様子を確かめたヴェルグは嫌悪感を露《あら》わに嘆息する。

アース帝国軍は静まり返っていた。

帝国軍最強、最高戦力、その名高い帝国五剣がまるで相手になっていないからだ。

アルスの父親オーフスに至っては自身の元息子を呆《ほう》けたように見ていた。

「さて、オーフス殿、あなたに問いかけたいことがある」

「……なんだ？」

あれが息子だったと未《いま》だ信じられないのか、白昼夢を見ているような虚《うつ》ろな目をしていた。滑稽な姿を晒す彼を見て、心の奥底から殺意が芽生えてしまうが、ヴェルグはそんな気配を微塵《みじん》もださない。まだオーフスには利用価値があるからだ。

「本当に彼のギフトは【聴覚】だけでしたか？　他にあるのではないのですか？」

「【聴覚】だけなのは確かだ。今の状況は説明できないが……」

「〝天領廓大《てんりようかくだい》〟に至った可能性も考えてみましたが、他の魔法系統まで扱えるというのは腑《ふ》に落ちません。もしや、【聴覚】じゃなかったのでは？」

と、ヴェルグが呟《つぶや》けばオーフスが否定するように首を振った。

「アルスが【聴覚】なのは間違いない。それにあいつを診断した助産師は聖法教会が派遣した〝巫女《みこ》〟だぞ」

「いや、それを言われると……本当にそうなんですけどね」

ヴェルグは苦笑する。

実はアルスの存在を知った時、聖法教会から当時の資料を取り寄せていた。

その資料は完璧と言えるほどの詳細が書かれていた。

生まれた日時、母子の名、ギフト、一見すれば問題のない診断書だ。

だが、一つだけ奇妙な点があった。

聖法教会から派遣された助産師だが、それが誰なのか記入されていなかったのだ。

もちろん聖法教会に〝巫女〟の名を調べさせたが返ってきた答えは。

――正体不明《アンノウン》

その結果を聞いた時、ヴェルグは思わず笑った。

そんなはずがないからだ。

記録にも残されているのだから、聖法教会は全てを把握している。

ならば、聖法教会が意図的に伏せているのは間違いない。

つまり、その時点で聖法十大天の力が及ばない上層部の仕業ということになる。

「ヴェルグ殿、急に黙ってどうした？」

「いえ、少し考えごとをしていました。それで彼のギフトについてですが、残る可能性は一つ――多重ギフトかもしれませんね」

「それもないだろう。誰もが神々から与えられるギフトは一つで例外はない。複数のギフトを与えられることなどありえない」

「知らないのも無理はありませんが、実はありえない話ではないのですよ」

確かに神々から与えられるギフトは生涯一つ、生まれ持ったものだけだ。

しかし、驚くべき記録が聖法教会にはある。

知っているのは一部の者たちだけ。

「かつて一人だけ複数のギフトを持っていたとされる者がいる」

「そんな者が？」

オーフスが目を見開く。ヴェルグは頷くと神妙な表情で答えた。

「複数のギフトを持つ者が現れたのは遥か昔、聖法教会の創設まで遡ります」

かつて最も偉大な魔導師がいた。

数々の魔法を生み出し、魔法の基礎を創り上げた人物。

その功績が認められ、神々の祝福を受けた彼は神人に至り複数のギフトを得た。

更に聖法協会の創設に携わったことで、人々から聖帝と崇《あが》められ、いつしか教皇の座についたのである。

しかし、ありとあらゆる名誉と名声を得ながらも、彼は聖法教会の方針を定めた神々に従わず、三分の一に達する魔導師を率いて反旗を翻す。

やがて彼は魔法協会を設立、魔帝と呼ばれるに至るが、その力を脅威に感じた神々と聖法教会の手によって葬られることになった。

それがどんな戦いであったのか、どれほどの規模であったのか今も知ることができる。

〝失われた大地〟に行けばいいのだ。

大陸北部の地形は変貌し、強力な魔物が湧き出て、特定条件下にある者しか住むことができなくなった。千年経《た》った今でも後世に影響が残る戦争、それだけでどれほど凄まじい戦いだったのか知れるというものだ。

「アルスが魔帝に達するというのか……？」

「かもしれないということです。それと前にも言いましたが言葉に気をつけるように、聖法教会に属する者の前では魔帝ではなく、聖帝とお呼びしてください。うちの信者たちが聞いたら殺されますよ」

「そうだったな……それでどうする？」

「非常にまずいことになったのは確かです」

かつて存在した神人と同じように、アルスが神域に足を踏み入れているのであれば、どこかで神と接触しているのは間違いない。

そうであるなら他の魔法系統まで使えるようになったのも頷ける。

〝黒き星《フラウン・アース》〟もさることながら、本来なら聖法教会に迎え入れ、相応の地位につかなければいけないほどの逸材だ。なんとしてでも連れ戻したいが今は状況が悪い。

聖法教会やアース帝国に対して心証が悪すぎるのだ。

最初から複数のギフト所持者だとわかっていれば、対応も違っていたというのに。

「まったく面倒なことをしてくれました。いや、私も悪いところはありますか……」

アルスが〝魔法の神髄《ミーミル》〟かどうか、その正体が知れれば身柄を確保しようと思っていた。所詮は白系統ではない魔導師だろうと高をくくり、だからこそ強硬な手段をとったのである。

「無意識に【聴覚】だからと見下していたのかもしれませんね。まったく……私ともあろう者がとんだ失態ですよ。しかし、致命的ではない。まだ挽回《ばんかい》はできる」

ヴェルグはこれ以上アルスを刺激するのは得策ではないと判断していた。

「お気づきかと思いますが、ここではっきり申し上げておきましょう。聖法教会はユリア王女やアルス様の件に関して完全に手を引かせてもらいます」

「ここまで掻《か》き回して見捨てるというのか？」

「いえ、メーゲンブルク家は助けましょう。それ以外の者には責任を被《かぶ》ってもらわないといけません」

アルスの父親であるオーフスには利用価値がある。

今後アルスがどういった道を歩むのか、誤った道に進みそうになった時のためにオーフスは必要だ。使えないとわかれば処分すれば問題ないのである。

「アルスの身柄を確保して、改めてギフトを調べてからでも遅くはないのでは？」

「それも一つの手ですが、アルス様の機嫌をこれ以上損ねたくはないのです——いえ、厳密に言えば迂闊《うかつ》に手をだして、彼に魅入られた神を障りたくない。なので、彼には自らの意思でこちら側に来てもらわないといけません」

「しかしだな……皇帝陛下の機嫌を損ねることは——」

尚《なお》も言い募ったオーフスの言葉は途切れる。

なぜなら、ヴェルグが端麗な顔を近づけて殺意に満ちた銀瞳を向けてきたからだ。

「驕《おご》るなよ、下等生物。皇帝如《ごと》きと比べることすらおこがましいと知れ」

家畜を見るような蔑んだ光が銀瞳に宿っていた。

しかし、その顔には笑顔が張り付いたままで、余計に恐怖が沸き上がる。

「納得できないのならアース帝国を滅ぼすだけだ」

激烈な言葉に顔を青ざめさせたオーフスが絶句する。

そんな彼を見てヴェルグは何事もなかったかのように殺意を拭い去った。

「いや、失礼。しかし、聖法教会も納得するでしょう」

聖法協会は皇帝のご機嫌伺いより、神人の保護を優先するだろう。

神人が確認されたのは千年前に魔帝となった聖帝ただ一人。

最初で最後の神人、それ以来、教皇の座は空位となっている。

その価値を考えれば、皇帝の言葉など聞くに値しない。

また魔法協会もアルスの事を知れば後には退《ひ》かなくなるだろう。

魔法協会の魔帝もまた当然のことながら千年前から不在なのだ。

千年も空位となっている第零位階〝神位《ジュピター》〟。

全ての魔王を統べる者、新たな導き手が現れたら諸手《もろて》を挙げて歓迎するだろう。

聖法教会と魔法協会。両者にとって後継者となるべき者が現れたら争奪戦は避けられない。

否、戦争が起きる。

大規模な、それこそ世界を巻き込んだ大戦が引き起こされるだろう。

「これは二人だけの秘密でお願いします。まだ魔法協会に悟られるわけにはいかない」

言い終えたヴェルグが改めて一騎打ちに視線を向ければ、アルスとアルベルトの戦いは終わっていた。

「〝第五席〟程度では無理か。所詮は実力でもなく家柄だけに与えられる末席だな」

非常に残念なことだが、アルベルト程度の技量ではアルスの力を完全に引き出すことはできなかったようだ。

（どうせ処分するのだから、アルベルト殿にはもう少し協力してもらいましょう。

〝第一使徒《ワヘド》〟に説明するためにもね）

ヴェルグが新たな企《たくら》みを考えていると隣のオーフスが頷《うなず》く気配を感じた。

「……わかりました」

これでオーフスはこちら側の人間になるだろうが、もう一押し必要かもしれない。

今後はメーゲンブルク家、その跡取りとなった息子と彼の妻も利用するべきだろう。

それを盾に脅迫すれば都合の良い駒に仕上がってくれるはずだ。

メーゲンブルク家は血統ギフトを持っているようだが、稀代《きたい》ギフトと比べたら貴重というわけでもない。アルスがいるのだからメーゲンブルク一族を根絶やしにしても文句は言われない。アルスには発現していないようだが、メーゲンブルクの血統ギフトは彼の中にもあるのだ。

そんな悪巧みを考えながら、ヴェルグはアルスに近づくと片膝をついて拝礼した。

「お許し下さい。これまでの非礼をお詫《わ》びいたします」

打って変わって態度が豹変《ひょうへん》したヴェルグに、アルスが訝《いぶか》しげな表情を向けてくる。

無理もない。ヴェルグ自身でさえ今の姿は道化師のように滑稽だと思っているのだ。

だが、この機を逃すわけにはいかなかった。

聖法教会のためにも必ずアルスを連れ戻さなければならない。

その価値を考えたら、いくら罵られようと恥を晒《さら》そうとも安いものだった。

「突然……どうしたんだ？」

「理由は、いずれおわかりになるでしょう」

まだ知る必要はない。より魔法を知り、深みに達し、高みを目指してほしい。

その力をいずれ聖法教会に役立てるため、魔法の真理を手にすることを願う。

「実は最初から私はあなたの味方でした。アルベルト殿の暴走を止めることができず、心苦しく思っていたのです。ですが、アルス様が勝利したことで安心いたしました」

隣で聞いていたオーフスが驚くほど白々しい嘘《うそ》であった。

しかも、その笑顔は他人に向けるような笑顔ではなく、同族かあるいは家族に向けるかのようで、心の底から沸き上がる喜色で満ちている。

「ふぅん……そうか、それでどうするんだ？」

「お詫びと言ってはなんですが、ヴィルート王国の兵士は解放しましょう」

ヴェルグがオーフスに目配せすれば、ヴィルート王国の兵士が言葉通りに解放される。

ヴィルートの兵士は戸惑っているようであったが、救いの主がアルスということは理解しているようで、彼に近づいて言葉を交わし始める。

その後は魔法都市の方面に向けて、ヴィルートの兵士たちは駆け出していった。

「それでは今日のところはこれで失礼させていただきます。アルス様、また会える日を楽しみにしております」

馬の背に乗ったヴェルグは兵士に命令して、気を失っているアルベルトを回収させる。

残されたのはオーフスとアルスだけだ。

長い沈黙の後、先に口を開いたのはオーフスだった。

「なぜ、あれほどの力を持ちながら、おとなしくしていた？」

「〝外〟で生きていくために、世界中の情報を集めて準備をしていたからだ」

「少しでも……私の前でその力を見せていれば──」

「あんたの見栄《みえ》や自尊心を守るためにか？　無理だな。そんなもの反吐《へど》がでる」

研ぎ澄まされた刃の如き拒絶に、オーフスは苦い笑みを浮かべる。

確かにアルスが魔法を使えていたとしても、オーフスは見栄と自尊心のために彼を利用するだけだっただろう。

幽閉から解放しても道具のような扱いは変わらなかった。

今と違ってそれは真の自由とは言えないものだったはずだ。

「私を恨んでいるのだろうな」

「いや、あそこにいたおかげで静かに〝音〟を聞くことができた。良い環境だったよ」

思わず皮肉かと言いかけたオーフスだったが、アルスの顔は平然としていて、裏がある発言でないことが理解できた。驚いたことに本当にそう思っているのだろう。

「なぜ恨まない。なぜ怒らない。なぜ、復讐《ふくしゅう》を遂げようとしない。今なら私を殺しても罪に問われることがないかもしれないのだぞ」

なぜ、そんな言葉がでたのかオーフスにもわからない。

後悔、そうかもしれない。罪滅ぼし、そうかもしれない。

今の自分がどのような感情を抱いているのか、オーフス自身把握できていなかった。

「なんで、そんな意味のないことをしなきゃいけないんだ？」

オーフスと比べてアルスの言葉には迷いがなかった。

こんなに太々《ふてぶて》しく物事をはっきり言えたのだと、オーフスは初めて知った。

声音は英気に充《み》ち、内包された自信が滲《にじ》み出ている。

目の前にいるのは息子であって息子ではない。

知ろうともしなかった息子の姿がそこにあった。

オーフスが何も言えないでいると、アルスが一つのネックレスを差し出してくる。

「……なんだ？」

「母の形見だ。生前に頼まれていた。あんたに渡してくれと」

「なぜ今？」

「ようやく、まともに会話をすることができたからだ」

「………そう、だったな」

わかりきった答えに辿《たど》り着けなかった自分を恥じてオーフスは顔を俯《うつむ》けた。

亡き妻がどのような想《おも》いで、息子にこのネックレスを託したのか。

頭の中で生前の彼女との思い出が駆け巡る。

きっと彼女はアルスとオーフスの仲を取り持ちたかったのだろう。

それが叶《かな》わなかったから、想いをネックレスに込めたのだ。

しかし、血統ギフトに固執した自分は選択を誤った。

アルスを知ろうともせず、〝魔法開発〟に傾倒した挙げ句、勝手に彼を見放した。

そうして選択を誤り続けて、辿り着いた結果が今だ。

「それじゃあな、急いでるんだ。あんたとはもう会うことはない」

手から零《こぼ》れ落ちる砂が戻ることがないように、手放した息子も帰ってこない。

「………………わかった」

ネックレスを眺めていたオーフスが顔をあげたら息子の姿はなかった。

アルスが脱走した日の記憶が蘇《よみがえ》る。

「そうだ……そうなのだ」

あの日もまた幾通りもあった選択肢を取り間違えたのだろう。

「一度、壊れたら……失ってしまったら戻ることはないのだ」

全てが崩れていく――そんな奇妙な錯覚に陥ったオーフスを救ったのは手元にあったネックレスだった。ひんやりとしているのに温かく感じる。

そんな不思議な感触を得たオーフスは空を仰ぎ自嘲の笑みを浮かべた。

「……フィリア、お前の言う通りだったよ」

＊

『お兄様は世界一強い魔導騎士です』

美しい妹はアルベルトを見送る時必ずそう言ってくれた。

アルベルトはアース帝国の四大貴族の一角シュヴァーレイ家の嫡男として、血統ギフト【雷】を宿して生まれてきた。

恵まれた人生、約束された成功、挫折を知らず順風満帆だったと言えよう。

それでも自身の才能に溺れることなく、誰よりも努力してきたつもりだ。

愛《いと》しの妹の目標であり続けるために戦い続けてきたのだ。

なのに、突然、目の前が真っ暗になった。大きな闇に閉ざされてしまったのだ。

憎々しい無能《くろ》によって——、

「どこだここは？」

アルベルトは頭を押さえながら起き上がる。

やけに五月蠅《うるさ》い音が鼓膜を揺さぶり頭痛を助長する。

自身の置かれた状況を確かめるために周囲を見渡した。

彼が乗っているのは荷車。

車輪が砂利を踏むことで身体《からだ》が揺れて、石を噛《か》み潰す音が強く頭に響いた。

原因を悟ったアルベルトの顔を、隣で馬に跨《また》がっていたレックが覗《のぞ》き込んでくる。

「良かった。起きられましたか……」

「あれから何があった？」

「覚えておられないのですか？」

レックが驚いたような顔をした。その反応だけで自分が無様を晒したことを知る。

「……俺はあのガキに負けたのか」

「はい。それとヴェルグ殿が撤退を決めて、ヴィルート王国の兵士も解放しました」

「あのクソエルフめ。何を考えて……それで二人はどこにいった？」

ヴェルグとメーゲンブルク辺境伯の姿がなかった。

むしろ、辺境伯の兵士もおらず、周りにいるのは自分の部下ばかりだ。

「我々より先に帰路へつきました」

「馬鹿にしやがって！」

アルベルトは憤慨して荷車の床に拳を叩《たた》きつける。

板が割れて拳が突き抜け、その音と衝撃に驚いた馬が止まった。

「そ、それとヴェルグ殿が、これをアルベルト様に渡してほしいと伝えられました」

アルベルトの凄《すさ》まじい怒りに震え上がったレックが差し出してきたのは小袋だ。

「なんだそれは?」

「見ればわかるとしか教えられませんでした」

アルベルトは受け取り小袋を開けた。

「薬……か?」

手に出せば錠剤のようなモノが四粒と白い紙がでてくる。

紙を広げれば達筆な字でヴェルグの言葉が書き記されていた。

「ほう……これが、あの……くくっ、エルフもたまには役立つものだ」

気づくこともなく敗北。当然のことだが自覚がないままだ。

だからこそ腹が立つ。知らない場所で自身に汚名が着せられた気分だった。

「まさか、また戦うつもりなのですか? あいつは異常です! 次は命が――」

レックは血相を変えて必死に叫ぶが、太い腕が伸びてきて彼の首を摑《つか》んだ。

「黙れ。それより〝転移〟魔法石を寄越《よこ》せ、今すぐ〝シュッドギルド〟と合流する」

アルベルトは錠剤を全て口に放り込むのだった。

第五章　真名

「〝炎弾《ファイア》〟」

カレンの指先に深紅の魔法陣が現れて、炎が円を描きながら敵に衝突する。

吹き飛んだ〝シュッドギルド〟の魔導師を眺めながらカレンは嘆息した。

「詠唱破棄ってやっぱ難しいわね。威力が弱すぎ」

彼女が扱える魔法の中で最も威力が低く、単純なものだった。

それでも十分な魔力も込められず、通常よりも遥《はる》かに劣った出来の悪さ。

暴発しなかっただけ良かったと思うしかない。

「もう少し練習が必要ね。それともアルスにコツを聞いたほうが早いかな。そもそも、なんであんな簡単に詠唱破棄できるのかしら、ホント理不尽すぎるわ」

カレンが周囲を見渡せば、戦いは佳境を迎えている。

火の粉が舞い、濁流が溢《あふ》れ、霧が漂い、地響きが大地を変貌させていた。

魔法の応酬、戦場だというのに神秘に満たされた場所は美しい光景を創り出す。

「ここから逆転は無理だと思うけど……」

ユリアの初手で随分とこちら側が有利に傾いた。

今は〝シュッドギルド〟の魔導師をシューラーたちが取り囲んで追い詰めている。

アース帝国の魔導師はエルザの手によってほぼ沈黙していた。

「エルザ、こちらの被害は？」

「怪我人《けがにん》が六名だけです。すでに戦場から離脱させています。相手の数を考えれば上出来でしょう」

「チズちゃんは無事に救出できたのかしら？」

「そちらも問題ありません。さきほど無事に救出できたと連絡がありました。じきにこちらに来るでしょう」

エルザはそう答えてから、緊張を解《ほぐ》すためか身体を伸ばして気持ちよさそうな声をだした。もはや勝利を確信している彼女の顔に緊張感はない。

「チズちゃんも取り戻せたし、損害も軽微で済んだのは、お姉様のおかげね」

「あの状態のユリア様は手がつけられませんから……しかし、あれだけ〝光速《エクレール》〟を多用すれば魔力は底をつきかけているはずです」

戦いが終わろうとしている中で、話題の人物――ユリアは〝シュッドギルド〟のレーラー、第四位階〝座位《オファニム》〟のカージスと対峙《たいじ》していた。

「恐ろしい女だ。〝白夜叉《しろやしゃ》〟とは噂《うわさ》以上ではないか……帝国の情報とまったく違う」

鬼気迫るユリアを見て、カージスが顎先に垂れた汗を手の甲で拭う。

ユリアが薄い微笑を浮かべて、長剣についた血を勢いよく払った。

その周囲では斬られて呻《うめ》く〝シュッドギルド〟の連中が転がっている。

「その名はあまり好きではありません。村や町、王都を襲撃してきた者たちへ反撃しただけなのに、なぜそのような名前がつけられるのか……」

「むしろなぜ喜ばん、それだけの力があり、強者として認められたのだぞ。普通なら歓喜で満たされるだろう」

「興味がありません。ただ〝弱者〟を倒しただけのこと、〝強者〟を倒さずして褒められたところで何を喜べるのでしょうか」

ユリアが淡々と呟《つぶや》く。アルスと共にいた、あの穏やかな少女はどこにもいない。

けれど、ただただ美しい。

幼さを消し去った高貴さは目映《まばゆ》く気品に溢れ、他人を惑わすような色気が滲むことで、妖艶な雰囲気が彼女に纏《まと》わり付いている。

絶世の美女となった彼女の柔和な目元は、怜悧《れいり》さを増して敵を鋭く見据えていた。

「では、その首を頂戴します。赤ん坊を攫《さら》う外道は生かしておけません」

「勝つ手段は幾通りも存在する。だから、ここは——」

「〝光牢《ブリッツェン》〟」

詠唱破棄された魔法は、すぐさま発動する。

カージスの頭上に白い魔法陣が現れて、光の柱が降り注いだ。

眩《まぶ》しさに目を閉じたカージスが、再び瞼《まぶた》を開ければ光の牢屋《ろうや》に閉じ込められていた。

「なんだこれは……？」

身動《みじろ》ぎすれば身体の一部が壁に当たる、そんな狭い空間だ。

ユリアは〝光牢《ブリッツェン》〟の外にいて、光の壁に手をつきカージスに話しかけた。

「今、逃亡しようとしましたね」

ユリアは呟くと、光の柱にある隙間から長剣を突き刺した。

「あがっ!?」

カージスの太股《ふともも》に刃先が突き刺さり、赤い血が止め処《とど》なく溢れ始める。

「……先ほど〝光牢《ブリッツェン》〟のことを知りたそうにしていたので答えますが」

ユリアが狂喜に近い笑顔のまま、薄桃色の唇を舌で湿らせる。

その様は老若男女問わず情欲をかき立てられる仕草だ。

痛みで顔を顰《しか》めていたカージスでさえ、思わず呆《ほう》けてしまうほどである。

「実は〝拷問〟魔法なんですよ。〝光牢《ブリッツェン》〟には特殊な隙間が一つだけあるんです。そこに武器を差し込めば、閉じ込められた相手のどこかに刃先が突き刺さる仕組みになっています。でも、絶対に急所だけには刺さらないので安心してください」

ユリアは聖母のような慈愛に満ちた眼差《まなざ》しをカージスに向ける。

「あなたも、ゆっくり死ぬほうが生きている実感が湧いて嬉《うれ》しいでしょう？」

ユリアは剣の柄《つか》を強く握り締めると勢いよく刃を突き出した。

絶対不可避の攻撃。

避けることはできず、武器を何度も刺しこめば、刺さる箇所もまた変わる。

腕、肩、足、爪先、太股、カージスは激痛に苦しみながら踊り狂う。

「なっ！　やめっ、いぎぃッ！　やめッ、やめてくれ！」

「ふふっ、とても心が痛みます。ですが、楽には殺しませんよ」

「やめ、許して……ッ!?」

「あなたがシューラーさんたちを傷つけた罪――苦しみ抜いて償いなさい」

カージスの爪が剝がれ、肉が削られ、指が飛び、手首が切り落とされる。

返り血は全て光に吸われて、その様を眺めるユリアは汚れ一つなく、真っ白だ。

「ゆ、許してください……やめてくだざぃッ!?」

「死に誘われるまで許しを請い続けなさい。罪を清算するまで永遠に苦しむのです」

残酷な言葉なのに、その声は凜《りん》として涼やかで、耳にした者は腰が砕けそうなほど甘い声音をしていた。

絶え間なく激痛に襲われるカージスは、このまま絶望に染まっていくかに思われたが、

「貴様らなにをしている！」

野太い声が辺りに強く響いた。

「これは何事だ、無様な姿を晒《さら》しおって、それでも栄えあるアース帝国の魔導師か！」

崩れ落ちた廃屋の上に立っているのはアルベルトだった。

大剣を肩に担いで、その巨軀《きょく》は怒りで震え、額には青筋が浮かび上がっている。

「久しいな、ユリア王女」

廃屋から飛び降りたアルベルトは地面に着地すると、ユリアに向かって進んでくる。

「ええ、アルベルト殿でしたよね？」

ユリアはアルベルトの顔をよく覚えている。忘れもしない憎き敵だからだ。

ヴィルート王国とアース帝国の戦場でも対峙した。

ユリアが囚《とら》われた時に護送の任務を請け負った責任者もまた彼だ。

「あなたにアルスの魔力の残滓《ざんし》がこびりついてますね」

「……そんなことがわかるのか？」

足を止めたアルベルトが驚いた表情を浮かべるが、ユリアはその様を見て笑う。

「ええ、彼の魔力は特別です。残念ながらあの美しい光は、あなたには見えていないようですけど。でも、その様子だと手酷《てひど》く負けたようですね」

「──小娘、死にたいようだな」

アルベルトの身体から怒気が膨れ上がるが、それを見ても冷めた視線を向けたままユリアは鼻で笑う。

「ふふっ、敗残兵が強がったところで怖くありませんよ」

「どいつもこいつも俺を舐《な》めやがる奴《やつ》ばかりだな」

大地を蹴りつけたアルベルトが粉塵《ふんじん》を巻き上げて宙に浮かんだ。

凄まじい跳躍力だ。その勢いのままにユリア目掛けて大剣を振り下ろしてくる。

ユリアは受け流そうとしたが、

「があぁ！」

アルベルトが叫んで身体《からだ》を強く捻《ひね》った。

空中で軌道修正された刃が、予測していた箇所を避けてユリアに迫る。

ユリアは瞬時に対応して大剣を弾《はじ》き返そうとした。

刹那——激突した刃と刃が擦り合って火花を散らす。

「くっ!?」

ユリアは押し負けたばかりか衝撃によって吹き飛ばされてしまう。

しかし、すぐさま宙で体勢を整えると華麗に地面に着地した。

「……変ですね。以前はこんなに力があるようには思えませんでしたが」

ユリアは首を傾《かし》げる。自身の手を一瞥《いちべつ》すれば手が痺《しび》れて震えていた。

ヴィルート王国とアース帝国の戦場にはアルベルトもいたのを覚えている。

しかし、彼の実力はユリアを捕らえた〝第一席〟よりも遥かに劣っていたはずだ。

「見誤った……？　そんなはずが……」

驚くユリアの前で、自信に満ちた顔でアルベルトが口角を吊《つ》り上げる。

「生まれ変わったのだ。今の俺なら魔王とて捻り潰せるぞ」

「あ、アルベルト様、た、たすけてください」

未《いま》だ〝光牢《ブリッツェン》〟に閉じ込められているカージスが救いを求めた。

しかし、流した血が多すぎるのか彼の声は弱々しい。

今にも息絶えそうなほど呼吸は小さく、その顔は血の気を失って、もはや死人だ。

「カージスか？　貴様そんなところで何をしている」

「は、恥ずかしながらユリア王女の魔法に囚われ――」

「そうか、ならば――死ね」

アルベルトは腰を捻ると大剣を勢いよく〝光牢《ブリッツェン》〟に叩《たた》きつけた。

岩が割れるような音と共に、上半身と下半身が分かれたカージスが姿を現した。

臓物が撒《ま》き散らされて、血を吸いきれなかった大地に血溜《ちだ》まりが作られる。

「貴様がそのような醜体を晒すから、このような小娘どもに負けるのだ」

物言わぬ骸《むくろ》となったカージスの頭をアルベルトは踏み潰した。

弾けた脳漿《のうしょう》が周囲に飛び散った時、どこからか赤ん坊の泣き声が響いてくる。

「なんだ？」

怪訝《けげん》そうにアルベルトが眉を顰《ひそ》めた時、瓦礫《がれき》の中から飛び出したのは〝ヴィルートギルド〟の女性シューラーだ。彼女の腕の中には赤ん坊のチズが抱きしめられていた。

「なぜ戦場にあんなガキが——」

思案顔になったアルベルトだったが、答えを見つけたのか下劣な笑みを浮かべた。

「そうかあれが餌か。見逃す理由はないな」

アルベルトは獲物との距離を一瞬で蹴り潰すも、女性シューラーは瞬時に片手を突き出し詠唱を開始する。

『一つ二つ三つ　四珠の理《ことわり》　五十の法則　絡め取れ——　〝六棘鎖《ヴァルド》〟』

「そんな魔法で俺が止められると思うな！」

アルベルトが大剣を躊躇《ちゆうちよ》なく振り下ろせば、地上から伸びた幾筋もの蔦《つた》が切り裂かれる。

その剣先は女性シューラーを襲い、土埃《つちぼこり》を巻き上げて地面を激しく鳴動させた。

「……速いな。だが、完全に避けることはできなかったようだな」

アルベルトが視線を送った先には、足から血を流すユリアがいた。

その背後には赤ん坊を抱きしめる女性シューラーの姿がある。

「赤ん坊を手に掛けようとするとは……あなたはそれでも人間ですか」

ユリアは強く非難するようにアルベルトを睨《にら》みつけた。

「綺麗事《きれいごと》を吐くな。俺からすれば赤子とて立派な勝ち星の一つだ。戦争では慈悲を与えれば裏切られ、恵みを与えれば奪われ、救いを与えれば殺される。吐き気がする人道など捨てることだな」

大剣を地面に突き刺したアルベルトは、ユリアを見据えて堂々と己の持論を展開した。

「泣き叫ぶ子供たちを殺し、許しを乞う女たちを犯し、怒りに染まる男たちを嬲《なぶ》る。戦争とは外道に落ちた者こそ輝く場所、獣の如《ごと》き欲望を持たねば生き残れない。そんな甘い考えだから貴様の国は滅んだのだ」

アルベルトの言葉を聞いて、憤激したユリアが凄《すさ》まじい形相を浮かべた。

「カレン！　エルザ！　すぐにここへ来なさい！」

「は、はい！」

「ユリア様、エルザはここに、なんなりとご命令を」

「彼女たちを頼みます。私はあの獣を狩らねばなりません」

「で、でもお姉様、その足じゃ……」

「協力して相手をしたほうが良いのでは？　もしくは、一度退《ひ》いてからのほうが……」

赤ん坊を保護したカレンと、女性メンバーに肩を貸すエルザが心配そうにユリアを見るが、彼女が意見を取り入れてくれることはなかった。

「いいから彼女たちを連れて下がりなさい。あなたたちを巻き込みたくありません」

「あっ、やばい」

カレンがユリアの顔を見た瞬間にでた言葉がそれだった。

白い肌が薄《うっす》らと青みを帯び始めている。

他人が見れば真っ青ともいえ、体調を心配したくなるような顔色だ。

これがユリア特有の危険な兆候であることは、妹であるカレンがよく知っていた。

堪《こら》えているのだ。内から沸き上がる衝動を。

殺意が、狂暴な獣が、今解き放たれようとしていることをカレンは悟った。

「みんな、お姉様に近づいたら駄目よ！　絶対に前へでないで、巻き込まれるわ！」

カレンたちが慌てて離れていけば、深く呼吸を繰り返していたユリアが、長剣を胸元まで持ち上げて左手で刃を撫《な》でた。

「散れや桜華 鬼哭《きこく》の闇 蓋世の光 絢《な》い交じる暁暗」

長剣から鱗粉《りんぷん》のように白銀の粒子が周囲に漂い始める。

重苦しい魔力がユリアから発せられ、空気を圧搾して破裂音を響かせた。

ユリアの背後で一つ、三つ、六つ、膨大な数の白い魔法陣が咲き乱れていく。

「清風に死晒《ころ》せ――　〃光風霽月《ベネディクション》〃」

訪れるは静寂、ユリアの手から長剣が空気に溶けるように消え失《う》せた。

魔法陣もまた砕けて花散るように地面にひらひらと降り積もる。

優しい風が人々を癒やすように肌を撫でていく。

ホッと一息つくような、誰もが穏やかな表情を浮かべてしまうほど柔らかい風だ。

刹那——アルベルトの腕が鮮血の尾を引きながら宙に打ち上がった。

「なに…………？」

アルベルトが驚愕《きょうがく》の表情で血が噴き出す自身の肩を見る。

しかし、すぐさま彼の視界は暗転する。右足が斬り飛ばされて倒れたのだ。

「がっ⁉」

激痛でアルベルトの顔が歪《ゆが》む。

そこへ雨のように容赦なく光の刃が上下左右四方八方から降り注いだ。

強大な魔力の塊が空へ昇るように光の渦を形成していく。

肉片すら残すことのない勢いでアルベルトは光の刃に切り刻まれていった。

だが——、

「〝雷撃《サンダー》〟」

光の渦を突き抜けた雷が線を引きながら、恐ろしい速度でユリアに飛んで来た。

「なッ⁉」

胸元でまともに受け止めたユリアは吹き飛ばされる。波にもまれるように地面を転がり続けたユリアだったが、瓦礫に衝突することで勢いを失って止まった。

「そんな……なぜ……」

反撃を受けたことに戸惑いつつも、ユリアは立ち上がろうとする。

しかし、膝に力が入らず片膝をついてしまう。魔力の枯渇、魔法の多用で体力も尽きかけている。トドメを刺したのは〝光風霽月《ベネディクション》〟だろう。

あれはユリアが扱える魔法の中で最も魔力を消費する。

また足の怪我《けが》もあり、ユリアは自力で立ち上がることすら難しいほど消耗していた。

「お姉様！」

赤ん坊のチズを父親のバンズに預け渡したカレンがユリアに駆け寄ってくる。

「だ、大丈夫、お姉様？」

「ええ、ですが……あの男は何かおかしい」

肩を貸されて立ち上がったユリアが見たのは、霞《かす》む視界の中で光の渦が消えてアルベルトが平然と起き上がる姿だった。

「あァ……よく効いたぞ。普通であれば死んでいた」

「嘘《うそ》でしょ。あれだけの攻撃を受けて無傷なの？」

驚愕の声がカレンから発せられたが、

「いえ、カレン、無傷ではないようですよ」

ユリアはアルベルトの様子がおかしいことに気づいた。

彼の瞳は瞳孔が開ききっており、不自然に泳いでいる。

口端からは涎《よだれ》が垂れて、とてもじゃないが正常とは思えなかった。

「よく見ればあれは……肉塊です」

アルベルトの斬り飛ばされた腕が再生して、切り刻まれた身体も傷が塞がっている。

しかし、継《つ》ぎ接《は》ぎされたような腕はひどく不格好で、傷を塞いだ肉も奇妙に盛り上がって腫瘍のようになっている。膿《うみ》のような黄色い液体が頭から溢《あふ》れ出て、離れた場所にいるユリアたちの下まで異臭が漂い鼻腔《びこう》を刺激した。

不気味な醜悪さと相俟《あいま》って、その異様な姿は化物という言葉が相応《ふさわ》しい。

「言ったはずだ。俺は生まれ変わったのだとな」

アルベルトはユリアたちに視線を向けてくる。その目からは奇妙な液体が絶えず流れ続けていた。泣いているのか、笑っているのか、判別できないほど顔が歪んでいる。

「素晴らしい力だ。これなら誰にも負けない――魔王も、聖天すらも敵じゃない」

アルベルトが地面に両手を突いた。その膂力《りょりょく》を物語るように地面は陥没、砂塵《さじん》が巻き上がって肌を刺すほどの殺気がアルベルトから放たれる。

「何をしたのかわかりませんが、まともじゃないのは確かですね」

そんな三人の間に割り込んだのはエルザだ。

「ここはわたしが時間を稼ぎますので逃げ――ッ!?」

「おい、逃げられると思うのか？」

たった一歩、それだけで距離が一瞬で蹴り潰された。

「邪魔だ」

「ぁ、ぐうっ!?」

エルザの腹部にアルベルトの拳が食い込んだ。

その衝撃は五臓六腑《ごぞうろっぷ》を貫いて、エルザの口から血反吐《ちへど》が溢れ出す。

凄まじい威力、吹き飛ばされてもおかしくはなかったが、エルザはアルベルトの腕を摑《つか》んで距離をとることを拒んだ。

「……カレン様！　ユリア様を連れて遠くへお逃げなさい！　早く！」

エルザは手の甲で血を拭うと、自身の得物である弓に矢をつがえた。

そして、瞬時に放たれた無数の矢がアルベルトの頭に突き刺さった。

しかし、効いた様子はなく、アルベルトは不気味な笑みを浮かべる。

「健気《けなげ》な侍女だな……その美しさに免じて――」

大量の涎を溢れさせ、耳元まで裂けた巨大な口から伸びた舌がエルザに迫る。

「――犯してから殺してやろう」

「黙れよ、化物。わたしを蹂躙《じゆうりん》していいのは一人だけだ」

エルザは明確な拒絶を示すとアルベルトの舌を矢で射貫《いぬ》いた。

痛みはあるようで、アルベルトが大きく仰《の》け反《ぞ》る。

「あ、がぁ、くそ、抵抗するな。クソアマがぁ！」

アルベルトはエルザの胸元を握り締めると、怒りに任せて地面に叩《たた》きつけた。

「あぐっ!?」

『え、エルザさん！　おい、てめぇ、いい加減にしろよ！』

『化物が、殺してやる！』

その光景を見たシューラーたちが救出に動くが、

「鬱陶しいハエ共が――〝落雷《スパーク》〟」

周囲一帯に凄まじい勢いで天から雷撃が降り注いだ。

白煙を立ち上らせた大地に、一瞬で意識を刈り取られたシューラーたちが倒れ伏す。

『あ、アル、ベルト様……なぜ我々まで……』

詠唱破棄で行使された魔法は、敵味方関係なく無差別に襲い掛かっていた。

巻き込まれたアース帝国の魔導師たちは、非難の視線をアルベルトに向けている。

「どいつもこいつも弱いくせに俺を舐《な》めやがるからだ」

アルベルトは唾を吐き捨てる。

その唾液は黄色く染まっており、アース帝国魔導師の顔に張りついた。

『あがあアァア!?』

見る見る内にアース帝国魔導師の顔面が溶けていく。

一瞥《いちべつ》したアルベルトは鼻を鳴らすと、ユリアたちに巨大化した拳を勢いよく振るう。

「次はお前たちだ」

「お姉様逃げて！」

カレンはユリアを突き飛ばすと、腕を交差させて防御するが、アルベルトの腕力に耐えきれず吹き飛ばされる。しかし、距離が離れる前にアルベルトに左腕を摑まれて逃げることが敵《かな》わず、大地に勢いよく身体《からだ》を叩きつけられた。

「んぐっ!?」

肺から全ての空気を吐き出したカレンの表情は一気に青ざめる。

だが、その瞳に宿る闘志は衰えておらず、素早く立ち上がろうとした。

しかし、無駄に終わる。アルベルトに背中を踏みつけられたからだ。

「がっ!?」

「貴様らは犯して犯し尽くす。身体を破壊し、精神を蹂躙する。それこそが生意気な女を屈服させる最も効果的な手段だ。自ら死を望むまで嬲り続けてやろう」

「……ならば、私があなたを殺しましょう」

震える膝を叱咤《しった》したユリアは、地面に剣を突き刺して杖《つえ》代わりに立ち上がる。

「そのような姿でどうするというのだ？」

「丁度いいハンデでしょう」

正直、ユリアがアルベルトに勝てる可能性はゼロに等しい。

しかし、誰かが殺されるのを黙って見ているのは我慢ならなかった。

「ここはよく似ていますね」

周囲を見渡せば戦闘の名残を留《とど》めた廃墟《はいきょ》が目に飛び込んできた。

帰るべき国を失った記憶が呼び起こされる。

焼け落ちる家屋、逃げ惑う民、あの日の王都は死で溢れていた。

救えなかった自分の無力を嘆き、助けられない自分の弱さを呪った。

仮令《たとえ》この身が切り裂かれようとも、あんな想《おも》いは二度としたくない。

もう誰も失うわけにはいかなかった。

「……かかってきなさい。最弱の帝国駄剣アルベルト」

ユリアは他の者が犠牲にならないようにアルベルトを煽《あお》って注意を引く。

それは劇的な効果を生む。アルベルトの殺意が膨れ上がり、ユリアを見据えたからだ。

「はっ、小娘、笑えんぞ」

アルベルトの腕が霞むと同時に、ユリアの華奢《きゃしゃ》なその姿が宙に舞い上がる。

ユリアは重力に引き寄せられて地面に勢いよく激突した。

その衝撃によって身体がくの字に曲がり、口からは大量の血が吐き出される。

しかし、地面に拳を叩きつけ、激痛を噛《か》み潰してユリアは再び立ち上がった。

「…… 〝光速《エクレール》〟」

魔力は枯渇している。

それでも最後の力を振り絞るように、弱々しく魔法名が放たれた。

行使されたのは間違いない。

アルベルトの視界からカレンとエルザが消え失《う》せたからだ。

それでも、少し離れた場所に気を失った二人が移動しただけである。

「詠唱破棄か……その状態で見事なものだな」

アルベルトの濁った瞳が下に向けられる。

「一矢報いたつもりか？」

満身創痍《まんしんそうい》のユリアが長剣の柄《つか》を握り締めて、アルベルトの脇腹を突き刺していた。

彼女の瞳には闘志が滾《たぎ》り、その奥に揺らめく炎は苛烈な想いで猛《たけ》っている。

「私には果たさなければならない約束があるんです」

たった一つの誓いを胸に、今の彼女からは信じられないほどの覇気が膨れ上がった。

「なんっ!?」

アルベルトの本能が警鐘を鳴らし、思わず左腕でユリアを薙《な》ぎ払えば、あっさりと彼女は弾《はじ》き飛ばされる。

「驚かせやがって……それで、これで終わりか？」

アルベルトは脇腹に刺さった刃先を引き抜いて、地面に倒れるユリアに投げつける。

「おい、武器を返してやったぞ。立ち上がれ、俺の強さを叩き込んでやる」

「ご安心を、まだこれからです……あなたの弱さを私が教えてあげましょう」

地面に這《は》いつくばって剣を拾ったユリアはもう一度立ち上がる。

泥や血に塗《まみ》れても、彼女の美しさが損なわれることはなかった。

むしろ、より鮮烈にその存在感が増していく。

気高く、高貴さに溢れ、女王然とした力強い覇気が彼女にはあった。

「……ふざけた女だ。腕の一本でも引き千切れば、減らず口も叩かなくなるか？」

アルベルトはそう宣言すると、あっさりとユリアの首を摑んだ。

苦痛に歪《ゆが》む表情を嬉々《きき》として眺めながら、ゆっくりと宙へ持ち上げる。

「殺しはせん。お前は連れて帰らないといけないからな」

アルベルトはそう言うと、ユリアが避難させた女性二人に視線を向けた。

ユリアの首を摑んだまま、アルベルトはカレンたちに向けて足を踏み出す。

「あそこで気を失った二人を今から犯す。無力を嚙み締めながら、その様を眺めているがいい。その後は二人の首を刎《は》ねて貴様の前に並べてやる」

ユリアに語りかけるアルベルトの眼《め》は狂気に取り憑《つ》かれていた。

「貴様のような女にはそのほうが苦痛であろう？」

「死ね――〝光撃《シュトラール》〟」

短くも辛辣な言葉をユリアが放てば、彼女の右足に光が集まって鮮烈に輝いた。

次いで、凄《すさ》まじい速度でユリアの蹴りが、アルベルトの右側頭部を蹴り飛ばす。

アルベルトの黄色い血が肉片と共に大地に飛び散った。

「弱い、弱いな。もはやその程度の攻撃では痛痒《つうよう》すらも感じない」

抉《えぐ》り取られた右側頭部の傷は瞬く間に肉が繋《つな》ぎ合わされて再生する。

奇妙に盛り上がった肉の塊は脈打つように躍動していた。

「気持ち悪い」

「くっかかかか、そうか、気持ち悪いか、この俺が気持ち悪いと言うか、ははは！」

アルベルトは愉快だと言わんばかりに哄笑《こうしょう》を響かせた。

けれど、それも一瞬のこと、彼はすぐに真顔になると光を失った眼で告げる。

「もういい――黙れ」

「……ンぁッ……!?」

ユリアの首に凄まじい力が込められて、一瞬で唇が紫に変色していった。

足をばたつかせながらも、ユリアは必死にアルベルトの腕を叩き抵抗する。

惨めに見えようが、情けなく思われようが、ユリアは未《いま》だに勝つことを諦めない。

一人の少年との約束を果たすため、アルスとの誓いを破るわけにはいかなかった。

だから、その紫銀の瞳の輝きは失われず、最後まで死に抗《あらが》う意志を保ち続ける。

ユリアは必死に殴打を繰り返していたが、アルベルトは微動だにしなかった。

「くはは、終わりか？　もう終わりなのか？　おい、もっと抵抗しないと死ぬぞ」

「ぐぅ……」

ユリアから力が徐々に抜けていく。

「……ぁ、かはッ……!?」

だらりと下がった腕は重力にすら逆らえず、瞳からは光が消失しようとしていた。

命の手綱が断ち切られる直前——、

「おい……なにしてんだ、オマエ」

——アルベルトの腕が弾け飛んだ。

＊

咳《せ》き込むユリアが顔をあげれば見覚えのある背中があった。

別れてから時間はそれほど経《た》っていない。なのに懐かしい気持ちがこみ上げてくる。
決してその背中は大きいわけではない。決してその背中は逞《たくま》しいわけではない。
ただただ、その背中には絶大な覇気があった。
不安が消えていく、先ほどまで感じていた恐怖が消えていく。
誰も失わないで済むのだと、張り詰めていた想いが溶けていった。
涙で前が見えないほど胸が締め付けられる。
彼が〝ヴィルートギルド〟を見捨てても誰も咎《とが》めず、誰も責めはしなかっただろう。
なのに、少年は助けにきてくれた。
あの星が瞬く夜に、ユリアが自分勝手に結んだ約束を果たすために。
「ユリア、遅くなった。ごめんな」
謝罪の言葉。そこに込められた万感の想いを感じ取ってユリアは顔を伏せた。
決してそんなことはないと、否定しようとしたが言葉がでなかった。
罪悪感のあまり言葉に詰まってしまったのだ。
謝るべきはこちら側、無関係な少年を巻き込んでしまったのはユリアだ。
涙で前が見えず、嗚咽《おえつ》を堪《こら》えながら、彼の背中に頭を下げることしかできなかった。
「も、もうしわけ……ありません」
少年の助けにもいけず、こうして無様な姿を晒《さら》す結果になった。

出会ってから彼に甘えてばかり、頼ってばかりだ。

与えられた恩を一つも返せていない。否、返すことのできないほどの恩ができている。

なのに、少年は関係ないとばかりに不器用ながらも優しく頭を撫《な》でてくれた。

「あとは任せてくれ」

黒衣の少年——アルスは力強く足を前に踏み出してアルベルトと対峙《たいじ》する。

「なあ、随分と醜い姿になってるが——アルベルトだろ？」

興奮しているのか、目の前の化物は何一つ言葉を発しない。

荒々しく息を吐き出して、その間にも弾け飛んだ腕を再生させていた。

奇妙な現象を見ても、アルスの表情は変わらない。

そう、いつだって、彼は悠々と泰然自若を体現していた。

「一度目は生かしてやった」

アルスは背中に手を回して二本の短剣を引き抜く。

「二度目を見逃すほどオレは甘くない」

両手に短剣を握り締めるも、その両腕はだらりと大地に向いている。

「三度目が欲しいなら死に物狂いで逃げてみろ」

突き詰めれば彼の姿は唯我独尊。

戦う意思があるのかどうかさえ定かではない。

なのに全身を駆け巡る魔力は凄まじく、その姿は敗北を知らぬ覇者の如《ごと》しである。

「神々さえも踏み越えて、三千世界の果てまで追いかけてやるよ」

「殺してやるァァッ！」

返事は咆吼《ほうこう》だった。

巨大な腕が迫るも、アルスは左手に魔力を集め、片腕一本で受け止めた。

「覚醒薬を使ってその程度か、マンティコアのオスと比べて力が弱いな」

「……なぜ、貴様がそれを知っている？」

思わず素に戻るほど、アルベルトの胸中に衝撃をもたらしたようだ。

予想もしない言葉を受けて、化物に似つかわしくない人間らしい表情を浮かべている。

渾身《こんしん》の一撃が片腕で止められたこと以上に、アース帝国の国家機密をアルスが知っていることに驚きを隠せない様子だった。

それも当然のこと、覚醒薬は帝国五剣であるアルベルトでさえ噂《うわさ》程度にしか聞いたことがなく、実在するかどうかも疑わしかったほどの極秘研究だ。

ヴェルグから貰《もら》った手紙と錠剤で、覚醒薬があったとアルベルトは確信したのだから。

「オレは〝耳が良い〟からな。国家機密なんてものは関係ないんだよ」

肩を竦《すく》めたアルスは、人差し指を立てる。

「一つ教えてやる」

アルスは憐《あわ》れむようにアルベルトを見据えた。

「調子に乗ってる所悪いが、それ失敗作だぞ」

「貴様は殺す」

「できないことは言わないほうがいい」

その顔は深淵《しんえん》から覗《のぞ》き込む悪魔のようにアルベルトを嘲笑《あざわら》っていた。

「自分の弱さに絶望するだけだぞ」

「黙れ、その身体《からだ》に俺の強さを刻みつけてやる！」

一歩で距離を潰すアルベルト、肉薄してきた彼に対してアルスは指先を向けた。

「〝衝撃《ウエグプラセン》〟」

迫るアルベルトの顔面が吹き飛び、肉片と血が周囲に飛び散った。

アルベルトが動きを止めるのを見て、アルスは右拳に魔力を纏《まと》わせると、再生する彼の顔面を勢いよく殴りつける。

拳の皮が捲《めく》れて血が噴き出すも、アルスは無表情でアルベルトを殴り続けた。

「あっ、がぁ!?　な、なんッ、貴様ッ!?」

アルスの凄まじい猛攻を前に、アルベルトが耐えきれず巨軀《きょく》を地面に沈めた。

血だらけになった自身の拳を一瞥《いちべつ》すると、アルスは地面を踏み抜いて跳躍する。

その足が向いている先はアルベルトの首で、アルスは勢いよく踵《かかと》をめり込ませた。

「おい、木偶《でく》の坊《ぼう》、もう一度聞かせてくれ」

「な、なぜ、貴様のような小僧がこのような力をッ！」

踵が首に深く食い込み、アルベルトの喉から骨の折れる音が絶え間なく響き続ける。

巨大な手がアルスの足首を摑《つか》むが彼は微動だにしない。

残忍な気配を双眸《そうぼう》に宿して、アルスの表情から感情が抜け落ちていく。

「言えないのか？　なら、オレが言ってやる」

アルスは首を巡らせ、周囲に広がる惨状を目に留めた。

気を失ってもおかしくない状態にも拘《かか》わらず、ユリアがエルザやカレンを背中に庇《かば》いながらこちらを心配そうに見ていた。その周囲では呻《うめ》くシューラーたちの姿があって、近くには赤子を庇って怪我《けが》を負ったバンズの姿もある。

誰も無傷な者はおらず暴虐の嵐に襲われたことを物語っていた。

最後にアルスは足下で藻掻《もが》き続ける獲物《アルベルト》を見下ろした。

「殺してやるよ」

アルスは自身の喉に手をあて、かつてない怒気を纏わせながら首の音を鳴らした。

「彼女たちが受けた苦痛を返すまで殺す。身体が肉片になるまで殺す。血が一滴も流れなくなるまで殺す。徹底的に、徹底的にだ」

殺気を放つだけで大地は亀裂が入るほど膨れ上がり、大気は震えて空間が歪《ゆが》んでいく。

「オマエの魂が塵《ちり》となるまで殺し尽くす」

そして――少年は全ての制約を放棄した。

＊

絶大な魔力が地上で渦を巻くのを、絶世の美貌を持つ男は眼《め》を細めて眺めていた。

「ええ、間違いない。彼こそ我々が探し求めていた〝魔法の神髄《ミーミル》〟です」

遠く離れているというのに、戦場から届く魔力を感じて総毛立つ。

世界を呑《の》み込まんとする凄《すさ》まじい魔力の奔流。

ヴェルグの心胆を寒からしめる。こんな圧力を感じたのは初めての経験だったからだ。

「ははっ、これで確定です。アルス様が神々に接触しているのは間違いない」

端整な顔立ちを狂喜に染めたヴェルグの手には魔法石が握り締められていた。

人間を相手にする時よりも、気安さを感じるほどの態度で彼は魔法石に喋《しゃべ》りかける。

「そうなんですよね。彼はあまりにも歪《いびつ》すぎる……。本来ならありえない現象が起きている。だからこそ【聴覚】というギフトが興味深いのです。果たしてその〝真名〟は何か、とても興味がそそられる」

先ほどからヴェルグは独り言を喋っているわけではない。

彼が会話をしている相手はここではない場所にいた。

魔法石に付与されているのは〝伝達〟魔法。

ヴェルグは聖法教会にいる人物と連絡を取り合っていたのだ。

「ええ、でなければ説明がつかない。あの力は神々の領分です」

ヴェルグは返答を聞いて思わず笑みを零《こぼ》した。

「お任せください。〝第一使徒《ワヘド》〟。全ては聖法教会のために」

情報を伝え終えたヴェルグは魔法石を仕舞った。

「それにしても……あれは〝天精眼《バーレイグ》〟でしょうか、素晴らしいものだ」

ヴェルグは戦場のアルスから視線を逸《そ》らすと、その上空に眼をやった。

巨大な魔法陣が浮いていた。

見たこともない極彩色を成して、まるで神のように下界を見下ろしている。

「あまり危険は犯したくなかったが……見たかったものを見ることができた」

オーフスに言ったように、アルスの機嫌を損ねるような真似《まね》はしたくない。

けれども、抑えきれない好奇心があった。

彼がどこまで深みに達しているのか調べる必要性があった。

だからアルベルトに覚醒薬を渡したのだ。おかげで答えを得ることができた。

しかし、ここが引き時、ヴェルグの本能がこれ以上は危険だと告げている。

「〝魔法の神髄《ミーミル》〟――魔法を知る者か……言い得て妙だが、あなたにはそれ以上に相応《ふさわ》しい名がありますよ」

ヴェルグの声は風によって掻《か》き消される。

けれども、そこに込められた熱はいつまで経《た》っても冷めることはなかった。

「必ずお迎えにあがります」

ヴェルグは優雅に一礼してから、壮麗に輝く極彩色の魔法陣に両手を伸ばした。

「あぁ――我らが〝聖帝《ゼウス》〟」

＊

「……なにをした？　一体なぜ……それほどの魔力を放っている？」

アルベルトがアルスを見上げながら呆然《ぼうぜん》と呟《つぶや》いた。

そんな彼を見下ろすのは無感情の瞳だ。

「偽物。お前に冥土の土産をくれてやる」

アルスが足の力を抜いた。

喉の圧迫から解放されたアルベルトが地面を這《は》いながら距離をとる。

「偽物だと？　超越者となった俺が偽物だと言うのか!?」

原形を留《とど》めていないアルベルトの顔が憤怒に染まる。

「ならば、見せてやろう。本物の力というものを！」

裂帛《れっぱく》の雄叫《おたけ》びと共に、アルベルトの不気味な身体が一回り大きく膨れ上がった。

「――〝天領廓大《てんりょうかくだい》〟！」

それはギフトの力を解放する〝魔法名〟だ。

選ばれた者だけが行使できる。

――天上の理《ことわり》。

膨大な魔力がアルベルトの肉体から流れ落ちて、彼を中心にして大地に亀裂が奔《はし》る。

呼気一つで空間は歪んで空気は圧搾した。

やがて、天空から一筋の巨大な雷が降り注ぎ、大地を陥没させて砂塵《さじん》を噴き上げる。

砂煙が晴れた時、凄まじい雷撃を纏う歪な大剣がアルベルトの前に出現していた。

「〝兀骨雷将《ホラガルレス》〟」

アルベルトは誇らしげに地面に突き刺さる〝兀骨雷将《ホラガルレス》〟を引き抜いた。

だが、アルスはそんな彼を見ても微塵《みじん》たりとも動じず平然としている。

最初から何も変わらない。凪《なぎ》の如く悠々とそこに存在しているだけだ。

アルベルトを一瞥するだけで、興味を失ったようにアルスは天を仰ぎ見た。

「約束したからな」

過去の出来事、自由を得た瞬間、初めての友人。

いくつもの思い出が、いくつもの記憶が浮かんでは消えていく。

そして最後に残ったのは、星々が瞬く夜に交わした約束。

何かあれば手を差し伸べると、守ってみせると約束した。

ならば――、

「出し惜しみはなしだ」

一切の雑念を握り潰して全霊の集中。自身を抑圧していた殻を食い破る。

頭が冴《さ》え、身体が軽くなり、五感が研ぎ澄まされていく。

意識が溶けて無色の世界と混じり合う。

それでも己《おの》が存在は消えず。それでも己が精神は消えず。

その魂は絶大な光明となって天に君臨する。

「本物を見せてやるよ」

アルスの左眼――朱《あか》き瞳が、強く、眩《まぶ》しく、凄まじい光量を発する。

少年は唯一無二の魔法陣を羽撃《つばさはばた》かせた。

「――The End of My Soul」

（我が魂は解放された）

「So I left my sins at the end of hell」
（我が罪は地獄の果てにある）

「So I left my punishment at the end of heaven」
（我が罰は天上の果てにある）

「So I'm invisible. I'm nothing. I'm emptiness」
（残された虚無《からだ》で彷徨《さまよ》い続けた）

「So the blood will flow and I will rule the deadly sins」
（それでも一欠片《ひとかけら》の血と共に大罪は流れ続ける）

「So I am a bloodthirsty soul devouring the world」
（故に、血に餓《う》えた魂は世界を喰《お》らい尽《く》くした）

「Imperial demesne expansion――」

（天領廓大――）

「――Awaken Woden――」

（――〝天主帝釈《オーディン》〟――）

結膜に滲《にじ》む色が混じり合い、角膜が極彩色に煌《きらめ》く。

左耳のピアス――逆十字が気炎万丈の覇気にあてられて燦爛《さんらん》と輝いた。

アルスを中心に虹の柱が天を駆け抜ける。

茜色《あかねいろ》の空が割れ、雲は散り、膨張した魔力が天を覆う。

世界が造り替えられていく。自然が奏で、空が歌い、風が吹き、大地が口遊《くちずさ》む。

古き世界は打ち壊されて、新たな世界が生まれ落ちる。

それは天地開闢《かいびゃく》――アルスのアルスによるアルスのためだけの世界だ。

「……は？」

アルベルトが呆《ほう》けた声をだすのも無理はない。

〝崩壊の理想郷〟が消失して、アルベルトの眼前に現れたのは草原だったからだ。

瓦礫《がれき》に埋もれた廃墟《はいきょ》はどこにもなく、果ての見えない草原だけが延々と広がっている。

どこまでも穏やかな風が吹く、天空が虹色の美しい世界だった。

「なんだここは？　これが〝天領廓大〟だと……？」

「ああ、そうだよ。偽物。本物の〝天領廓大〟を見た気分はどうだ？」

虹の柱から獰猛《どうもう》な笑みを湛《たた》えて、アルスが緩やかな足取りで歩いてくる。

一歩進めば草花は散り。

二歩となれば地面が陥没。

三歩踏み込めば大地に亀裂が奔った。

その魔力は肌を灼《や》くほど絶大、覇気は空気を震わせ、その存在は空間さえも歪《ゆが》める。

「はっ、何を言って……これが〝天領廓大〟なら……俺のこれはなんなのだ……？」

〝兀骨雷将《ホラガルレス》〟を見下ろしたアルベルトは愕然《がくぜん》とした表情をしていた。

この幻想世界を見てからだと、〝兀骨雷将《ホラガルレス》〟がひどく矮小《わいしょう》に思えてしまう。

「強制的にギフトだけを〝具現化〟した半端物。それだと本来の力は発揮できない」

「この俺がなり損ないだと言いたいのか！」

「ああ、そうだ。けど、オレもそれほど詳しいわけじゃないんだ。そもそもオレ自身が【聴覚】で得た受け売りの知識で〝天領廓大〟に至っただけだからな」

軽い、あまりにも軽い言葉を聞いて、アルベルトが驚嘆の表情を浮かべる。

「受け売り――ただ聞いた……それだけで超越者になったとでも言いたいのか!?」

「超越者って大袈裟《おおげさ》だな。そんなに驚くようなことでも……あれ、もしかして〝天領廓大〟って意外と習得が難しいのか？」

「ふ、ふざけるな！　本当にこの世界が〝天領廓大〟であるのなら！　俺が覚醒薬に頼っても辿《たど》り着けない境地であるのなら！　なぜ、貴様はそれを自覚していない！　なぜ、そんな力を手に入れられたんだ！」

「ただ聞いただけだよ。何回同じことを言わせるんだ。お前とは話にならないな」

アルスは呆《あき》れたように嘆息する。

「さて、もうこれ以上の説明は必要ないだろ」

肩を竦《すく》めたアルスは泰然とアルベルトを見据えた。

「お前はここで殺す」

「……アルス？」

抑揚のないアルスの声音は、ユリアの背筋が凍りつくほどの冷徹な響きであった。

これほど荒ぶる感情をアルスが露《あら》わにしたのは初めてのことだ。

いつも余裕綽《しやく》々《しやく》と達観した表情で彼は物事を見ていた。

そんな激変を遂げたアルスの姿を捉えたユリアは目を見開く。

「……半面？　あれがギフト【聴覚】の〝具現化〟？」

アルスの顔が左耳から左眼《め》にかけて半面に覆われていた。

漆黒の半面には美しい宝玉が七つ、陽光を浴びることで日差しを反射している。

本来、眼が覗《のぞ》き見える深淵《しんえん》からは極彩色の虹彩《こうさい》が漏れ出ていた。

「それに……ここがアルスの〝天領廓大〟が作りだした幻想世界ですか」

ギフトは――自身にギフトを授けた神と繋《つな》がっているとされている。

とある研究者の説では、ギフトを極めると神がいる神域に誘われるそうだ。

そして神に〝真名〟を授けられることで、その力を地上に顕現することを可能とする。

故に〝天領廓大〟――ギフトを授けた神の領域を地上に展開する究極魔法。

「あなたは……そこまで……」

初めて出会った時から持っていた違和感が解消されていく。

詠唱破棄、複数魔法、底知れぬ魔力。

神の力を得た者にしか為《な》し得ない、致命傷すらも治してしまう魔法。

「あぁ……やっぱり――」

ようやく納得することができた。

アルスの強さの秘密を知ることができた。

彼は超越者であり、最も〝魔帝〟に近く、世界最強と称される魔導師。

「――あなたが〝魔法の神髄《ミーミル》〟だったんですね」

ほんの一握りの者たちがいる頂に立つことが許された存在。

あるいは――、

「……神さえも超える？」

ユリアはその事実に気づいて身体《からだ》を震わせた。

「貴様のような小僧が魔法史に名を刻むだと!?」

アルベルトが叫びながらアルスに突進する。

「認めん。それだけは決して許容できん」

後方に砂塵を巻き上げながら疾駆するその姿は猛牛のようだ。

「〝音速衝撃《ソニックブーム》〟」

アルスは凄《すさ》まじい勢いで足を振り上げ、苛烈な威力をもってアルベルトを蹴り抜いた。

右半身が消し飛ぶも勢いは止まらず、肉が爛《ただ》れるように伸びて再生していく。

アルスが右に半歩移動すれば、勢いよくアルベルトが隣を過ぎ去っていった。

「なぜだッ！　なぜ、お前のような小僧がそのような力を手に入れられた！」

振り向いたアルベルトは、〝冗骨雷将《ホラガルレス》〟を横薙《よこな》ぎに振りかぶった。

発生した幾筋もの雷が地面を抉《えぐ》り、岩を砕き、空間に亀裂を生む。

その凄まじい破壊力は、四方八方から隙間なくアルスにも襲い掛かる。

「無駄だよ。この幻想世界はオレの領域だ。お前の〝音〟は全て捉えている」

顎を引き、肩をずらし、足を半歩下げ、腰を捻《ひね》っては紙一重で全ての攻撃を躱《かわ》した。

「〝音波振動《ヴァイブロ》〟」

魔法名を唱えれば、瞬時に短剣の刃が熱と音を発しながら高速で振動を開始。

二振りの短剣は炎を纏《まと》い、その熱波は周囲を煮え滾《たぎ》らせて陽炎《かげろう》を揺らめかせた。

アルスは短剣を構えると跳躍して、アルベルトと肉薄した瞬間に交錯させる。

「馬鹿が！　死ぬがいい、小僧！」

アルベルトは好機と読んだか、〝兀骨雷将《ホラガルレス》〟を突き出して反撃にでた。

しかし、あっさりと弾《はじ》き返されてしまう。

「な、んだと――ッ!?」

「その程度の力じゃ、この幻想世界の法則が覆ることはない」

縦横無尽に駆け巡る閃光《せんこう》、炎が尾を引いてアルベルトの全身を燃え盛らせる。

しかし、先に限界を迎えたのはアルスの短剣だった。

流し込まれた膨大な魔力に耐えきれず、二本とも根元から折れてしまったのだ。

「……ありえん。なんなんだ一体、どうしてこのような力を貴様のような小僧が……」

もはや人の形を成しておらず、アルベルトは炎に身を焼かれ続けている。

けれど、戦意が衰えた様子はなく、炎渦の中からゆっくりと姿を現した。

「小僧、お前は本当に何者なんだ……？」

アルベルトの身体は完全に再生していたが、それはもう子供が作った泥人形のように歪《いびつ》で不気味な姿をしていた。

「薬に頼る前のあんたのほうが強かったぞ」

「黙れッ！　俺は帝国五剣の〝第五席〟だぞ！」

アルベルトは〝兀骨雷将《ホラガルレス》〟を振り下ろすが、アルスは避ける素振りすら見せない。

なぜなら、途中で勢いを失って〝兀骨雷将《ホラガルレス》〟が粉々に砕け散ったからだ。

「なっ……どういうことだ!?」

「さっき言っただろ。それ失敗作だってさ」

〝覚醒薬〟は最初こそ万能感に支配されるが、すぐに身体が限界を迎えてしまう。

そして、ギフトが拒否反応を起こし、魔法すら使えなくなってしまうのだ。

だから、アルスとの戦闘でアルベルトは一度も魔法を行使していないのである。

あるいは、アルベルト本人ですら気づいていないのかもしれないが、

「自業自得だよ。安易な力に飛びついた結果だな」

「アァァァァッ！」

雄叫《おたけ》びか、慟哭《どうこく》か、判別のつかない叫びは哀愁が滲んでいた。

最後は心が壊れて、人格さえも破壊され、ただの化物に成り果てる。

それが覚醒薬に頼った者の末路であり、残るのは桁外れの再生能力と破壊衝動。

それだけでも十分脅威なのだが、この世界に限っては――その程度だ。

「そろそろ終わりにしよう」

【聴覚】が〝真名〟を得たのは、世界に恨みを吐き続けた雨の日。

腐った世界から抜け出したくて、貪欲に知識だけを追い求めた。

世界中の魔導師を探り、その秘法を盗み聞き、ありとあらゆる知識を聴き続けた。

最後に辿り着いた先は天上であり、【聴覚】は神々の叡智《えいち》すらも簒奪《さんだつ》する。

そんな長き旅路の果てに〝聴覚〟は〝真名〟を得て〝天主帝釈《オーディン》〟に至った。

神々すらも屠《ほふ》る力を秘めたギフトへ進化を遂げたのである。

「最後に見せてやるよ。その目に灼きつけろ」

〝天主帝釈《オーディン》〟の〝天領《てんりょう》 廓大《かくだい》〟が創った幻想世界は、あらゆる魔法を紐解《ひもと》き、あらゆる知識を暴いてしまう。

それは世界中の魔導師——天上の神々すら例外ではなく、世界の理《ことわり》である法則すらも無視して、これまで【聴覚】が聞き覚えた魔法を行使できるようにするのだ。

「斯《か》くして心臓は握り潰された 繰り返す輪廻《りんね》の棘《いばら》 溶け出す烈風の王権」

アルスは詠唱を開始する。

全身から放たれる魔力が天に昇る。その先にあるのは極彩色を放つ幾何学模様だ。

「呵々《かか》とばかり狂暴の王 武勇を競い 泣き叫び 許し乞い 目覚め待つ蒼穹《そうきゅう》の神」

心の赴くまま、感情が見据えたその先へ。

「天上天下を燃やせ――」

――〝天帝《インドラ》〟

天が鳴いて、太陽が落ちてくる。

星を揺るがして、熱波が四方八方から吹雪《ふぶ》いた。

幻想世界を滅ぼすほどの炎熱がたった一人に集中する。

一切合切薙《な》ぎ払われていく、大地は抉られ草木一本残らず、幻想世界を壊し続けた。

最後に一際大きな爆発音が轟《とどろ》き、大地が捲《めく》られて土砂の雨が降り注ぐ。

やがて、土煙が晴れた時、地盤を貫かれた地面が姿を現した。

「……アァ……ァ…………ァァ……」

大きく陥没した地面の底に、顔の右半分だけを残したアルベルトの破片。

再生する様子はなく、放っておいてもいずれ息絶えてただの肉片となるだろう。

「ゆっくり眠るといい」

無残な姿を晒《さら》すアルベルトに、アルスは指先を向ける。

――〝死音《デスフリュスタン》〟

エピローグ

「ありがとうございます。とても嬉《うれ》しいです！」

隣を歩くユリアが華やいだ笑顔で、頭につけられた百合《ゆり》の髪飾りを触っている。

先日、サイクロプスをどちらが先に倒すか、その勝負をしてアルスは負けた。

よって本日、買い物に付き合わされて、ユリアに百合の髪飾りを購入したのである。

「喜んでもらえて良かったよ」

アルスは微笑《ほほえ》むと天を仰ぎ見て、平穏な日々が戻ってきていることを実感していた。

あの騒動以降、〝シュッドギルド〟は魔法協会からペナルティを受けて解散した。

アース帝国や聖法教会が接触してくることもなく、日常を取り戻したアルスは〈灯火の姉妹《ヴィルート・シュヴエスター》〉で居候生活を続けている。

「大事にしますね」

「そうしてくれると嬉しいな。いや、本当にさ……」

遠征の報酬をカレンから貰《もら》ったので買えたが、その値段には顔が青ざめたものだ。

おかげで、金欠生活に逆戻りである。

カレンに頼んで遠征に連れていってもらうか、それとも、一人で〝失われた大地〟に挑んでみるか、アルスは真剣に悩み始めていた。

そんな弱々しい笑みを浮かべるアルスに対し、ユリアは今にも踊り出しそうなほど喜んでいる。そんな対照的な気持ちを懐《いだ》く二人は〈灯火の姉妹《ヴィルート・シュヴェスター》〉に帰ってくると裏口から店に入った。

現在の〈灯火の姉妹《ヴィルート・シュヴェスター》〉は〝ジュッドギルド〟に破壊された店内の改装を進めている。

ホールに足を踏み入れたら、椅子に座るカレンがカタログを手に唸《うな》っていた。

「う～ん。せっかくだし、壁の色を派手に変えるべきかなぁ」

アルスの記憶が正しければ、朝からずっとカレンは壁の色をどうするかで悩んでいた。

「もう昼も過ぎてるのに、まだ決まってなかったんだな」

苦笑するアルスに声をかけられたカレンが顔をあげる。

「あら……？　二人ともおかえり～。良い物買えた？」

「ただいま帰りました！　カレン、見てください！」

アルスに買って貰った百合の髪飾りを、ユリアは嬉しそうにカレンに見せる。

「あらあら、いいじゃない。アルスにしては良い物を選んだわね」

「何が欲しいかわかってたからな。ちょっと遠出して〝穴熊の巣穴《ダックス・ネスト》〟まで行ってきた」

「気が利くじゃない。でも、それじゃあ、商業区には行かなかったの？」

「いえ、行ってきましたよ。初めて立ち食いというものをしました！」

興奮気味に話すユリアに、カレンは満足そうに何度も頷《うなず》く。

「うんうん、楽しそうでいいわね～。今度はあたしも連れていきなさいよ」

肘をアルスの腹に当ててカレンは催促してくる。

「それはいいが、カレンには奢《おご》るつもりはないぞ」

「はあ!? お姉様が良くて、あたしが駄目ってどういうことよ!?」

「いや、勝負してないから……そんな怒らなくてもいいんじゃないか？」

「怒るわ！ あんたねえ、勝負しなきゃ奢らないって意味不明だわ」

「そういうものじゃないのか？ それとも男が奢るのが普通なのか？」

「仕方ないわね。そこに座りなさい。世間知らずなアルスくんにあたしが教えてあげる」

カレンはアルスを椅子に座らせると、肩に腕を置いて人差し指で彼の顎を上向かせる。

何がしたいのかわからないが、彼女の雰囲気には絶望的に合っていない。

「お、おう？ あとそのキャラはなんだ？ 全然似合ってないぞ」

「うっさい。そんなことはわかってんのよ。あと黙って聞きなさいよ。わかった？」

「……は、はい」

「女性と買い物に行けば、男性は奢らなければならない。それが世界の常識なのよ」

「………そ、そうなのか？」

「当たり前じゃない。一番大事なところでしょ、覚えておきなさいよ」

「いや、ごめん。そんな常識があったとは知らなかったよ」

平然と嘘《うそ》をつくカレンに、嘘の常識に戸惑うアルス。

二人のやりとりを見てユリアは苦笑する他なかった。

「カレンったら、あんまりアルスを困らせたら駄目ですよ」

「あら、お姉様どこにいくの？」

「この髪飾りを部屋に置いてきます。なくしたら大変ですもの」

「あらあら、つけてればいいのに。でも、そこが初々しくていいわね」

「じゃあ……オレも部屋に戻ろうかな」

「アルスく～ん、待ちなさいよ。もう少し、あたしの話に付き合ってもらうわ」

そんな楽しげな会話を背にしてユリアは階段を軽やかに昇っていく。

早足で部屋に戻ってきてからもユリアの機嫌は最高潮にあった。

姿見で何度も自分の姿を確認しては微笑む。

「ふふっ、素敵な髪飾りです」

しかし、そんな彼女の気持ちに水を差すかのように部屋の扉が何度か叩《たた》かれる。

だが、その程度のことで機嫌を損ねるユリアではない。

「どうぞ。開いてますよ」

「失礼します」

「あら、エルザ、どうしたんですか？」

小さく会釈して入ってきたのは、幼い頃から自分に仕えている侍女だった。

ある時を境に彼女とは長い付き合いだ。ある意味、一心同体のようなものである。

片膝をついて身を屈《かが》めたエルザは、恭しく頭を垂れて自身の耳の近くで指を鳴らした。

するとエルフ特有の――尖《とが》った耳へと変貌を遂げる。

違和感はない。本来あるべきものが戻っただけのこと。

彼女の美貌と合わさって、それは欠けていたピースが埋まるかのようであった。


「ご報告があります。聖法教会〝聖女〟ユリア・フォン・ヴィルート様」


厳かに告げられた〝称号〟によって空気が変わる。

先ほどまでの甘くて優しい空間が一瞬で張り詰めていった。

ユリアの表情からもまた感情が抜け落ちる。

あの穏やかな少女はどこにもいない、凍《い》てつく雰囲気を纏《まと》う冷徹な淑女に変貌した。

「顔をあげなさい。〝第三神巫《しんぷ》〟エルザ・フォン・アーケンフィルト」

「はっ」

「それで何の報告ですか？　あまりここで内密の話はしたくないのですが……」

近くには〝耳〟がある。結界など意味をなさない素晴らしいギフトがあった。

「〝女教皇〟から返事がありました」

「今更ですか……なんと仰《おつしや》ってましたか？」

「〝聖騎士派〟の動きは止めた。それと――」

一度言葉を切ったエルザは、ユリアを見据えると再び口を開いた。

「――〝魔法の神髄《ミーミル》〟の監視を続けよ。とのことです」

「かしこまりました。と伝えておいてください」

窓に近づいたユリアは、天空を貫かんばかりに建つバベルの塔を見据える。

「全てはより良い世界のため、神々が戻られる日も近いでしょう」

ユリアは頭につけていた髪飾りをそっと優しく取り外した。

「かつて存在した地上の楽園を再現しましょう」

アルスに贈られた髪飾りにキスをするとユリアは微笑む。

「我らが愛《いと》しい〝黒き星《フラヴン・アース》〟。あなたと共に」

千年にも及ぶ停滞が雪解けを始めている。

時は刻み始めたのだ。

〝白〟が〝黒〟に出会ったことで物語は幕を開けた。

あとがき

初めましての方、お久しぶりの方、今作をお手にとって頂き、ありがとうございます。

「無能と言われ続けた魔導師、実は世界最強なのに幽閉されていたので自覚なし」略して「むじかく」は楽しんでいただけたでしょうか？

今作は厨二《ちゆうに》を大事にしつつも、キャラクターの魅力を伝えることを一番に考えました。

読者の皆様に推しが生まれていることを祈るばかりです。

それでは、謝辞を述べさせて頂きます。

ｍｍｕ様、美麗かつ魅力的なイラストの数々、作品の魅力を十二分に伝えてくれるもので、私の厨二心の原動力となりました。誠にありがとうございます。

担当編集Ｙ様、編集部の皆様、校正の方、デザイナーの方、本作品に関わった関係者の皆様、今後ともよろしくお願い致します。

読者の皆様、今作をお手に取り、読んで頂けたこと心より感謝とお礼を申し上げます。

今後もより熱く滾《たぎ》らせた厨二を発信していきますので、応援よろしくお願い致します。

それでは、またお会いできる日を心待ちにしております。

奉

OVERLAP

無能と言われ続けた魔導師、実は世界最強なのに幽閉されていたので自覚なし

発　　行　2022 年 10 月 25 日　初版第一刷発行
2023 年 11 月 29 日　　第三刷発行

著　　者　奉

発 行 者　永田勝治

発 行 所　株式会社オーバーラップ
〒141-0031　東京都品川区西五反田 8-1-5

校正・DTP　株式会社鷗来堂

印刷・製本　大日本印刷株式会社

Printed in Japan　ISBN 978-4-8240-0309-6 C0193